I resti di Billy

Jamie Fessenden

D1606114

Triskell Edizioni

Pubblicato da
Triskell Edizioni – Associazione culturale Triskell Events
Via 2 Giugno, 9 - 25010 Montirone (BS)
http://www.triskelledizioni.it/
Questa è un'opera di fantasia. Nomi, personaggi, luoghi e avvenimenti sono il frutto dell'immaginazione dell'autore. Ogni somiglianza a persone reali, vive o morte, imprese commerciali, eventi o località è puramente casuale.

I resti di Billy - Copyright © 2015
Copyright © 2014 "Billy's Bones" di Jamie Fessenden pubblicato da
Dreamspinner Press
Traduzione di Barbara Cinelli
Cover Art and Design di Barbara Cinelli

Prodotto in Italia
Prima edizione – Maggio 2015
Edizione Ebook 978-88-98426-62-1
Edizione Paperback 978-88-98426-66-9

Dedicato a mia madre, Judith Rennie,
la miglior terapista che abbia mai conosciuto.

Riconoscimenti

Oltre a mia madre, che ha analizzato le scene di analisi con me, mi piacerebbe dare il giusto riconoscimento ai due terapisti che sono stati così gentili da leggere il mio romanzo e offrimi dei consigli: il mio patrigno, Robert Rennie, e il mio amico, Robert Stiefel.

Nota dell'autore

Quando Kevin, alla fine, ricorda i dettagli che aveva soppresso riguardo a una notte particolare della sua infanzia, l'intera scena è scritta a fini drammatici. In realtà, persone con ricordi cancellati rammentano di rado così chiaramente tutto l'accaduto, e possono scoprirne frammenti nel tempo senza mai recuperare tutti i dettagli. Inoltre, le circostanze uniche del passato di Kevin rendono necessario che lui ricordi ciò che ha soppresso. Questo non accade sempre, e spesso i terapisti preferiscono non approfondire, a meno che non ci sia una ragione specifica per farlo. Forzare qualcuno a ricordare qualcosa che ha eliminato può, a volte, causare ulteriori traumi.

Attenzione: questa storia contiene scene che potrebbero essere possibili fattori scatenanti di ricordi per i sopravvissuti ad abusi infantili.

Capitolo 1

Kevin Derocher aveva solo trentadue anni quando entrò nell'ufficio di Tom. Sposato da poco, un bambino in arrivo, e il colletto della camicia di flanella rossa sollevato per nascondere i segni attorno alla gola, causati dal suo tentativo di impiccarsi in garage. Era un uomo snello, tranquillo, con un sorriso timido e un'apparenza trasandata: non sbarbato, con i capelli color cioccolato, spettinati, come se fosse rotolato fuori dal letto troppo tardi anche solo per prendere un pettine. Quando Tom gli strinse la mano e lo guardò in quei dolci e sonnolenti occhi nocciola per la prima volta, restò colpito non dal dolore che spesso vedeva nello sguardo dei suoi clienti, ma dalla confusione, come se lui non avesse idea del perché tutto quello stesse succedendo.

«Allora,» esordì Tom quando furono seduti sulle sedie di finta pelle imbottita, «come si è sentito negli ultimi giorni?»

Kevin incrociò le gambe, come se cercasse di trovare una posizione comoda, e poi le stese di nuovo. «Okay, presumo.»

«Bene. Come sta sua moglie... Tracy, giusto? E il bambino?»

«Il bambino non è ancora nato,» rispose Kevin.

Tom lo sapeva già. Era stata opinione del dottor Belanger, dopo aver fatto un consulto a Kevin all'Androscoggin Valley Hospital, che l'apprendere della gravidanza non pianificata della moglie avesse innescato una reazione che aveva poi portato al tentativo di suicidio. Kevin l'aveva negato, ovviamente. Avere un bambino si presumeva fosse il momento più felice nella vita di un uomo.

Di solito non portava al suicidio.

1

«Capisco,» disse amabilmente Tom, tirando i peli corti della propria barba con il pollice e l'indice. «Intendevo dire, come sta procedendo la gravidanza?»

Kevin si strinse nelle spalle. «Bene.»

Tom si rese conto di aver sete, così si alzò e andò al boccione situato in un angolo. «Gradisce un po' d'acqua?» offrì, sollevando un bicchiere di plastica vuoto.

«Sì, certo.»

Fu solo quando tornò con entrambi i bicchieri e li sistemò sul tavolino un po' malconcio che Kevin aggiunse volontariamente: «Penso che sia arrabbiata con me.»

«Sua moglie?» Tom si sistemò di nuovo sulla sedia e gli sorrise. «Arrabbiata per cosa?»

«Perché ho cercato di uccidermi?»

«Ha detto qualcosa?»

«Non proprio,» rispose Kevin. Incrociò e stese di nuovo le gambe, guardando il bicchiere sul tavolo senza però dare l'idea di riuscire a focalizzare la sua attenzione su di esso. «Da allora mi parla a malapena. Dopo il lavoro, passa la maggior parte del tempo da sua madre.»

Tom non si sentiva a suo agio nel fare consulenza di coppia, visto che non era mai stato sposato. Lo stato del New Hampshire aveva legalizzato i matrimoni gay l'anno prima, ma lui non stava nemmeno uscendo con qualcuno. Generalmente dirottava persone con problemi coniugali alla sua collega, Sue Cross. Ma in questo caso, parlare con Tracy avrebbe potuto offrire alcune informazioni preziose su ciò che era successo, così suggerì: «Pensa che potrebbe essere d'aiuto che Tracy si unisca alla sessione?»

«No.»

«Beh, sappia che è un'opzione, se deciderà di farlo più avanti.»

«Quante volte devo venire qui?»

Quello era solo un incontro ambulatoriale, perché Mark Belanger era convinto che la breve permanenza di Kevin in ospedale non fosse stata sufficiente ad aiutarlo. L'avevano dimesso quando avevano creduto che non fosse più un pericolo per se stesso, ma non avevano accertato il vero problema. Riuscirci avrebbe richiesto mesi, se non anni. Ma non si poteva obbligare Kevin a continuare le sedute.

«Perché non ne parliamo alla fine di questa sessione?» chiese Tom. Sospettava che Kevin si sarebbe semplicemente alzato e se ne sarebbe andato, se solo gliene avesse data la possibilità. «Adesso vorrei parlare del perché il dottor Belanger l'ha mandata da me.»

Quando Kevin semplicemente fissò con aria assente il bicchiere, Tom gli chiese: «Vorrebbe dirmi cosa è successo un paio di settimane fa? Quella domenica?»

Kevin sospirò e si protese in avanti per prendere un sorso d'acqua. «Ci siamo passati un milione di volte in ospedale. Non gliel'hanno lasciato scritto?»

«Il dottor Belanger mi ha mandato delle note. Ma mi piacerebbe sentirlo da lei.»

«Non mi ricordo bene.»

«Così dicono le note.»

«Beh, hanno ragione,» disse Kevin, irritato. «Tracy è uscita con sua sorella per andare a comprare vestitini per bambini o qualcosa del genere. E io mi sentivo parecchio giù...»

«Perché?»

«Non lo so. Era così e basta.»

«Mi dispiace. Continui.»

La storia che Kevin raccontò non era molto diversa da quella che Mark Belanger aveva scritto. Kevin aveva deciso di bersi una birra, seguita da altre. La sensazione di sentirsi giù di morale era peggiorata fino a quando, nel suo stato intossicato, la depressione gli era sembrata insormontabile. Era quindi andato in garage, si era spogliato completamente nudo e aveva legato una gamba dei jeans alla traversa e l'altra attorno al proprio collo, e poi era sceso dal portellone posteriore del suo camioncino. Il salto non era stato sufficiente per rompergli il collo e il modo in cui era legato il pantalone permetteva a un filo d'aria di entragli in gola. Ecco perché non era morto. Era semplicemente rimasto là a soffocare. Era svenuto dopo pochi minuti, ma i medici stimavano che fosse

3

rimasto appeso per circa quindici minuti prima che qualcuno, guidando lungo la strada davanti al suo garage, lo vedesse e chiamasse il 911.

«Perché farlo nudo?» chiese Tom.

Kevin si strinse nelle spalle e trangugiò il resto dell'acqua. «Non lo so. Doveva essermi sembrato giusto così in quel momento.» Si fermò e poi lanciò un'occhiata a Tom con un sorriso lievemente malizioso. «Vuole sentire qualcosa di disgustoso? Su quando mi hanno trovato?»

Tom aveva una vaga idea di cosa stesse per dire, ma rispose: «Certo.»

«Presumo di essere stato... un po'...» Fece un gesto, come se stesse per mostrare il dito medio a Tom, ma tenne il pugno chiuso.

Tom rise. «A quanto pare non è insolito per gli uomini che si... appendono... avere delle erezioni. Non mi chieda perché lo so. L'ho letto da qualche parte.»

«È una cosa un po' folle,» disse Kevin, ma stava ancora sorridendo. «Presumo di essere stato fortunato a non aver defecato mentre ero appeso. Ho sentito che può accadere.»

«L'ho sentito anch'io.»

«Quello sarebbe stato davvero vergognoso.»

«Oh, assolutamente!»

Era uno scherzare malato, ma fece ridere entrambi. E il fatto che Tom fosse disposto a ridere con lui su quella cosa, e che entrambi ridacchiassero come ragazzini del liceo, o anche più giovani, sembrò mettere Kevin più a suo agio.

«Ricorda altro?» chiese Tom quando smisero di ridere.

Kevin si sistemò sulla sedia e sembrò riflettere seriamente sulla questione per la prima volta da quando era iniziata la seduta. «Non riuscivo a respirare.»

Tom fu tentato di fare un'altra battuta, *"Ho sentito dire che impiccarsi crea problemi di respirazione",* ma percepì che c'era più che una semplice continuazione dello scherzo in quelle parole. «Intende dire... prima che cercasse di impiccarsi?»

Kevin annuì. «Ricordo che è per quello che ho iniziato a bere, perché non riuscivo a respirare. Pensavo di aver bisogno di rilassarmi.»

Quella era una reazione strana. Sempre che non fosse qualcosa che aveva già sperimentato in precedenza e fosse il suo modo di gestire la cosa.

«Ha mai avuto problemi a respirare in altre situazioni?»

«Ogni tanto. Ma niente di che. Cioè, so che sono solo attacchi di panico.»

Tom cercò di ricordare se aveva letto qualcosa di simile nelle note. Non pensava fosse così. Le note erano sulla scrivania, ma non voleva interrompere Kevin per leggerle. «Le hanno diagnosticato attacchi di panico in passato?»

«Pensavo lo sapesse,» disse Kevin. «Sono stato allontanato quando ero un bambino.»

«Allontanato?»

«Hampstead Hospital. Per un paio di mesi.»

L'Hampstead Hospital aveva un programma eccellente per bambini e ragazzi, inclusi trattamenti ospedalieri per la depressione, per disturbi legati allo stress post-traumatico e per altri disordini psicotici. «Queste informazioni non erano nel file di Androscoggin. Si ricorda che trattamento aveva ricevuto a Hampstead?»

Kevin fece spallucce. «Come ho detto, erano attacchi di panico.»

«Quanti anni aveva?»

«Non ricordo. Tredici, forse?»

«Cos'è successo in quel periodo?»

Kevin aveva iniziato di nuovo a innervosirsi, accavallando la gamba sinistra sul ginocchio destro così da poter torcere la caviglia con le mani. «Devo stare seduto?»

«No. Faccia pure, si alzi, cammini un po'.»

Kevin saltò praticamente fuori dalla poltroncina. Mentre parlava, camminò in circolo nell'ufficio, lanciando occhiate ai libri sulle mensole di metallo contro il muro, al boccione dell'acqua, alla scrivania di Tom, prima di fermarsi alla finestra e guardare fuori nelle strade di Berlin. «Mia madre dice che ero parecchio fuori controllo. Litigavo con i bambini a scuola, rompevo cose in casa, tipo i piatti e... quella stupida statuina di legno che faceva pipì in giardino... cazzate del genere. Gridavo con lei e mio padre tutto il tempo e mi chiudevo in camera. Penso di essere scappato una volta...»

«Sua madre le ha detto questo? Non se lo ricorda?»

«Non proprio. Insomma, mi ricordo di aver preso a calci quel coso di legno fino a romperlo.»

«Perché l'ha fatto?»

«Mi ero rotto di guardare il suo *culo*.» Kevin fece una smorfia e si voltò a guardare Tom per un momento. «Dai, perché le persone pensano che quelle dannate cose siano carine? Perché è carino avere un ragazzino che ti mostra le chiappe per tutto il tempo?»

Tom dovette ridere di nuovo. «Non lo so. Penso sia pacchiano.»

«Concordo.»

«Si ricorda del periodo passato a Hampstead?»

«No,» rispose Kevin pensieroso mentre guardava le macchine in strada, due piani sotto. «Ho dovuto andarci d'estate, perché non volevano che perdessi la scuola. Mi ricordo che ero incazzato per quello. Avevano paura che scappassi, così non mi era permesso uscire senza un'infermiera. Lo odiavo.»

«Nient'altro?»

«Niente di molto chiaro.»

Questo tizio è un enorme meccanismo di difesa umano, pensò Tom. Aveva fatto sedute con altri pazienti riluttanti a parlare di sé prima di allora, ma Kevin combinava quel fatto con l'umorismo e con una franchezza disarmante. Forse anche una franchezza un po' scioccante. Non che Tom fosse particolarmente scioccato. Sospettava però che, se fosse stato una donna, Kevin avrebbe anche potuto flirtare con lui. Tutto pur di spostare l'attenzione da ciò di cui non voleva parlare: il motivo per cui aveva tentato di uccidersi.

Quarantacinque minuti dopo, avevano toccato argomenti che andavano dall'infanzia di Kevin, piuttosto nella media, all'essere cresciuto in una zona rurale del New Hampshire, all'incontro con sua moglie alla tavola calda locale dove faceva la cameriera, al suo lavoro come tuttofare. Kevin non ebbe remore a parlare a Tom della sua vita sessuale, incluso quanto spesso si masturbava *("Insomma, è normale, considerando che sono sposato?")*, anche se Tom non gliel'aveva chiesto. Niente era sacro.

Eccetto il perché si fosse appeso per il collo in quel dannato garage.

La seduta finì e Tom ebbe il presentimento di aver fatto un po' di progressi, forse, ma niente di significativo. Gli piaceva Kevin, era affascinato da lui. A essere onesti, era anche in qualche modo attratto da lui. Ma quell'uomo era un enigma. La sua memoria era davvero così frammentata? O semplicemente diceva *"Non ricordo"* quando non voleva parlare di qualcosa?

Mentre si stringevano la mano sulla soglia, Kevin guardò apertamente Tom, con quei suoi dolci occhi nocciola, le palpebre pesanti come quelle di un uomo soddisfatto dopo aver fatto sesso, e fece quel timido sorriso da ragazzino. «È stato molto più facile parlare con lei che con il dottor *comesichiama* in ospedale.»

«Mi fa piacere che si sia sentito a suo agio.»

La stretta di mano sembrò protrarsi un po' troppo a lungo e lo sguardo di Kevin resse quello di Tom fino a quando questi non iniziò a chiedersi se, dopotutto, quell'uomo potesse arrivare a flirtare anche con uno psicologo maschio.

Quando finalmente Kevin lo lasciò andare, Tom chiese: «La vedrò la settimana prossima?»

«Certo,» rispose Kevin, ma Tom sapeva che stava mentendo. Cercarono un giorno sul calendario che potesse andare bene a entrambi. Tom lo segnò con la sua penna a sfera e poi Kevin uscì dal suo ufficio.

Tom desiderò di aver fatto di più. Sperò che Kevin avesse superato la crisi che lo aveva portato a tentare di impiccarsi, ma non ne poteva essere sicuro. Tutto ciò che sapeva per certo era che non avrebbe più rivisto Kevin Derocher.

Capitolo 2

Tre anni dopo

La casa era perfetta: su due piani, più uno interrato, con un portico e un terrazzo sul retro, il tutto distribuito su otto ettari di prati e boschi. Aveva l'elettricità – Tom non era un completo luddista – ma non c'erano luci lungo la strada. Sarebbe potuto stare seduto sotto il portico la notte a guardare in aria senza vedere altro se non le sagome dei pini e il cielo stellato. Mentre passava in rassegna il posto con l'agente immobiliare e notava i pavimenti in legno, il caminetto in soggiorno, le stufe a pellet nella sala da pranzo e nel seminterrato, la lavatrice e l'asciugatrice, la vasca idromassaggio sul terrazzo – una cavolo di vasca idromassaggio! – e il barboncino degli attuali proprietari vestito con un maglioncino ridicolo con i fiocchi di neve sopra, seppe che doveva essere suo. Non il barboncino, visto che i proprietari l'avrebbero portato via e che comunque Tom si immaginava più con un Pastore tedesco o qualche altro cane di grossa taglia con il quale avrebbe potuto lottare. Ma voleva quella casa. Più di quanto avesse mai voluto qualcosa in vita sua.

Dopo quattro mesi e dopo aver trattato un po' sul prezzo, fu sua.

Si trasferì il giorno successivo alla chiusura dell'affare e dormì su un materasso nella camera al piano superiore. Non si era preoccupato di trasferire arredi dal suo vecchio appartamento a Berlin. Voleva che tutto fosse adatto all'aspetto rustico e country di quel posto. Forse gli arredi di Shaker avrebbero funzionato. Oppure poteva frugare nei negozi d'antiquariato. O magari poteva semplicemente girare e cercare fra i mercatini di quartiere e vedere se vecchi poderi della zona vendevano qualcosa di decente.

Aveva pagato una società di traslochi per trasportare da Berlin ciò che aveva fino alla casa nuova e si prese il venerdì pomeriggio di riposo per supervisionare il tutto. Trovò divertente che quelli che si supponevano essere giovani uomini etero che lavoravano per la compagnia si mostrassero così palesemente i muscoli l'un l'altro – e anche a lui – mentre accatastavano scatole sulle reciproche schiene e le portavano allegramente su e giù dalle scale. Quella cosa aveva una chiara connotazione sessuale come gli sembrava? O forse, a trentacinque anni, Tom era già diventato un vecchio sporcaccione. Fece del suo meglio per non occhieggiarli, ma non era facile quando insistevano nel togliersi le magliette.

Quella sera, decise che sarebbe stato bello usare la vasca idromassaggio, ma la cosa si rivelò essere più difficoltosa di quanto non si fosse aspettato. I precedenti proprietari avevano tolto tutta l'acqua, il che era probabilmente la cosa migliore da fare, e così avrebbe dovuto riempirla nuovamente. Purtroppo, l'interno della vasca aveva una sorta di accumulo che doveva essere grattato via prima che Tom potesse sentirsi a suo agio nel lasciare che il suo culo nudo ci si appoggiasse contro, ed era stata una giornata molto lunga. Così, optò per sedersi sul terrazzo mentre la notte calava, bevendosi un paio di birre e ascoltando l'ululato dei coyote nella foresta.

Di sabato, però, si decise e iniziò a scrostarla. I suoi vestiti erano completamente zuppi quando finalmente riuscì a liberare la vasca da tutto il sapone, così li tolse e percepì un piccolo senso di eccitazione nel girare nudo per il giardino, sapendo che non c'erano vicini che lo potevano vedere.

Riempì di nuovo la vasca e ci mise un po' di tempo a capire come bilanciare in modo corretto il cloro e gli altri prodotti chimici. Poi sollevò l'interruttore sul muro per far partire la pompa.

Niente.

Lo abbassò e poi lo sollevò di nuovo.

Ancora niente. Beh, non proprio niente *niente*. Tom sentì un lieve suono, come un brontolio, arrivare da sotto la vasca. Ma nient'altro.

La vasca era morta.

«La pompa dell'acqua è bruciata.»

C'era voluta una settimana per trovare qualcuno in zona che facesse assistenza a quel tipo di vasca e altri quattro giorni per far sì che si recasse a casa sua. Il tizio aveva aperto il fianco della vasca e ora se ne stava a scuotere il capo come se la cosa fosse senza speranza, con i pezzi sparsi vicino a lui sulla terrazza.

«Funzionava quando ho visitato la casa quattro mesi fa,» disse Tom, come se dicendo così in qualche modo l'aggeggio potesse rivelarsi non essere più rotto.

«Presumo che qualcuno abbia tirato su l'interruttore quando non c'era dentro acqua,» osservò l'uomo. «E poi l'abbia lasciato così.»

Poteva essere successo in qualsiasi momento da quando la vasca era stata svuotata. Era possibile che l'avesse fatto Tom stesso mentre girava per la casa, aprendo porte, controllando le chiusure, accendendo e spegnendo cose. «Okay,» disse, «quanto mi costerà sostituirla?»

«La pompa? Forse un paio di centoni. Forse meno. Ma guardi qui.» L'uomo indicò il casino di fili e tubi avvolti da nastro adesivo sotto la vasca. C'era anche una presa elettrica multipla – una che non poteva essere adatta al voltaggio che richiedeva la vasca – con qualcosa inserito dentro. E il cemento sotto era umido. «Niente di tutto questo è regolare. Se qualcuno scoprisse che ho riparato qualcosa assemblato così male, potrei perdere la mia assicurazione.»

«Non possiamo trovare parti di ricambio?» chiese Tom tirandosi la barba e faticando per tenere lo sgomento fuori dalla voce. «E poi rimetterle insieme nel modo giusto?»

Il manutentore scosse il capo. «Non fanno più questo modello. Dovrei cercare delle parti usate, e non è una cosa che faccio di solito. Le raccomanderei di comprarne una nuova.»

Ma Tom non era interessato a spendere diverse centinaia di dollari per rimpiazzare la vecchia vasca. Una vasca idromassaggio poteva essere meravigliosa, ma non era davvero necessaria. Lo faceva però incazzare il pensiero di essersi convinto di averne presa una insieme alla casa.

Il manutentore sembrò capire che Tom non era interessato a rimpiazzare la vasca, così prese il portafogli dalla tasca posteriore e ci frugò dentro finché non estrasse un biglietto da visita. Lo passò a Tom. «Senta, se davvero vuol farla funzionare – in sicurezza – ho un amico che fa lavori di manutenzione per vivere. Non è certificato sulle vasche idromassaggio, nello specifico, ma è bravo con gli impianti idraulici ed elettrici. E non la fregherà.»

Tom prese il biglietto e fu confuso per un attimo sul perché il nome gli suonasse familiare. Poi ci arrivò: aveva incontrato quell'uomo una volta, anni prima, dopo un tentativo di suicidio. Kevin Derocher.

Tom pensò se chiamare Kevin o no, timoroso in qualche modo di violare la relazione professionale tra terapista e cliente. Ma aveva visto Kevin una volta sola, ben tre anni prima. E l'avrebbe chiamato solo per sistemare quella dannata vasca. Così si arrese e compose il numero.

Se Kevin riconobbe il nome di Tom, non ne diede segno. Disse di essere impegnato per la settimana seguente, ma che sarebbe andato da lui il weekend successivo.

Così, quasi due settimane dopo, un sabato mattina di inizio giugno, un furgoncino nero e malconcio con un telone dietro e le parole *Derocher Repairs* disegnate sulla fiancata imboccò la lunga strada tortuosa di Tom, e poi Kevin Derocher scese dal mezzo. Non era cambiato molto. Sempre snello, i capelli color cioccolato ancora ribelli come se fosse appena sceso dal letto e il viso a cui avrebbe giovato l'essere rasato. Indossava dei jeans sbiaditi e una maglietta bianca. Quando iniziò a salire i gradini del portico, colse Tom nell'atto di uscire di casa e si fermò di colpo.

«Mi ricordo di te,» annunciò, facendo quel sorriso carino e timido che Tom ricordava. «Mi stavo chiedendo perché la tua voce mi suonasse familiare.»

Tom si fece avanti e gli strinse la mano, sorridendo. «Non hai riconosciuto il mio nome?»

«Non mi ricordo mai i nomi. Ma un po' mi ricordavo la tua voce, così rilassante e roba del genere.»

Tom rise al tono canzonatorio. «Come stai, Kevin?»

«Okay.» Lui lanciò uno sguardo lontano e si passò una mano tra i capelli scomposti, dando improvvisamente l'impressione di essere a disagio. «Insomma, le cose sono diverse ora. Tracy ha divorziato da me dopo che ha perso il bambino.»

«Mi dispiace molto.»

«Forse è stata la cosa migliore,» disse lui stringendosi nelle spalle. «Non ero un gran marito. Probabilmente non sarei stato nemmeno un gran padre.»

La tentazione di psicanalizzare quella frase era forte, ma Tom resistette. «Lascia che ti mostri la vasca.»

Accompagnò Kevin lungo il portico fino al terrazzo posteriore, mostrandogli il disastro. Lui si accucciò e praticamente strisciò dentro quella dannata cosa, rendendo Tom nervoso al pensiero dei collegamenti elettrici fatti con lo sputo che c'erano là sotto. Se Tom avesse saputo che avrebbe fatto una cosa del genere, sarebbe corso dentro e avrebbe tolto la corrente, ma Kevin in qualche modo riuscì a non folgorarsi. Si alzò di nuovo, ripulendosi le mani sporche sui jeans.

«È un po' tutto un casino,» disse.

«L'ho notato.»

«Farò un elenco delle parti di cui abbiamo bisogno. Dovrai ordinare la pompa online, non pagherò di tasca mia. Però posso procurarmi il necessario per l'impianto idraulico e le cose elettriche.»

«Pensi che possa essere sistemata?» chiese Tom con tono speranzoso.

«Tutto può essere sistemato, amico. Basta che riusciamo a recuperare le parti di ricambio.»

«E non assisteremo a un caso di *Morte per elettrocuzione nella vasca*?»

Kevin rise. «No, a meno che tu non lo voglia.»

Entrarono in casa e Kevin aiutò Tom a trovare la pompa di ricambio online. Finì per costargli solo centoventicinque dollari più le spese di trasporto e sarebbe stata consegnata entro la fine della settimana seguente. Tom si sentì eccitato al pensiero di aver dato il via alla resurrezione della sua vasca idromassaggio. La parte più razionale della sua mente gli diceva che era una sciocca stravaganza, ma il resto di lui continuava a immaginare se stesso avvolto nel vapore dell'acqua calda, la sera tardi, con lo sguardo rivolto alle stelle.

Mentre Tom inseriva le informazioni della sua carta di credito, Kevin vagò un po', muovendosi in soggiorno. Non c'era molto da guardare visto che non c'era l'arredamento, e tutti i libri di Tom e le altre sue cose di proprietà erano accatastate in scatole sparse in giro per casa. Il portatile stesso era appoggiato in mezzo alla stanza e Tom aveva dovuto sedersi in terra a gambe incrociate per usarlo.

«Bel posto,» commentò Kevin.

«Vuoi fare un giro?»

«Certo.»

Così Tom gli mostrò la casa. Anche se era per la maggior parte vuota, le stanze grandi e le pannellature in legno di pino sui muri la rendevano confortevole. Tom era deliziato di avere una scusa per vantarsi di quel posto. Fino a quel momento, la sua collega Sue era stata l'unica persona che era andata a vederla. Tom non aveva molti amici e anche la sua famiglia non era incline all'idea di volare fin lì dal New Mexico, non fino a quando non avesse avuto una camera per gli ospiti pronta. Ma Kevin sembrava apprezzare, fischiando spesso con ammirazione mentre passavano da stanza a stanza, su e giù dalla scala a chiocciola che portava al seminterrato, parlando di quale delle camere ai piani superiori potesse essere adatta per gli ospiti e quale invece si sarebbe potuta trasformare in libreria.

Quando arrivarono alla camera padronale, dove Tom aveva sistemato il sacco a pelo su un materasso per il campeggio, senza nient'altro che una lampada vicino al letto e una pila di libri, Kevin chiese: «Vivrai qui da solo?»

Tom si strinse nelle spalle e si preparò a fare il balletto dei sessi, cercando di evitare di parlare al femminile o al maschile se fosse stato costretto a discutere di relazioni. Era stata una necessità noiosa dal momento in cui era diventato un terapista. «Sì, solo io.»

Ma Kevin gli risparmiò il balletto, semplicemente sorridendo e dicendo: «Così si fa. Puoi chiamarmi cazzone, se vuoi, ma non è che mi manchi poi molto la mia ex. Non che la odi né niente. Ma presumo di non essere fatto per vivere con qualcun altro.»

«Non ti chiamerò cazzone,» rispose Tom con un sorriso. «Ad alcune persone piace passare il tempo da sole.»

«Per questo ti sei trasferito in culo ai lupi?»

«Non sopporto di vivere a Berlin.» Tom ci era cresciuto e, nella sua infanzia, la cartiera aveva ricoperto la piccola città con un fumo che puzzava di prodotti chimici e uova marce. Non c'era modo di scapparvi. La cartiera aveva chiuso nel 1994, cosa che era stata finanziariamente devastante per l'area, ma in quel modo l'aria e il fiume Androscoggin sarebbero stati puliti. Anche se per Tom puzzava ancora di uova marce e sarebbe sempre stato così.

Kevin si avvicinò alla finestra, dove poteva guardare lungo il viale d'accesso. «Non fraintendermi. Tracy è una brava donna e spero che sia felice. Si vede con il proprietario del ristorante dove lavora ora. Diavolo, lo frequentava anche prima che divorziassimo.»

Tom fece una smorfia interiore. Molti uomini calunniavano le loro ex mogli accusandole di infedeltà. Era un cliché che trovava ripugnante. «Pensi che ti abbia tradito, ma la definisci comunque una brava donna?»

Kevin si voltò a guardarlo, sorridendo un po' malinconicamente. «Le cose non andavano bene tra noi. Non posso colpevolizzarla per aver trovato qualcun altro. Sapevo cosa stava succedendo tra lei e Lee, e lei sapeva che io lo sapevo. A quel punto non era più importante.»

Il tutto cominciava a suonare come l'inizio di una seduta di terapia e Tom non si sentiva a suo agio. Trovava Kevin interessante e carino. Forse, se fossero diventati amici, sarebbe stato appropriato avere quel genere di conversazione. Però, nel frattempo, si presumeva che gli aggiustasse la vasca, non che si sfogasse con lui.

Per fortuna, Kevin si rese conto di essersi spinto troppo oltre e fece rapidamente marcia indietro. «Scusami, non vorrai sentire tutte queste cazzate.»

«Va tutto bene,» mentì Tom.

«Devo andare. Grazie per avermi fatto fare un giro.»

Ancora una volta, mentre si stringevano la mano, Tom sentì come se il contatto si protraesse per qualche secondo di troppo, e quegli occhi sonnolenti e dolci sembrarono scrutare a fondo nei suoi. Forse era il modo di Kevin di stringere la mano.

«È stato un piacere,» disse Tom.

«Sabato prossimo sono impegnato, ma posso venire domenica, se ti arriva la pompa.»

«Sarebbe grandioso.»

Capitolo 3

La pompa dell'acqua arrivò con l'UPS il giovedì seguente. Tom tornò da lavoro e la trovò sotto il portico. Per fortuna, gli unici ladri probabili dell'area erano un branco di tacchini selvatici che si stavano facendo una passeggiata lungo il viale mentre vi entrava lui.

Sostituire la pompa e sistemare tutti i tubi in PVC e il dubbio cablaggio impegnò quasi tutta la domenica. Tom non fece niente, ovviamente, ma gironzolò attorno a Kevin in caso necessitasse di un aiuto – non fu così – e per tenergli compagnia. Era un giorno caldo e una birra ci sarebbe stata proprio bene. Ma Tom non era così maleducato da sedersi a bere una Smuttynose senza offrirne una a Kevin, e non sapeva se farlo bere mentre lavorava con l'elettricità fosse una buona idea. Così preparò un po' di limonata, usando il preparato in polvere, e la portò fuori in bicchieri con ghiaccio, sentendosi una parodia ridicola di Donna Reed.

Ma Kevin sembrò apprezzare la cosa. O almeno il gesto. «Questo genere di sapore ricorda l'acido della batteria,» commentò dopo un sorso. Fece una smorfia per il gusto sgradevole ma sorrise.

Tom iniziava a intuire che a Kevin piacesse prendere in giro le persone. «Sì, vero,» ammise. «Mi dispiace di non aver molto in casa al momento. Le uniche cose nel frigorifero, a parte l'acqua, sono latte e birra.»

«Non bevo quando lavoro. Questo va bene.»

Tranguggiò il resto, con il sudore che gli gocciolava dai capelli come se lui fosse un attore per la pubblicità della Gatorade. Tom non poté resistere e gli lanciò un'occhiata mentre Kevin aveva gli occhi chiusi. Era sporco, grondante di sudore ed estremamente sexy. In più, sembrava completamente inconsapevole del suo sex appeal. O forse non gliene importava nulla, non come i ragazzi gay che Tom conosceva a Berlin, che sembravano non pensare ad altro che al loro aspetto. Non poteva però passare troppo tempo a occhieggiarlo o Kevin se ne sarebbe accorto. Così, prese la propria bevanda e si sedette su una delle sdraio.

«Grazie,» disse Kevin mentre riponeva il bicchiere sul bracciolo di un'altra sdraio.

«Di nulla.»

Kevin si rimise al lavoro e Tom sorseggiò lentamente la limonata, se si poteva definire così. Dopo alcuni minuti passati a cercare di non farsi beccare a guardare le gambe di Kevin – gambe da corridore che uscivano dai jeans tagliati, snelle e muscolose e spolverate di peli castani – Tom si alzò ed entrò in casa a recuperare un libro. Trovò uno dei suoi preferiti, *Ordinary People* di Judith Guest, e tornò a sistemarsi sulla sdraio per leggere, sentendosi un po' un ricco stronzo a starsene con le mani in mano mentre il suo "aiutante" si occupava del lavoro. Ma sapeva che sarebbe stato di impedimento a Kevin se avesse cercato di assisterlo.

Dopo un'altra ora o giù di lì, Kevin annunciò: «Bene, ho quasi fatto. Ma sto morendo di fame.»

Tom pensò alla propria cucina vuota e disse: «Ho dei burritos surgelati e le Hot Pockets. Penso di avere del burro d'arachidi e i jelly sandwich…»

«Sei in campagna, amico,» lo rimproverò Kevin. «Devi prendere un grill a gas da mettere qui sul terrazzo.»

L'idea era interessante. «Quanto mi verrebbe a costare?»

«Dipende da quale prendi,» disse Kevin, togliendosi la maglietta e usandola per asciugarsi il sudore dal viso. Il petto e i muscoli dello stomaco erano ben definiti e lievemente coperti dagli stessi fini peli castani che aveva sulle gambe. Una traccia di peluria più scura partiva dall'ombelico e finiva dentro i suoi calzoncini, che gli scendevano bassi sui fianchi. La bocca di Tom si fece improvvisamente secca e lui cercò di prendere un sorso di limonata, solo per scoprire che il bicchiere era vuoto.

Kevin infilò la maglietta nella parte anteriore dei calzoncini, cosa che servì solo ad abbassare la cintola e rivelare ancora un po' di quella linea che scendeva verso il basso... dove c'era una cospicua assenza di biancheria. «Un grill buono potrebbe venirti anche cinquecento dollari, o un po' di più.»

«Dove posso trovarlo?»

«Facciamo così. Perché non ci prendiamo una pausa e andiamo in città? C'è un buon ristorante dove possiamo mangiare qualcosa. Poi ti porto al negozio di elettrodomestici, se hai tempo, così puoi guardare cos'hanno.»

Il confine tra "tuttofare" e "amico" iniziava a svanire, ma a Tom, a dire il vero, non dispiaceva. Gli piaceva Kevin e, se lui era interessato a passare un po' di tempo insieme, non era una brutta cosa. A patto che non odiasse i gay o cose del genere. Alla fine l'orientamento di Tom sarebbe saltato fuori se fossero diventati amici, anche solo amici in modo superficiale. Essere gay non era qualcosa che Tom sentiva di dover annunciare a tutti quelli che assumeva per sistemare cose in casa, ma si rifiutava di tenerlo segreto nella sua stessa abitazione.

La città di Stark aveva un tipico Bed&Breakfast chiamato Stark Village Inn, situato vicino al ponte coperto che attraversava il fiume Ammonoosuc. Con la Stark Union Church che stava dall'altra parte del fiume, creava una scena molto suggestiva, ma non c'era ombra di qualcosa cosa che si potesse definire ristorante. Saltò fuori che, con il termine "città", Kevin aveva in effetti fatto riferimento a Groveton, che stava a meno di dieci miglia da Stark. Là c'era un posto che frequentava e che si chiamava *Lee*, un piccolo ristorante tipico del New England, con prezzi economici e portate enormi. Insistette per guidare, visto che Tom non aveva idea di dove andare.

«Devo avvisarti,» disse Kevin mentre parcheggiava il furgone direttamente sotto l'insegna al neon del ristorante e tirava il freno a mano. «Tracy lavora qui.»

18

Tom rise. «È la tua ex, non la mia.»

«Va tutto bene. Possiamo anche incontrarci in pubblico senza azzuffarci o qualcosa del genere.»

L'interno del ristorante era luminoso e pulito e a Tom piacque immediatamente. Per fortuna il cibo era buono perché sospettava che ci avrebbe mangiato spesso. Kevin lo condusse in uno scomparto vicino alla vetrina e, appena prima di sedersi, fece un sorriso cospiratore a Tom e disse fra i denti: «Eccola che arriva.»

Tracy era una bella donna, con i capelli biondo rossicci, vivaci occhi azzurri e un bel sorriso. Aveva un fisico che avrebbe reso orgogliosa una donna di dieci anni più giovane. Tom poteva di certo capire perché un uomo etero potesse sentirsi attratto da lei. La donna si avvicinò al tavolo non appena notò Kevin e lo salutò. «Ehi, tesoro. Chi è il tuo amico?»

Il sorriso che rivolse a Tom era abbastanza provocante da farlo sentire a disagio, specialmente con Kevin che guardava, ma questi sembrò non esserne disturbato.

«Tracy, questo è Tom Langois,» disse. «Si è appena trasferito a Stark e mi ha assunto per sistemare alcune cose.»

«Beh, ti è andata bene,» disse lei a Tom. «Kevin può sistemare tutto.»

Sembrava ci fosse ancora un po' di affetto tra i due e Tom ne fu lieto. Gli ex che si facevano la guerra erano tediosi. Tracy lasciò un paio di menu e disse che sarebbe tornata di lì a un minuto con i bicchieri d'acqua. Ma, prima di allontanarsi, chiese a Kevin: «Posso parlarti un attimo in privato?»

Lui si scusò e fece come lei gli aveva chiesto, mentre Tom si impegnava a tenere la curiosità sotto controllo, passando in rassegna il menu. Era tutto abbastanza tipico dei ristoranti del New England: colazioni tutto il giorno con omelette fatte con tre uova, pancakes e un sacco di bacon, bocconcini di carne, bistecche, voulevant con la besciamella, cotolette con salsa, costolette di maiale con salsa. Praticamente qualsiasi cosa potesse essere coperta da salsa, formaggio, burro o da tutte e tre. Non il posto dove andare se stavi attento al peso o alla pressione sanguigna. In effetti, alcune cose, come i voulevant o le cottolette, non erano tradizionali del New England, ma la gente del posto li aveva adottati con entusiasmo perché si adattavano bene al tema generale.

Kevin tornò da solo e sembrava un po' agitato, ma non offrì alcuna spiegazione e Tom non aveva intenzione di pressarlo. Finse di essere affascinato dal menu per un altro paio di minuti, fino a quando Tracy tornò per prendere i loro ordini. Kevin non si era nemmeno preso la briga di guardare il menu. Disse solamente: «La stessa cosa che prendo di solito.» E Tracy scrisse sul suo blocchetto. Tom ordinò puntine di vitello e patatine.

Quando furono soli, Kevin disse piano: «È di nuovo incinta.»

Non sembrava felice della cosa, ma Tom non poteva stare lì a fissarlo senza dire niente. Si tirò la barba e disse semplicemente: «Ah.»

Kevin restò in silenzio per un lungo momento prima di riscuotersi. Prese un profondo respiro e lo rilasciò lentamente. Poi tentò di sorridere ma la cosa non ebbe un gran successo. «È una cosa buona. Sono felice per lei. Per tutti e due.»

Prese la saliera e iniziò a giocherellarci, ma Tom notò che la sua mano tremava, anche se quasi impercettibilmente. Resistette all'istinto inappropriato di allungare la propria e metterla sopra quella di Kevin. Era più convinto di quanto non lo fosse stato una settimana prima che Kevin avesse voluto il bambino. Forse aveva vissuto la cosa in modo conflittuale, ma parte di lui ne stava ancora piangendo la perdita.

Quando Tracy portò il loro cibo – saltò fuori che ciò che Kevin prendeva abitualmente erano un cheeseburger con le patatine e un milkshake al cioccolato – mangiarono in silenzio. Le puntine di vitello erano buone e abbondanti, anche se un po' salate, e le patatine erano davvero patate tagliate fresche invece che quelle surgelate. Tom non aveva dubbi che sarebbe tornato.

Kevin rimase meditabondo per tutta la durata del pranzo, quindi Tom si aspettava che, una volta finito, si sarebbero semplicemente diretti verso casa sua invece che al negozio in cerca del grill. Non era nemmeno sicuro che quel pomeriggio Kevin sarebbe rimasto a finire il lavoro. Ma Kevin lo portò al negozio di elettrodomestici come aveva promesso e, una volta dentro, sembrò riscuotersi dall'umore nero in cui era scivolato.

«Non comprare uno di questi cosi da due o trecento dollari,» disse oscillando una mano verso le griglie economiche con gesto di sufficienza. «Le accensioni moriranno dopo il primo anno e il tutto cadrà a pezzi l'anno dopo.»

Condusse Tom verso dei grill di qualità media. Erano molto diversi dalle semplici carbonelle che Tom si ricordava di aver usato per cucinare hamburger e hot dog quando era bambino. Questi erano dei grossi mostri di acciaio inox con quattro fuochi a propano e interruttori per l'accensione automatica.

«Ho davvero bisogno di un coso così grosso?» chiese Tom.

«Beh, non lo so. Non ho visto quanto è grosso. Ma pensavo stessimo parlando di grill.»

Tom alzò gli occhi al cielo e Kevin gli fece un gran sorriso.

«Tu hai una griglia così?» tentò di nuovo Tom.

«No, non posso permettermelo. Ho solo un cazzo di hibachi sotto il portico. Ma se potessi, mi piacerebbe avere questo.»

Alla fine, Tom comprò il grill. Non era sicuro del perché fosse così, ma si fidava del fatto che Kevin non gli desse suggerimenti sbagliati. O forse stava sviluppando una stupida cotta per quel tizio. Avrebbe dovuto tenerla sotto controllo, prima che lo mettesse nei guai.

Però aveva appena speso settecento dollari per un grill a gas di cui non era certo di aver bisogno. Forse era già nei guai.

Quando tornarono a casa, era pomeriggio inoltrato. Tom aveva più o meno sperato che Kevin si fermasse un po' di più dopo aver finito con la vasca idromassaggio, magari per una birra. Ma, o Kevin era ancora di cattivo umore dopo aver sentito della gravidanza di Tracy, o forse aveva semplicemente una vita da vivere. Una volta finito il lavoro e risistemato il pannello laterale della vasca al suo posto, disse a Tom: «Dovrebbe essere tutto.

21

Riempila di nuovo, accendila e lascia che l'acqua si scaldi. Sarai a posto.»

Tom gli fece un assegno per la prestazione e Kevin se ne andò. Mentre se ne stava sotto il portico e ascoltava il rumore del furgone che usciva dal suo vialetto, Tom si sentì ridicolmente solo, anche se aveva passato gli ultimi dieci anni della sua vita a vivere comunque in solitudine.

Il grill era smontato e le parti distribuite dentro due scatole, sotto il portico, insieme a una piccola tanica di propano, ma non si sentiva motivato ad assemblarlo. Invece, accettò il suggerimento di Kevin e riempì la vasca. Quando fu piena ed ebbe aggiunto le sostanze chimiche, stava facendo buio. Si spogliò nudo di nuovo e si portò un libro da leggere alla luce appesa sotto il portico, ma non riuscì a concentrarsi. Tutto ciò a cui riusciva a pensare era Kevin senza maglietta e il fatto che non indossasse l'intimo sotto quei calzoncini. Non ci volle molto perché il suo cazzo iniziasse a chiedere attenzione, così ripose il libro e spense la luce. Poi si stese sulla sdraio e si masturbò senza fretta sotto il cielo limpido della notte.

Quando fu pronto, si alzò e si avvicinò alla ringhiera così da poter schizzare il proprio seme nel buio. Non ricordava esattamente cosa ci fosse sotto il portico da quel lato, ma sperava fosse solo erba.

Poi tornò alla vasca idromassaggio. L'acqua era ancora gelida.

Capitolo 4

La mattina seguente, l'acqua nella vasca era in qualche modo più calda, ma comunque solo tiepida. Era normale? Le vasche idromassaggio ci mettevano sempre così tanto a scaldarsi? Tom era tentato di chiamare Kevin, ma era parecchio presto. E poi lui doveva andare a lavoro, comunque. Forse arrivati a sera si sarebbe scaldata.

A mezzogiorno, Sue Cross gli offrì di portargli qualcosa da mangiare da Wang's Garden sulla Main Street e pranzarono nell'ufficio di lei. Sue aveva diversi anni più di Tom, anche se non le aveva mai chiesto l'età. Era una donna pratica che sapeva come portare un tailleur elegante e che, durante la sua lunga carriera da terapista, aveva messo al suo posto più di un cliente belligerante e misogino. Però, sembrava considerare Tom come un'opportunità per usare il suo istinto materno a lungo in disuso.

«Davvero, non dovresti vederti con un ragazzo che hai avuto in terapia,» lo ammonì mentre sistemava porzioni di maiale fritto su due piatti di plastica.

«Non lo sto "vedendo",» la rassicurò. «È etero. L'ho solo assunto.»

Lei sbuffò. «Di quanti uomini etero ti sei innamorato da quando ti conosco?»

Troppi, Tom lo sapeva. Ma non era quello il punto. «So già di avere una lunga storia da idiota. Ma non ho mai *frequentato* nessuno dei ragazzi etero per cui mi ero preso una cotta perché – strano a dirsi – erano etero.»

«Non è un'ossessione sana.»

«Non sono ossessionato e smettila di psicanalizzarmi,» sbottò lui, cercando nel sacchetto di carta per vedere se c'erano le bacchette. Non c'erano. Solo quelle piccole forchette di plastica che odiava. «Non mi innamoro di ragazzi etero perché sono etero. È solo che capita che mi piacciano quelli un po' più ruvidi.»

«Di certo non starai insinuando che tutti gli uomini gay sono effeminati,» lo rimproverò Sue, prendendo posto e trascinando il piatto sulla scrivania per tirarselo più vicino.

«Certo che no. Ho conosciuto alcuni uomini – alcuni uomini *gay* – che ho trovato attraenti. Ma uno era un coglione totale e con gli altri tre ci sono andato a letto ma non ha funzionato.»

Sue arricciò le labbra con un'espressione di finto puritanesimo. «Sei andato a letto con tutti e tre?»

«Beh, non allo stesso tempo.»

«In ogni caso,» disse lei, «non dovresti nemmeno essere amico di uno che hai avuto in analisi.»

«L'ho visto una volta, tre anni fa. Penso che non ci sia il rischio che mi veda come una figura autoritaria.»

Sue alzò a malapena le sopracciglia con aria scettica, visto che era impegnata a masticare.

«Oltretutto,» aggiunse Tom, «nessuno di noi due ha cercato l'altro. Il destino ci ha semplicemente fatto ritrovare.»

Si rese conto che, anche se non intenzionalmente, aveva parlato della cosa come se la situazione avesse una connotazione romantica, e fece una smorfia. Per fortuna, il cellulare di Sue suonò e lei fu troppo impegnata a rispondere per notarlo.

Quando tornò a casa dal lavoro, Tom verificò la temperatura dell'acqua nella vasca. Era più calda, ma non ancora calda a sufficienza. Controllò due volte l'orario e decise che fosse ancora abbastanza presto per chiamare Kevin. E poi lo faceva per una ragione legittima, no? Poteva essere che la vasca non funzionasse a dovere.

Per fortuna, Kevin non sembrò infastidito dalla chiamata. «Non lo so,» disse. «A volte ci mettono un po' per scaldarsi, perché c'è dentro molta acqua. Ma forse è l'elemento riscaldante che sta andando. Vuoi che passi a dare un'occhiata?»

«Certo. Quando?»

«Ora, se non sei impegnato.»

Quella risposta colse Tom impreparato. Non si era aspettato una risposta immediata. «Uhm… non voglio farti uscire…»

«Vedi tu,» disse Kevin con allegria. «Io mi sto annoiando a casa.»

«Oh. Okay. Va bene.» Poi, sentendosi un idiota, chiese: «Ehi, hai già cenato?»

Erano le sette di sera. Ovvio che Kevin avesse già cenato. Ma restò sorpreso quando lo sentì rispondere: «No. Vuoi grigliare qualcosa?»

«Oh, sì. Si può fare.»

«Va bene!» rispose Kevin con entusiasmo. «Dammi mezz'ora.»

Non appena ebbe riagganciato, Tom si rese conto di non avere niente da grigliare.

Guidò fino a Groveton in preda al panico, sperando di trovare qualcosa di aperto che gli permettesse almeno di comprare degli hot dog. Girò finché non incappò nel Groveton Village Store, che era ancora aperto, e riuscì a prendere qualche hamburger crudo, formaggio, panini e ketchup. Comprò anche due confezioni da sei di birre. Sfortunatamente, quando tornò all'auto, mezz'ora era andata. Gli ci vollero ancora quindici minuti per arrivare a casa e, quando giunse a destinazione, il furgone di Kevin era già nel vialetto e lui era seduto sui gradini del portico.

Merda.

Kevin si alzò e sorrise mentre Tom scendeva dall'auto e apriva il baule. «Non avevi cibo in casa, vero, stordito?»

«No,» confessò Tom timidamente, prendendo diverse borse di plastica dal bagagliaio. «Anzi, peggio.»

Kevin si avvicinò all'auto, vide le due confezioni da sei di birra e le sollevò. «Cioè?»

«Non ho ancora montato il grill.»

Kevin scosse il capo e chiuse il portabagagli. «Gesù.»

Non ci volle molto tempo per sistemare il grill, con Kevin che lo aiutava. Ci mise un po' di più a smettere di sentirsi un cretino, ma Kevin sembrava trovare la situazione divertente. Così, dopo un paio di birre, Tom si rilassò e si assestò nella piacevole sensazione data dal passare del tempo in compagnia di un altro uomo. Non era una cosa che sperimentava spesso.

Gli hamburger erano deliziosi, ma ancora meglio era lo stare seduti sulla sdraio, bere birra e parlare di tutto con Kevin. Gli sarebbe piaciuto che quella serata potesse continuare per sempre.

A un certo punto, Kevin si alzò dalla sedia e disse: «Cazzo. Non ho ancora dato un'occhiata alla vasca idromassaggio.»

Tom non era così sicuro che gli interessasse al momento, ma lo guardò mentre sollevava la copertura e metteva la mano in acqua.

«È calda,» commentò Kevin.

«Lo so. Solo che non sembra *molto* calda.»

Tom si trascinò fuori dal suo torpore e si unì a Kevin vicino alla vasca. Mise la mano nell'acqua e la mosse. Sembrava più calda di quanto non ricordasse. Non calda come gli sarebbe piaciuto, ma di certo confortevole.

«È una vecchia vasca,» disse Kevin. «A volte ci vogliono un paio di giorni perché si scaldi completamente. Ma direi che è calda abbastanza per entrare. Che ne dici?»

Quello colse Tom di sorpresa. Non aveva nemmeno pensato che Kevin potesse voler usare la vasca. «Non ho il costume.»

«Amico,» disse l'altro con una risata, «non devi mettere il costume in una vasca idromassaggio.»

Se Kevin non fosse stato presente, Tom non avrebbe avuto problemi a spogliarsi nudo, ma lo disturbava pensare a loro due nudi, insieme, nella vasca. Non perché non potesse controllare la propria erezione – non aveva avuto problemi a tenerla sotto controllo nelle docce sin dal liceo – ma perché gli sembrava disonesto. Kevin si sentiva a suo agio con l'idea di spogliarsi nudo di fronte a Tom perché presumeva che Tom non l'avrebbe guardato con un interesse sessuale.

«Ascolta,» disse Tom lentamente, «questa non è una cosa che normalmente ti direi finché non fossi certo che siamo amici…» Esitò a continuare, ma Kevin lo stava guardando con curiosità, aspettando che finisse ciò che aveva iniziato. Tom prese un altro sorso di birra. «Non sono… etero.»

Per un momento, l'altro sembrò confuso. Poi aggrottò la fronte e disse: «Oh.»

Si allontanò dalla vasca, lasciando Tom a rimettere la copertura su di essa. Aprì l'ultima birra e tornò alla sdraio prima di prendere un lungo sorso. Era chiaro che fosse turbato, però Tom non capiva se fosse quel tipo di turbamento che avrebbe potuto stroncare la loro amicizia.

«Pensavo non fosse giusto lasciarti spogliare davanti a me senza dirtelo,» spiegò Tom.

«Già. Grazie.»

Non sembrò esserci molto altro dire, dopo. Tom tornò alla sua sedia e bevvero in silenzio per diversi minuti prima che Kevin si alzasse annunciando: «Meglio che vada, prima che sia troppo stanco per guidare.»

«Te la senti di guidare?»

«Sto bene, amico. Ci vediamo.»

«Okay.»

Tom sentì il proprio spirito affondare mentre Kevin girava attorno alla casa e se ne andava. Non aveva fatto niente di sbagliato, lo sapeva. Ma c'erano probabilmente modi migliori per dare la notizia a un nuovo amico. O forse Kevin era uno stronzo omofobo e sarebbe fuggito indipendentemente dal diverso approccio di Tom.

Ma lui, comunque, si sentiva come se avesse rovinato tutto.

27

Capitolo 5

«Ti avevo avvisato.»

«No,» rispose Tom con uno sguardo sofferente, «non mi hai avvisato che sarebbe schizzato via quando gli avessi detto che sono gay.»

Sue mosse la mano con noncuranza. «Non con queste precise parole. Ma ti avevo messo in guardia sul correre dietro a uomini etero.»

«Non stavo correndo dietro a nessuno. Non mi illudo che voglia venire a letto con me.» Tom non poteva negare che avesse voluto andare a letto con Kevin, ma sapeva che era solo una fantasia. Molti uomini – gay ed etero – fantasticavano sul fare sesso con amici attraenti. Era innocuo, fintanto che sapevano che non sarebbe stato niente più di una fantasia. «Di certo non ci ho provato.»

«No...» disse Sue, ma sembrava scettica.

«Non starai dicendo che avrei dovuto semplicemente denudarmi, vero?»

Sue scosse il capo e si sistemò una ciocca di capelli grigi dietro l'orecchio. «Assolutamente no. Hai fatto bene a essere onesto con lui, prima di ritrovarti in una posizione ancora più imbarazzante. Sto solo dicendo che non dovresti perdere così tante energie agitandoti per una relazione che sai non andrà mai da nessuna parte.»

«Non mi è permesso avere un amico maschio che non sia gay?»

«Oh, Tom,» disse Sue nel suo miglior tono materno, «lo sai che non saresti così sconvolto se non ti stessi prendendo una cotta per quel ragazzo.»

28

Lui si accigliò ma non riuscì a pensare a una risposta da darle, perché sapevano entrambi che aveva ragione.

Tom controllò di nuovo la vasca quando tornò a casa dal lavoro. Era di sicuro più calda di quanto non si aspettasse. Prese in considerazione di togliere la copertura e immergersi per un po', ma non appena ci pensò, si ricordò l'espressione di Kevin la sera prima e l'idea non gli sembrò più entusiasmante. Forse più tardi. Il grill era ancora coperto di grasso di hamburger, così passò un po' di tempo a ripulirlo. Ma, di nuovo, non riuscì a raccogliere la voglia di passare del tempo sul terrazzo da solo. Era ridicolo che la brutta reazione di Kevin lo buttasse a terra, ma non poteva farci niente. Cercò di leggere un po', però non riuscì a concentrarsi nemmeno su quello e, alla fine, andò semplicemente a letto presto.

Fece un sogno strano, con Kevin che passava del tempo con lui, bevendo birra e ridendo. Tom si spogliava nudo ed entrava nella vasca. Poi guardava con eccitazione crescente Kevin che si spogliava a sua volta, rivelando il bel corpo snello che Tom aveva già intravisto, ma con una dotazione notevole e forse un po' esagerata, completamente eretta. Kevin saliva i gradini per entrare nella vasca mentre il respiro di Tom si faceva pesante per l'attesa.

Poi, mentre Kevin si lasciava cadere in acqua, improvvisamente sobbalzava a mezz'aria. Il suo corpo restava là, oscillando lentamente da parte a parte, il suo pene eretto che si contraeva. Tom sollevava lo sguardo e si rendeva conto che Kevin era appeso a una trave e penzolava sulla vasca da un paio di blue jeans avvolti attorno al suo collo. Il suo viso stava diventando blu e i suoi occhi uscivano dalle orbite mentre emetteva brevi ansiti dalla gola.

Si svegliò zuppo di sudore e terrorizzato.

Il venerdì pomeriggio, Tom si ritrovò stufo di andare in giro abbattuto per casa. Non si era ancora sentito sufficientemente motivato per spacchettare le sue cose, e la sua avversione per il grill e la vasca idromassaggio era diventata semplicemente

I RESTI DI BILLY – Jamie Fessenden

ridicola. Decise di andare di nuovo al *Lee's Diner*. Almeno sarebbe uscito di casa e avrebbe mangiato qualcosa in più del cibo spazzatura del quale si era servito per sopravvivere per tutta la settimana.

Certo, era possibile incappare in Kevin là. Tom non era sicuro se temesse quella cosa o se in segreto la sperasse. Ma decise che, se il furgone di Kevin fosse stato nel parcheggio, sarebbe sempre potuto andare a mangiare da qualche altra parte.

Era una bugia, ovviamente. Il furgone di Kevin era davvero nel parcheggio e Tom si fermò comunque. Era senza speranza. Era come se fosse tornato diciassettenne, quando si struggeva per il suo amico Jake, quello che l'aveva chiamato *finocchio* e non gli aveva mai più parlato. Tom era andato a casa sua, sera dopo sera, immaginandosi diversi scenari, cercando di pensare a come sistemare le cose e ristabilire quell'amicizia che l'aveva portato a pensare che Jake potesse capire. Era stata un'agonia, e l'unica cosa che aveva messo fine alla sofferenza era stato il padre di Jake che aveva chiamato casa sua, dicendo ai suoi genitori che il loro figlio *finocchio* doveva smettere di perseguitare il suo ragazzo o avrebbe chiamato la polizia.

Kevin era seduto al bancone quando Tom entrò. Per un secondo sembrò troppo distratto dalla cameriera – non Tracy, ma una donna più vecchia con un seno assurdamente enorme e troppo trucco – per notare il suo arrivo. Ma all'ultimo istante voltò il capo e i suoi occhi si fissarono su Tom, che riuscì solamente a fare un cenno con il capo e ad affrettarsi verso uno dei separé. Comunque, Kevin sembrava sul punto di andarsene. Probabilmente l'avrebbe fatto.

Invece non fu così. Andò al registratore di cassa alla fine del bancone per pagare e poi vagò per il locale fino a quando si fermò accanto al tavolo di Tom. Da così vicino, Tom poteva sentire il suo odore, un odore terroso di erba tagliata misto a sudore, come se Kevin avesse passato il pomeriggio a falciare il prato di qualcuno.

Tom non riusciva a guardarlo. «Oh... ciao.»

«Ti dispiace se mi siedo?»

«Direi di no.»

Kevin scivolò nel separé di fronte a lui, e Tom si arrischiò a lanciare un'occhiata al suo viso. Fu felice di constatare che sembrava a disagio tanto quanto lui.

Kevin si schiarì la gola e disse: «Presumo di essere stato un po' un idiota lunedì sera.» Fece una pausa che avrebbe dato tempo a Tom di rispondere, ma lui non sapeva cosa dire, e Kevin continuò: «Cioè, dev'essere stato difficile per te dirmelo...»

«No,» lo corresse Tom. «È stato imbarazzante, lo ammetto. E il tempismo non era buono. Ma ho fatto coming out una dozzina di volte: con la famiglia, gli amici, i colleghi. Non è stato divertente, ma non è nemmeno stato un momento epico.» Lo faceva incazzare che Kevin sembrasse pensare che fosse più di quel che era: Tom che si dimostrava onesto con lui perché pensava fosse una cosa giusta da fare. Forse era per il modo in cui Kevin l'aveva fatto suonare, come se *lui* fosse speciale, come se fosse così importante nella vita di Tom da farlo sentire tormentato all'idea di dirglielo. Tom era pronto ad ammettere di avere una cotta per lui, ma non era preparato a elevare Kevin allo stesso livello di un membro della famiglia o di un amico intimo.

Kevin lo guardò con espressione addolorata. «Beh... Credo che sia stato epico per me, allora.»

Tom non voleva provare compassione per lui. Non era colpa sua se si sentiva a disagio. Kevin doveva farsela passare.

Ma Tom non sarebbe mai diventato uno psicologo se non avesse provato empatia verso gli altri, anche se a volte si trovavano dalla parte sbagliata del *politically correct*. Kevin davvero necessitava di farsela passare, però era inutile insistere che non dovesse sentirsi a disagio. La gente non poteva sempre controllare come si sentiva in merito ad alcune cose, anche se la loro non era una reazione appropriata.

La cameriera si fermò vicino a loro con un paio di bicchieri d'acqua e li appoggiò sul tavolo. «Pensavo te ne stessi andando, dolcezza,» disse a Kevin. «Volevi altro?»

«No, sono a posto, Ellen.»

Ellen prese l'ordine di Tom (puntine di vitello di nuovo, perché cambiare se erano buone?) e se ne andò. Il silenzio scese su loro due finché Tom non riuscì più a reggerlo.

«Senti, Kevin, se questo è il tuo modo per chiedere scusa...»

«Lo è!»

«Va bene. Accetto le tue scuse.»

Seguì un lungo momento, durante il quale nessuno disse nulla né riuscì a pensare a qualcosa da dire. Tom si era quasi aspettato che Kevin dicesse "Bene" e poi si alzasse e se ne andasse. Ma Kevin restò seduto là, con lo sguardo fisso. Tom sentì qualcosa sotto il tavolo e per uno strano momento pensò che gli si stesse deliberatamente strofinando contro la gamba. Poi si rese conto che stava facendo sobbalzare il piede per l'agitazione e lo strofinio contro i suoi jeans non era intenzionale.

«Vuoi venire da me?» chiese improvvisamente Kevin. «Questo weekend, intendo. Potremmo farci degli hamburger sull'hibachi. Questa volta compro io le birre.»

Gesù. Iniziava a sembrare surreale. Tom riusciva quasi a rivedere Jake, seduto proprio com'era Kevin ora, alla fermata vicino alla scuola. Avevano avuto una discussione, un'altra lite noiosa, questa volta perché Jake flirtava con la ragazza al 7-Eleven e Tom era geloso, anche se nessuno dei due capiva davvero per cosa fosse la lite. Prendevano in giro loro stessi pensando di litigare per qualcosa di stupido, tipo per il fatto che Jake voleva i soldi per una bibita quando non aveva nemmeno ripagato Tom la volta precedente. Jake aveva bisogno di lui con quell'intensità che gli adolescenti di solito provano riguardo all'amicizia ed era sempre stato lui a mettere una toppa. Fino all'ultima volta, quando Tom aveva detto tutta la verità e non c'era stato più niente da rattoppare.

Tom riusciva a scorgere qualcosa negli occhi di Kevin, qualcosa di simile al crudo bisogno che era solito vedere in quelli di Jake. Non era certo di poterlo gestire. Ma si ritrovò a rispondere: «Va bene, se paghi tu.»

«Ottimo! Che ne dici di domani pomeriggio?»

«Va bene.»

Kevin aveva messo la ricevuta nella tasca posteriore, così la sfilò e ne strappò un pezzo bianco. «Qui c'è il mio indirizzo. È a pochi chilometri a sud da casa tua, lungo la Northside Road. Vedrai il furgone parcheggiato davanti al caravan.»

E poi se ne andò, ovviamente non abbastanza a suo agio da fermarsi un po' di più. Se riuscivano a malapena a guardarsi negli occhi in quel momento, rifletté Tom, il sabato sarebbe stato uno spasso.

Capitolo 6

Come Kevin aveva detto, il suo caravan non era difficile da trovare. Oltre al furgone nel vialetto, c'era un'insegna di legno sul prato con scritto *Derocher Repairs* e un numero telefonico. L'insegna non era elegante e Tom sospettava che Kevin se la fosse fatta da solo, ma era un lavoro abbastanza professionale, che dimostrava capacità di lavorazione del legno, anche se non necessariamente un talento artistico.

Il caravan stesso aveva un porticato in legno con delle finestre applicate e c'era un garage annesso, sul fianco. Il giardino era invaso dalle erbacce – se Kevin aveva falciato qualche prato il giorno prima, non era stato di certo il suo – e parti d'auto e altri pezzi di metallo erano sparpagliati a terra e spuntavano dal garage.

Kevin uscì proprio da lì non appena sentì l'auto di Tom avvicinarsi, sorridendo come un idiota, forse perché Tom non l'aveva snobbato, dopotutto. Mentre Tom scendeva dall'auto con una confezione da sei di Smuttynose Shoals Pale Ale, Kevin spostò dalla mano destra a quella sinistra una bobina di cavo.

«Non dovevi portarle,» disse, oscillando la bobina verso le birre. «Ti ho detto che le avevo io.»

«Beh, forse non mi piace la merda che bevi.»

«Ti piacerà.»

Tom guardò il cavo che Kevin stava trasportando. «Stai pianificando di legarmi?»

«Solo se ci ubriachiamo davvero molto,» rispose Kevin allegro. Poi aggiunse: «Raccolgo i rottami di metallo e li porto al centro di riciclaggio. Puoi fare un po' di soldi se sei disposto a rovistare in giro. Questa roba,» sollevò il cavo giallo, «ha l'interno in rame. Era stato lasciato a Groveton per un progetto edilizio.

34

Posso fare due dollari e cinquanta o due dollari e settantacinque a libbra, se tolgo l'isolamento.»

Mentre parlava, fece strada nel garage fino a un banco di lavoro dove c'era un dispositivo meccanico imbullonato sopra. Per illustrare il punto, Kevin mise un'estremità del cavo in un foro della macchina e girò una manovella. La parte interna del cavo di rame fuoriuscì dall'altro lato mentre la plastica gialla veniva via e cadeva sul pavimento. C'erano parecchie bobine in attesa di ricevere lo stesso trattamento.

«Quanto ti ci vuole per fare una libbra?» chiese Tom.

«Circa venticinque piedi, senza isolamento.»

Tom si rese conto di essere un po' snob perché sapeva che non sarebbe stato disposto a fare così tanta fatica solo per due dollari e qualcosa. L'intera pila di cavi non avrebbe fatto guadagnare a Kevin più di venti dollari. Ma sorrise educatamente e lo ascoltò blaterare a riguardo. Concesse al proprio sguardo di scivolare sul resto delle cose in garage. Tutti gli attrezzi erano attaccati alle pareti e ben curati, nonostante il disordine. Inevitabilmente, si ritrovò a guardare in alto, verso le travi. Una di quelle, si ricordò, era dove Kevin si era appeso tre anni prima...

«È quella laggiù.»

Tom tornò in sé e si rese conto che l'altro lo stava guardando con un'espressione divertita sul volto. Quando Kevin colse il suo sguardo, fece un cenno verso la parte anteriore del garage. «Non far finta di non essere curioso. Quella trave è come una droga per te. Quando ti ho invitato sapevo che avresti voluto darci un'occhiata.»

«Mi dispiace.»

«Non fa nulla.» Kevin gli mise una mano sulla spalla e lo spinse avanti. «Vieni, te la mostro.»

La trave si trovava vicino alla porta del garage e, ora che erano sotto di essa, Tom riusciva a distinguere un segno sbiadito dove la gamba del pantalone di Kevin aveva logorato il legno per breve tempo, lasciando una macchia leggermente meno scura.

«Ho portato il furgone fino alla porta del garage,» disse Kevin con naturalezza, «così potevo abbassare il portellone posteriore e salirci in piedi. Poi, quando mi sono tolto i pantaloni, mi sono appeso e ho saltato. Il cavallo dei jeans ha iniziato ad aprirsi, ma ha resistito.»

Tom si era abituato al fatto che Kevin condividesse molti dettagli. Si ricordava anche il modo in cui tre anni prima, durante la sessione di terapia, aveva buttato lì dei dettagli forti come quello. Tom era convinto che fosse una sorta di depistaggio: scioccare la gente in modo che non facesse le domande giuste. Magari anche metterle così a disagio da farle desistere del tutto.

Ma non funzionava con Tom. Non più.

«La sera prima Tracy ti aveva detto di essere incinta,» commentò, «e tu hai colto la prima occasione in cui ti sei trovato da solo per ucciderti, o cercare di farlo. Ma insisti con il dire che non l'hai fatto perché era incinta.»

Il sorriso di Kevin si spense, e in quel momento era lui che sembrava a disagio. «Volevo quel bambino. Magari non come lo voleva lei, ma lo volevo.»

«Ti credo. Ma è comunque stato ciò che ha innescato il tutto.»

L'espressione di Kevin era divenuta granitica, anche se Tom poteva scorgere qualcosa nella profondità di quegli occhi nocciola, qualcosa di simile alla paura. Kevin si voltò rapidamente. «Basta con queste stronzate. Ho bisogno di una birra.»

Una volta che ebbe la sua birra in mano, Kevin sembrò rilassarsi di nuovo. Portò Tom a fare un piccolo giro del caravan, grande poco più di una formina per biscotti, con una stanza da letto sul davanti, seguita da un soggiorno e da una cucina, un piccolo corridoio con una stanza più piccola, un bagno su un lato e una camera in fondo. Tom aveva vissuto in un posto simile quando era bambino. Anche il linoleum e le pannellature di finto legno erano le stesse. Ora che Kevin ci viveva da solo, aveva portato disordine in ogni stanza. La camera piccola in corridoio era piena di cianfrusaglie e quella situata in fondo era stata trasformata in una specie di laboratorio di elettronica, pieno di vecchie radio, televisori e giochi elettronici che Kevin sembrava star sistemando, oppure li stava saldando insieme per fare una qualche creazione alla Frankestein.

La porta sul retro del caravan, che usciva dal corridoio, si apriva sul cortile così pieno di erba che le piccole betulle avevano messo radici e probabilmente non ci sarebbe voluto molto prima che diventassero un bosco.

L'hibachi era sotto il portico anteriore, dove c'erano anche un paio di sedie pieghevoli. Tom si sedette su una di esse e Kevin si mise a cuocere gli hamburger. Avevano chiacchierato del caravan e del lavoro di Kevin, di dove viveva Tracy ora – da sua madre –, ma quando Kevin si sistemò sulla sua sedia, con una birra appena aperta in mano, fece la domanda che Tom sapeva sarebbe arrivata: «Allora, quando hai capito di essere gay?»

Era una delle solite domande che erano state poste a Tom da quasi tutti gli uomini etero quando avevano scoperto che era gay: la curiosa richiesta riguardo a cose che non erano affar loro, sempre le stesse domande, sempre le stesse risposte. Ci era abituato e non gli importava poi molto, nemmeno quando le domande erano offensive ("Hai l'AIDS?") o troppo personali ("Non fa male quando te lo mettono nel culo?").

«Ho sempre saputo di essere gay. Anche prima della pubertà, avevo una cotta per il mio migliore amico.»

«Quindi non hai mai baciato una ragazza?»

«Sono stato sfidato a baciare una ragazza in quarta elementare, ma da allora non più. E per favore, non chiedermi come posso sapere che non mi piacerebbe. Ci risparmiamo così che io ti sfidi a baciare un uomo.»

Kevin sorrise e prese un sorso di birra. «Allora cosa mi è permesso chiederti?»

«Se diventeremo amici,» disse Tom, colpendolo con la parte alta della bottiglia, «dovrai abituarti a trattarmi come un tizio qualunque, non come un fenomeno da baraccone sessuale.»

«Ti sto trattando come un fenomeno da baraccone?»

«Sto solo dicendo che, se vuoi chiedermi cose sul fatto che sono gay, fallo e butta fuori tutto. Tutto quello che vuoi: posizione preferita, misura del pene, se ingoio. Ma dopo oggi, non voglio più sentirle.»

«Misura del pene?»

«Sedici centimetri e mezzo.»

Kevin rise. «Amico, ti batto di più di un centimetro.»

«Buono a sapersi.» Non fu proprio come era stato nel sogno di Tom, ma comunque bello. E meno Tom si ricordava di quel sogno, meglio era.

Kevin finì la bottiglia e restò seduto per un minuto, soffiando sulla cima, cercando di farla suonare. Una volta che riuscì a emettere una sola nota dolente, si fermò e disse: «Penso di non aver bisogno di sapere niente del resto.»

«Allora è il mio turno per farti le domande.»

«Niente psicanalisi.»

«Mi pare giusto. Sei cresciuto qui?»

«Sì.» Kevin si mosse sulla sedia e usò il collo della bottiglia per indicare la strada. «I miei genitori avevano una casa giù di lì prima che mia madre entrasse in ospizio.»

«Mi pare di capire che tuo padre sia già morto.»

Kevin gli lanciò una strana occhiata in tralice. «Oh, non è solo "morto". Era troppo *importante* per andarsene in silenzio.» La sua voce grondava sarcasmo. «Si è fatto fuori quando avevo tredici anni, dopo che sono stato mandato a Hampstead. Eccoti qualcosa su cui rimuginare, terapista.»

Lo era davvero. Ma Tom fece un sorriso sarcastico e rispose: «Mi hai fatto promettere di non psicanalizzarti.»

«Lo farai comunque. Solo che non voglio sentirlo mentre stiamo cercando di rilassarci chiacchierando.»

«Tua mamma è ancora viva?»

«Sì. È al Riverview.»

Riverview era una comunità assistita lungo la strada per Groveton, verso Lancaster. Tom era uscito con un infermiere una volta, anni prima. La comunità gay in quell'area era davvero piccola.

«E tu?» chiese Kevin, alzandosi per dare un colpetto agli hamburger.

«Io? Sono cresciuto a Berlin, ma i miei genitori odiavano quel posto tanto quanto me, ed è ancora così. Vivono in New Mexico ora. Mia sorella maggiore si è trasferita per stare vicino a loro.»

Kevin grugnì – una specie di riscontro, forse – mentre tirava via un hamburger dall'hibachi e lo metteva nel panino. «Non ho né sorelle né fratelli. Forse è meglio così.»

«Continui a dirlo,» gli fece notare Tom.

Kevin scattò. «Smettila di psicanalizzarmi, testa di cazzo.»

Non sembrava arrabbiato sul serio. L'insulto era più un modo per prendere in giro Tom, quindi lui non se la prese, però capì l'antifona. Aveva rovinato amicizie in passato perché analizzava troppo ciò che facevano le persone. Non c'era motivo di sabotare anche quella ancora prima che prendesse il volo.

Tom restò fin dopo il tramonto, crogiolandosi nelle chiacchiere e nelle prese in giro bonarie che aveva imparato ad aspettarsi da Kevin. Doveva ammettere che non si sentiva molto a suo agio circondato dal disordine e dai rottami, non come si sarebbe sentito se fosse stato a casa sua. Il bagno era messo particolarmente male e poteva essere probabilmente classificato come rischio biologico. Era stato obbligato ad avventurarsi lì una volta durante il pomeriggio e si era sentito emotivamente segnato dall'esperienza. Per fortuna, il resto dei suoi bisogni li aveva potuti espletare stando in piedi vicino ai cespugli dietro il garage. Il suo ospite non sembrava aver problemi, visto che faceva lo stesso.

Fu dopo essere tornato dai cespugli una terza o quarta volta ed essersi proteso oltre Kevin per prendere un'altra birra – erano passati alla sua marca preferita, una birra locale del Vermont chiamata Magic Hat #9 – che Kevin disse: «Aspetta.»

Allungò entrambe le mani e ne mise una sul lato del collo di Tom, mentre tirava via qualcosa dal colletto con l'altra. Il calore di quella mano contro la pelle nuda e il modo gentile in cui le dita ruvide gli cullarono il collo, fecero sì che Tom si congelasse per un momento. Sapeva che probabilmente stava fraintendendo, ma non riusciva a pensare abbastanza lucidamente da capire quale altro scopo avesse Kevin se non quello di provarci. Poi Kevin lo lasciò andare e sollevò qualcosa di marrone e guizzante, che teneva tra il pollice e il medio.

«Zecca,» disse.

Tom rabbrividì e fece un passo indietro, così che Kevin potesse alzarsi e buttarla nell'hibachi. «Carina.»

«Benvenuto in campagna. Pensi di prendere degli animali?»

«Un cane.»

«Ti ci vedo,» disse Kevin, sorridendo in un modo che Tom sapeva voler dire che stava per arrivare una battuta. «Una piccola cosa uggiolante con le unghiette dipinte e un fiocco rosa.»

Tom aprì la bottiglia e si rituffò sulla sedia, rendendosi conto di essere già abbastanza su di giri. «No, stronzo. Un grosso cane come un Pastore tedesco o un Labrador. Non quello che sbava tanto,» specificò.

«Beh, allora aspettati le zecche. E le pulci.»

«Non mi ricordo come si chiama, ma c'è una cosa che puoi strofinare nel pelo per uccidere tutte quelle cose.»

«Quando andrai a comprare qualche mobile?»

«Gesù. Non è che devo fare tutto insieme, sai.»

«Vivi qui da settimane e non hai nemmeno un dannato letto! Conosco un tizio che vende roba d'antiquariato. Potrei farti fare un affare.»

Tom si appoggiò all'indietro e chiuse gli occhi, la birra incuneata contro il suo inguine, fresca contro la parte inferiore delle sue palle anche attraverso gli strati di denim e cotone. Ora che la notte era scesa, le rane erano impegnate a fare sesso rumoroso da qualche parte nelle vicinanze e le zanzare facevano scattare lo zampirone vicino alla porta del garage.

«Va bene. Quando vuoi andare?»

«Domani è aperto, se vuoi.»

«Okay.» In effetti gli serviva proprio un letto. E forse alcune sedie. E anche un tavolo.

Quanta birra aveva bevuto? Non ne era più certo. Sapeva solo che si sentiva galleggiare e non voleva alzarsi dalla sedia. Possibilmente mai più. Kevin lo lasciò stare in pace per un attimo, fino a quando Tom divenne consapevole di qualcuno che russava. Non poteva esserne certo, ma pensava potesse trattarsi di se stesso.

«Va bene, terapista,» disse Kevin, suonando molto, molto lontano. «Stanotte starai qui.»

Tom era troppo confuso per opporre resistenza mentre Kevin gli metteva un braccio attorno per sollevarlo dalla sedia. Si portò una delle braccia di Tom sulle spalle, quasi trascinandolo nel caravan. Per Tom, il calore del suo corpo era piacevole, ma stare in verticale non lo era, faceva girare tutto. Per un attimo temette di essere sul punto di venir scaricato sul divano del soggiorno, dove aveva visto una pila di panni sporchi, ma poi venne sistemato su qualcosa che sembrava un materasso.

Aprì un occhio e vide Kevin accucciarsi e togliergli le scarpe.

«Pensi che vomiterai?» chiese questi.

«No, voglio solo stare sdraiato.» Lo guardò finire di togliergli le scarpe, chiedendosi fin dove si sarebbe spinto. Evidentemente la risposta era "non molto". Kevin lo lasciò sdraiato sul letto completamente vestito e gli sistemò un cuscino sotto la testa. Poi uscì di nuovo sul portico per diversi minuti, mentre Tom restava lì, incazzato per via della luce accesa, ma troppo ubriaco per alzarsi e spegnerla.

Alla fine, Kevin tornò nella stanza. Gli occhi di Tom erano chiusi e si stava addormentando, quindi non vide ciò che l'altro stava facendo, ma la luce si spense dopo un paio di minuti e sentì Kevin salire sul letto e infilarsi sotto le coperte. Tom era ancora sdraiato sopra di esse, ma stava abbastanza al caldo visto che era vestito, così si addormentò.

Si svegliò più tardi quella notte, e sentì freddo. Kevin era ancora addormentato e respirava lentamente con cadenza regolare, così Tom si mosse fino a infilarsi sotto la coperta superiore. Poi si addormentò di nuovo.

La prima cosa di cui Tom divenne consapevole la mattina seguente, oltre all'odiosa luce del sole che filtrava attraverso una fessura tra le tende, fu l'odore di calzini sporchi e quello stantio dei mozziconi di sigaretta. Ben presto scoprì che proveniva dai suoi vestiti. Sfortunatamente, la fonte dell'odore di calzini era altrove e sembrava permeare la stanza.

Voltò la testa e trovò Kevin che dormiva vicino a lui. Ne fu sorpreso, ma ripensò alla sequenza degli eventi della sera precedente con un po' di confusione e si ricordò vagamente Kevin che lo metteva a letto. Le sue spalle erano nude, così come lo era la gamba che spuntava da sotto la coperta. Dormiva nudo? Probabilmente no, ma era una bella cosa a cui pensare.

Tom scivolò fuori dalle coperte il più piano possibile e uscì a fare un goccio. Quando tornò, Kevin era sveglio e seduto nel letto.

«Ehi,» esordì assonnato. «Pensavo te ne fossi andato.»

«Non ancora. Ma dovrei andare a casa. Ho bisogno di una doccia e di cambiarmi i vestiti.» Grazie a Dio aveva davvero bisogno di cambiarli, dato che puzzavano di sudore e fumo, altrimenti Kevin gli avrebbe offerto di fare una doccia in quel suo bagno terribile.

Kevin si alzò dal letto e Tom fu deluso – anche se difficilmente sorpreso – di scoprire che indossava la biancheria. Anche così, con quegli slip bianchi e stretti, era un gran figo. Tom aveva già visto gran parte del suo corpo, ma non così tanto. E Kevin aveva un'erezione mattutina che non sembrava preoccupato di nascondere. Tom dovette sforzarsi per guardarlo in faccia.

«Allora, vuoi andare a dare un'occhiata alle antichità di Mike questo pomeriggio?» Gli occhi "sonnolenti" di Kevin erano, in effetti, davvero assonnati quella mattina, e Tom sentì quasi un desiderio travolgente di baciare quelle palpebre pesanti.

«Sì, certo,» rispose deglutendo per bagnarsi la gola arida.

«Passo a prenderti fra poche ore.»

Capitolo 7

«Ti ha messo nel suo letto?» chiese Sue incredula. Stava parlando dall'altra parte della linea, ma Tom riusciva a immaginarsi la sua espressione scioccata.

«Allora non sono solo io,» disse Tom. «È strano?» «Questa non è certo una definizione professionale.» La voce di Sue era venata di umorismo. Tom sapeva che il lunedì lo avrebbe stuzzicato ancora su quella cosa. «Considerando il fatto che è etero e che lo conosci a malapena, direi che è... atipico. Non che non abbia mai sentito di due uomini etero che condividono un letto in un contesto non sessuale. Eravate entrambi ubrachi e tu dici che non c'era altro posto dove dormire.»

«No, era tutto sporco. Non c'era nemmeno una sedia che non avesse roba impilata sopra.»

«Direi che o è semplicemente un ragazzo gentile disposto a mettersi in una situazione imbarazzante per evitarti di andare a casa in quelle condizioni, oppure è una sorta di sovracompensazione.»

«Sovracompensazione? Per cosa?» La prima cosa che saltò in mente a Tom fu "diciassette centimetri". Ma era solo leggermente sopra la media.

«Per essere stato uno stronzo omofobo lunedì,» rispose Sue, e il suo tono suggeriva che Tom fosse un po' lento di comprendonio, cosa che forse era.

«Oh. Presumo che stia cercando di dimostrare quanto aperto mentalmente in realtà sia.»

Tom sentì un rumore all'esterno, scostò la tenda della camera e vide il furgoncino di Kevin entrare nel vialetto. *Merda.* Si era fatto una doccia un paio d'ore prima, ma non si era ancora vestito. Stava prendendo l'abitudine di non indossare abiti in casa o in giardino. Vivere in isolamento stava tirando fuori il nudista che era in lui.

«Stai attento, Tom. Potrebbe spingersi più in là di quanto in realtà possa sopportare e poi le cose potrebbero diventare brutte.» Tom faticava a immaginare Kevin diventare "brutto", se Sue intendeva qualcosa come violento. D'altro canto, era anche difficile immaginare Kevin che si impiccava.

«Devo andare. È appena entrato nel mio vialetto.»

«Cristo, ma c'è un momento che non passi con lui quando non sei in ufficio?»

«Ci vediamo lunedì.» Poi Tom riagganciò.

Era una sensazione come di... qualcosa di domestico, dovette ammettere Tom, mentre se ne andava in giro con Kevin ad acquistare mobili. Come se fossero una coppia che si stava trasferendo insieme nella loro prima casa. Kevin non rimaneva dietro di lui, lasciandogli scegliere ciò che gli piaceva. No, si comportava come se i mobili fossero anche suoi, provava ogni sedia e tirava ogni cassetto. Quando Mike, il proprietario del negozio, li accompagnò a vedere un bellissimo letto in ottone, ci salì immediatamente e vi si sdraiò sopra.

«Non lo so,» disse. «È un po' nodoso.»

«Pensi di dormire spesso nel mio letto?» chiese Tom.

Kevin ebbe la grazia di arrossire un po', ma stava ancora sorridendo, cosa che lo rese del tutto adorabile.

Il suo amico, Mike Davis, era più vecchio di loro e indossava ancora le bretelle, come il nonno di Tom, e lui si chiese quale fosse il limite per portare accessori simili. Settant'anni? Sessantacinque? Sessanta? Di certo, nessuno sotto i cinquanta le indossava più. Ma Mike era affascinante e li scrutava attraverso gli occhiali tondi, mentre zizzagavano tra pile di cianfrusaglie che minacciavano di cadere e finire sulle loro teste. Il negozio era un enorme vecchio fienile, e aveva ancora le scuderie originali e tracce di fieno incorporate nel pavimento irregolare in legno.

«Puoi prendere un materasso nuovo,» specificò Mike a Kevin, come se lui e Tom stessero comprando un letto *insieme*, cosa che Tom trovò sia divertente che fastidiosa. E anche un po' strana, considerando che Mike avrebbe dovuto sapere che Kevin non era gay. «A volte questi vecchi così hanno dentro cimici o pulci.»

«Specialmente con lui che ci si rotola sopra,» disse Tom asciutto. «Senti, non è lui che deve comprarlo. Ma sì, comprerei un materasso nuovo.»

Tom fece smammare Kevin dal letto e si appoggiò agli angoli per capire quanto fosse solida la struttura. Solidissima. E l'ottone era in perfette condizioni. «Mi piace,» ammise. «Fate consegne a domicilio?»

Mike scosse il capo, ma Kevin disse: «Se lo smontiamo, possiamo farcelo stare sul retro del mio furgone.»

E così fecero. Ci misero venti minuti buoni, o anche più, a scomporre la struttura, dato che non era ovviamente stata smontata da anni, forse da quando il letto era stato acquistato ai primi del Novecento. Poi lo caricarono sul furgone insieme al tavolo della cucina e ad alcune sedie. Kevin aveva rimosso la copertura posteriore prima di passare a prendere Tom, ma anche così Tom era stupito di come fossero riusciti a farci stare tutto.

Quando arrivarono a casa, Kevin lo aiutò ad assemblare nuovamente il letto, ma senza materasso era pressoché inutile.

«Hai idea di dove posso trovare un materasso da queste parti?» chiese Tom.

Kevin finì di stringere una vite e si raddrizzò, asciugandosi il sudore dalla fronte con la manica. «Non ne ho idea. Non ne ho mai comprato uno.»

«E il letto che tieni nel caravan?» chiese Tom; stava quasi per aggiungere "dove abbiamo dormito insieme", ma preferì non farlo.

«Lo zio di Tracy l'aveva comprato per noi.»

Tom annuì. «Andrò online e vedrò cosa trovo. Ci dev'essere qualcosa a Berlin.» Non che Berlin fosse poi una grande città, con solo poco più di diecimila persone, ma un negozio di materassi non doveva essere impossibile da localizzare.

«Già.» Kevin sembrò combattuto per alcuni istanti prima di aggiungere: «Penso che dovrei andare. Devo finire di spelare quei fili prima di lunedì e domani devo fare dei lavori in giardino per un tizio.»

Tom percepì la sua riluttanza a tornare a casa e lui stesso non voleva che se ne andasse. Ma probabilmente gli avrebbe fatto bene passare un paio di giorni lontano da Kevin. Iniziava a sentirsi troppo vicino a quell'uomo, più vicino di quanto avrebbe dovuto sentirsi come amico. Continuava a ricordarsi com'era stato svegliarsi vicino a lui.

«Okay. Grazie dell'aiuto con i mobili. Se vuoi che ci vediamo ogni tanto, chiamami.»

«Sì. Se trovi il materasso o altri mobili durante la settimana e hai bisogno di aiuto, hai il mio numero.»

Quella sera, Tom decise che era sciocco evitare di usare la vasca idromassaggio solo perché era da solo. Così si spogliò, tolse la copertura ed entrò. Era meraviglioso. Muscoli che non si era reso conto fossero dolenti iniziarono subito a sciogliersi. Passò un po' di tempo a giocare con i controlli della console, provando getti d'acqua diversi e illuminando la parte inferiore del suo culo e del suo pene con una inquietante luce blu. Quando finalmente trovò ciò che gli piaceva, si adagiò all'indietro e chiuse gli occhi, rilassandosi e desiderando che Kevin fosse lì, nudo nell'acqua con lui.

Il lunedì fu un giorno tranquillo, eccezion fatta per il pranzo con Sue che continuò a fargli la predica riguardo alla sua "infatuazione" nei riguardi di Kevin, che secondo lei gli stava sfuggendo di mano. Annuì gentilmente, ma per la maggior parte del tempo la ignorò. Quella sera cazzeggiò in casa, senza sapere cosa fare. Sistemare il tavolo e le sedie in cucina gli prese cinque minuti, trovare il posto giusto per il letto al piano di sopra più o meno lo stesso tempo. Quando si era messo al computer in ufficio, aveva cercato negozi di materassi e ne aveva trovati un paio. Ma stranamente niente a Berlin. Il più vicino era a Littleton, a circa mezz'ora di strada, e non era particolarmente motivato per andare a darci un'occhiata.

Ciò che fece, alla fine, fu andare da *Lee's Diner* per cena. Sperava segretamente di incappare in Kevin, anche se odiava ammettere di essere così patetico. Ma quando arrivò, non c'era nessun furgone nero non parcheggiato nel posteggio.

C'era Tracy, però. In effetti, sembrava stranamente felice di vederlo.

«Ciao, tesoro!» lo salutò entusiasta quando gli portò il menu al tavolo. «Sei il nuovo amico di Kev, vero?»

«Presumo di sì.»

Lei si protese, con confidenza, e gli parlò a voce bassa. «È bello vedere che ha un amico. È talmente un solitario.» Sembrò rendersi conto che la sua frase poteva essere male interpretata, così aggiunse rapidamente: «Non che sia Unabomber, né niente del genere! Solo che passa tanto tempo da solo. È bello vedere che c'è qualcuno che lo trascina fuori dal guscio ogni tanto.»

Per fortuna Tom aveva già deciso che Kevin gli piaceva – forse un po' troppo – altrimenti quella "raccomandazione" l'avrebbe fatto scappare a gambe levate. Ma sorrise e disse: «Sembra un bravo ragazzo.»

Tracy prese quelle parole come un invito a sedersi nel separé, anche se non erano state dette a quello scopo, ma il suo tono cospiratorio incuriosì Tom. La donna lanciò un'occhiata attorno a sé per assicurarsi che nessuna delle altre cameriere stesse guardando e poi si protese in avanti sul tavolo. «Spero che non ti dispiaccia, ma Kev mi ha detto che tu sei… sai…» Abbassò la voce ancora di più. «Gay.»

Quello era sconcertante, ma a Tom comunque non interessava particolarmente nascondersi. «Uhm… sì, lo sono.»

Lei posò una mano sopra la sua, come se il fatto che sapesse il suo "segreto" in qualche modo li rendesse amici intimi. «A me sta bene, tesoro. Penso che tutti abbiano diritto di vivere la loro vita come vogliono, basta che non infastidiscano gli altri.»

«Grazie.»

Se Tom aveva sperato che il momento imbarazzante potesse finire lì, si sbagliava. Tracy si chinò ancora un po' e chiese: «Voi due state... insieme ora?»

Tom desiderò davvero che lei gli avesse portato un bicchiere d'acqua prima di iniziare la conversazione. La sua bocca era completamente asciutta. «Eri sposata con lui. Perché dovresti pensare che sia diventato improvvisamente gay?»

«Oh, io ho *sempre* pensato che fosse gay. Insomma, dopo le prime volte, non mi toccava, a meno che non lo facessi ubriacare.»

Tom percepiva un sottofondo di qualcosa nella sua voce, ma non ciò che si sarebbe aspettato di trovare. Non sembrava ferita, ma... perplessa. Tracy sapeva di essere una bella donna. E qualsiasi uomo etero che le resisteva era un qualcosa al di fuori della sua comprensione. Quindi, Kevin doveva essere gay.

Tom non si sentiva molto a suo agio a discutere le disfunzioni sessuali di Kevin con una sconosciuta. Per fortuna, venne salvato da Ellen che entrò e le lanciò un'occhiataccia. Tracy saltò in piedi e disse rapida: «Torno subito con un bicchiere d'acqua. Fai pure con calma con il menu.»

Il mercoledì, Tom riuscì a prendersi mezza giornata libera, così andò a Littleton e passò in rassegna i due negozi di materassi. Ciò che realmente voleva era un materasso Memory perché ci si era trovato bene una volta, in una delle case del suo vecchio fidanzato, anni prima, e pensava che fosse la cosa più comoda su cui avesse dormito in tutta la sua vita. Il primo negozio non ne aveva, ma ebbe un colpo di fortuna nel secondo. Ne avevano uno della giusta misura per il suo letto ed era a magazzino.

Il problema era portarlo a casa. Il negozio faceva consegne, ma il prezzo che gli spararono era osceno. Prima di concludere l'acquisto, Tom uscì nel parcheggio e fece il numero di Kevin sul cellulare.

«Che succede?» rispose Kevin allegramente.

«So che è una cosa improvvisa, quindi se sei impegnato...»

«No, amico, va tutto bene.»

«Ti andrebbe di prenderti un'ora o due di tempo per trasportare il materasso da Littleton a casa mia? Ti pago la tariffa oraria.» Kevin si faceva pagare venticinque dollari all'ora, ma era comunque più conveniente di quanto voleva il negozio.

«Certo. Adesso?»

«Sono al negozio.» Diede a Kevin l'indirizzo.

«Sarò lì in un'ora.»

Tom disse al venditore di tenere il materasso, in caso ricevesse una richiesta improvvisa per lo stesso, e andò a prendersi una tazza di caffè. Quando tornò, Kevin stava parcheggiando. Aveva portato delle vecchie lenzuola per evitare che il materasso si coprisse di ruggine o grasso, cosa che Tom apprezzò, e non gli ci volle molto per caricarlo sul furgone insieme a una scatola di molle.

Tornarono a casa di Tom e passarono una mezz'ora divertente a tirare il materasso e la scatola di molle giù dal furgone e poi a manovrare il tutto per farlo passare dalla porta anteriore e su per le scale fino alla camera.

Nel momento in cui fu tutto a posto sulla struttura del letto, Kevin urlò: «Banzai!» e si tuffò di pancia sul materasso. Tom rise e lo imitò.

«Wow!» esclamò Kevin. «Questo coso è fantastico!»

«Il letto più comodo in cui dormirai, stronzo!» ribatté Tom, rendendosi conto solo dopo delle implicazioni delle sue parole. Si allungò di lato, oltre il bordo del letto, e afferrò il suo cuscino dal sacco a pelo in cui dormiva di solito. Poi si lasciò ricadere sul materasso, sistemandosi il cuscino dietro la testa.

Kevin fece una cosa strana: rotolò sulla schiena e si spostò casualmente in modo che il suo corpo fosse più vicino a quello di Tom e la testa potesse appoggiare vicino alla sua, sullo stesso cuscino. Tom non era sicuro di come prendere la cosa. Sentiva i suoi soffici capelli solleticargli la fronte e il gomito sinistro di Kevin che toccava leggermente il suo, poi ripensò alle parole di Tracy. Kevin era davvero gay? Si era sentito intrappolato nel matrimonio, specialmente quando lei era rimasta incinta? Se sì, sembrava vivere nella negazione, anche in quel momento.

Ma quella era una linea di pensiero davvero pericolosa. Tom era ben consapevole di *volere* che Kevin fosse gay. Sarebbe stato molto facile per lui prendersi in giro pensando che Kevin semplicemente non fosse uscito allo scoperto, magari in attesa che l'uomo giusto – Tom, ovviamente – arrivasse e lo salvasse. Ma alcuni uomini etero erano semplicemente affettuosi e altri avevano dei problemi sessuali che non avevano niente a che fare con l'essere gay.

«Ho sentito che hai parlato con Tracy l'altro giorno,» disse Kevin, riscuotendo Tom dai suoi pensieri.

«Cosa? Abbiamo parlato per cinque secondi! Come diavolo hai fatto a saperlo?»

Kevin rise. «Tu che ne pensi?»

Tom ci pensò per un secondo e rispose: «Ellen.»

«Esatto. Quel posto è la centrale del gossip.»

«Okay, sì, ho parlato con Tracy. Se hai intenzione di diventare geloso, ti ricordo che sono gay e c'è già Lee che va a letto con lei.»

Kevin mosse il braccio sinistro verso di lui per colpirlo con le nocche sulla coscia.

«Ahi!»

«Bel modo di essere sensibile, stronzo.»

Ma Tom capì che Kevin non era arrabbiato, ed era una bella sensazione avere un amico da poter stuzzicare così, anche se la cosa portava ad avere alcuni lividi. Quando Kevin non proseguì, disse: «Allora? Non far finta di aver tirato in ballo l'argomento solo per fare conversazione. Non mi chiedi di cosa abbiamo parlato?»

«Presumo non siano affari miei.»

«No. Non sono assolutamente affari tuoi con chi parlo o di cosa parlo.»

«Okay. Va bene. Scusa se ho chiesto.»

«Ma vuoi saperlo comunque.»

Kevin lo colpì di nuovo. «Che cazzo! Me lo dici?»

Tom esitò, ma sapeva che Kevin non avrebbe voluto che indorasse la pillola. «Beh, mi ha detto due cose che probabilmente non ti faranno felice.»

«Spara.»

«Pensa che io e te scopiamo.»

Con sua grande sorpresa, Kevin si mise a ridere. «Sono sicuro che le piacerebbe guardare.»

«E mi ha detto...» Tom era riluttante a sbilanciarsi ma si sforzò di continuare. «Mi ha detto che tu... non volevi fare sesso con lei, dopo le prime volte.»

Evidentemente, quello era molto più importante per Kevin del fatto che lei pensasse fosse gay. Restò in silenzio per un tempo molto lungo. Tom non lo spronò a dire nulla. Rimase zitto ad ascoltare il suo respiro. Alla fine, l'uomo disse: «Questa è una cosa personale. Non dovrebbe dirla a persone che conosce a malapena.»

«Concordo.»

Un altro lungo silenzio. Poi Kevin fece un respiro profondo e aggiunse: «Non è che non mi diventasse duro quando la toccavo...»

«Stop!» Tom si sollevò su un gomito in modo da poterlo guardare in faccia. Per la seconda volta quella settimana erano a letto insieme e il desiderio di abbassarsi e baciare quelle labbra piene e sensuali era quasi travolgente. Ma Kevin lo stava guardando con un'espressione addolorata e Tom riuscì a far retrocedere il proprio desiderio. Kevin non aveva bisogno che lui ci provasse, aveva bisogno che capisse. «Non sono il tuo terapista. E non sono il tuo ragazzo. Non c'è bisogno che tu mi dica niente riguardo a cosa fai o non fai quando fai sesso. Tracy stava cercando una sorta di conferma. Voleva che le dicessi che non era colpa sua se tu non eri... reattivo nei suoi confronti. Voleva che le confermassi che eri gay così da poter convincere se stessa di essere ancora attraente per un uomo etero. Io però sono praticamente un estraneo, almeno per lei, e non aveva il diritto di parlarne con me. Se una volta vorrai parlarmene come amico, sarò ben lieto di ascoltare, ma non c'è bisogno che tu ti difenda con me.»

Kevin lo guardò dal basso con quei sonnolenti occhi nocciola e chiese: «Faresti una cosa per me?»

«Cosa?»

«Mi diresti qualcosa di tuo che ti imbarazza da morire?»

Tom dovette pensarci. Non c'erano molte cose nella sua vita o nel suo passato che lo imbarazzavano. Aveva bagnato il letto fino ai nove anni, ma era storia vecchia. Non lo metteva particolarmente a disagio. Però una cosa gli venne in mente, qualcosa che non aveva mai detto prima. «Giuri che non lo dirai a nessuno?»

«Giuro.»

«Quando ero al Keene State College, circa quindici anni fa o anche più... avevo l'abitudine di gironzolare nei bagni della biblioteca.»

Kevin sollevò un sopracciglio con aria interrogativa. «I bagni?»

«Sì.»

«Intendi dire... per il sesso?»

Tom annuì.

«Amico! Facevi i pompini nei bagni?»

«Solo alcune volte. Avevo appena vent'anni,» aggiunse, come se quello spiegasse tutto. Non era così. Era stato stupido, rischioso. Ma si era sentito così isolato e disperato per il desiderio di avere una connessione con altri uomini, anche se era solo per pochi squallidi istanti. «Prima che tu chieda, sì, ho fatto il test dopo. Diverse volte. HIV, epatite, sifilide, il pacchetto completo. Sono pulito. Sono stato fortunato. Ma è stato stupido.»

Kevin lo guardò per un lungo momento e Tom iniziò a chiedersi se avesse detto troppo. Ma poi il suo amico sollevò la mano destra, la chiuse a pugno e la tese verso di lui. Tom non aveva idea di cosa significasse, all'inizio, ma sorrise e la colpì con il proprio pugno. «Sei un tizio strano,» disse.

«Anche tu, terapista.»

Capitolo 8

Uscirono brevemente per comprare delle bistecche decenti. E altra birra, ovviamente. Tom era preoccupato che stessero esagerando un po' sotto quell'aspetto, ma al momento era troppo preso da... beh, tutto ciò che riguardava Kevin... per prestarci troppa attenzione.

Kevin si occupò della griglia e le bistecche furono fra le più buone che Tom avesse mai assaggiato. Mentre mangiavano, disse: «Tra due domeniche è il quattro di luglio.»

«Oh, sì,» rispose Kevin con la bocca piena di carne. «Fai qualcosa?»

«Di solito nascondo le uova e faccio i canti di Pasqua.»

«Bello.»

Tom roteò gli occhi. «E tu?»

«Conosco uno che vende fuochi d'artificio, se ne vuoi qualcuno economico.»

Tom non amava particolarmente l'idea di mettere a fuoco la casa o il bosco. Magari qualche stella filante, però, poteva essere carina. Sistemò il piatto vuoto vicino alla sedia, afferrò la sua birra e ne prese un sorso. Poi ruttò rumorosamente prima di rispondere. «Quello che stavo chiedendo è se fai qualcosa con la tua famiglia o cose del genere. O vuoi venire qui?» A dire il vero non lo elettrizzava l'idea di passare del tempo a casa dell'amico.

Kevin rise. «Non permettono i fuochi d'artificio al Riverview. Alla mia famiglia non è mai interessato un cazzo di questa festa, comunque. Insomma... che bello! Siamo sfuggiti alla persecuzione religiosa e abbiamo fatto fuori tutti gli indiani.»

«Non li abbiamo fatti fuori tutti.»

53

Kevin finì la birra e si alzò per avvicinarsi al limitare del portico. «In realtà sono un po' indiano, da parte di mia mamma. Non so che tribù, però. Glielo chiederò prima o poi.» Si abbassò la zip e chiese: «Va bene se la faccio fuori?»

Tom pensò fosse un po' grossolano, ma rispose solamente: «Come vuoi.»

Mentre Kevin pisciava, Tom si appoggiò all'indietro e chiuse gli occhi. Era felice in quel momento. Seduto sotto il portico di una casa di sua proprietà, in una calda notte d'estate, con lo stomaco pieno, il sapore di bistecca e birra in bocca, e Kevin vicino. Se non fosse stato per il piccolissimo dettaglio che Kevin era etero, tutto sarebbe stato perfetto.

Sentì il rumore della copertura della vasca che veniva sollevata e aprì gli occhi. Kevin era in piedi, avvolto da una nuvola di vapore. «Vuoi entrare?» Ripiegò la copertura su se stessa e poi la sollevò e sistemò contro la ringhiera.

Era allettante. «Ho solo un paio di calzoncini da bagno,» specificò Tom.

«Non fare lo scemo. Non si indossa il costume in una vasca idromassaggio.»

E così dicendo, Kevin si tolse la maglietta e i calzoncini ed entrò nell'acqua. Tom era scioccato. In un attimo, il tizio su cui stava fantasticando era completamente nudo. E per quanto ne sapeva, Kevin non era nemmeno ubriaco.

Tom si alzò e camminò verso la vasca. Le luci azzurre all'interno illuminavano l'acqua e proiettavano una strana luce sul viso sorridente di Kevin.

«Non dirmi che sei timido,» lo stuzzicò lui.

«Vaffanculo.» Tom si spogliò ed entrò nell'acqua. Era meraviglioso, specialmente quando Kevin iniziò a giocherellare con la console e fece pompare i getti.

Tom trovò uno dei sedili incorporati e scivolò su di esso, dove due getti gli massaggiavano la parte bassa della schiena. Sospirò di piacere. Si aspettava che Kevin stesse dall'altra parte della vasca, ma lui invece si mosse verso il centro e poi prese posto accanto a lui.

Restarono seduti in silenzio, gli occhi chiusi e i getti che li massaggiavano. Tom era intensamente consapevole che Kevin fosse nudo e a portata di braccio. Non poteva toccarlo, ma a Kevin sembrava non dispiacere che lo guardasse. Le vasche idromassaggio erano stupende.

Kevin sembrò concordare con lui riguardo quel punto perché prese a passare sera dopo sera, sempre pronto ad accendere la griglia e poi saltare nell'acqua calda dopo aver mangiato. Andò avanti così per alcuni giorni. Non che Kevin fosse fastidioso. Non che si autoinvitasse. Di solito chiamava per chiacchierare un po' dopo che Tom era tornato dal lavoro, oppure Tom chiamava lui. E prima che se ne rendessero conto, stavano trovando una scusa perché Kevin potesse passare da Tom.

A quanto pareva, stavano diventando amici e a Tom andava bene. Amava la compagnia di Kevin e amava i suoi cheeseburger, anche se iniziava a preoccuparsi che mangiarli ogni sera potesse non fare proprio bene al suo girovita.

E di certo non gli dispiaceva che Kevin si spogliasse nudo davanti a lui regolarmente tutte le sere. Specialmente perché, una volta fuori dai vestiti, tendeva a restarci fuori dai vestiti. Non era per niente timido riguardo al girare nudo sotto il portico per il resto della serata fino al momento di andare a casa, e sembrava aspettarsi lo stesso da Tom. Qualsiasi fosse stato il problema di Kevin la prima sera, quando Tom aveva fatto coming out con lui, sembrava averlo superato.

Per la maggior parte del tempo, la loro conversazione era leggera e senza una sequenza logica. Ogni tanto, Kevin parlava del lavoro o della sua vita con Tracy. Niente di particolarmente personale. Tom notò che non raccontava mai volontariamente storie legate alla sua gioventù o alla sua famiglia, ma, anche se era curioso, sapeva di non aver alcuna ragione di spronarlo a parlare di quegli argomenti.

L'unica eccezione a quei dialoghi casuali era data dal parlare di sesso. Kevin sembrava deliziato nel dare dettagli personali riguardo a quante volte si era masturbato quel dato giorno,

55

descrivendo le tecniche che aveva provato e che avrebbero fatto arrossire la maggior parte degli uomini. E non si faceva scrupolo a chiedere dettagli intimi anche a Tom, nonostante avesse professato il contrario la notte che avevano passato nel suo caravan.

Se Tom avesse percepito che il suo interesse era di tipo omofobico – unito alla frase «Come puoi lasciare che un tizio te lo metta nel culo?» accompagnato da uno sguardo di disgusto – allora avrebbe messo un freno alla cosa. Ma l'interesse di Kevin era genuino. Gli piaceva parlare di sesso. Anzi, l'interesse verso le tecniche masturbatorie di Tom e le sue abitudini sessuali era quasi pruriginoso, come se sentire Tom parlare di quando si faceva le seghe in qualche modo lo eccitasse.

E forse era così. La sessualità era complicata. A uomini etero spesso piaceva masturbarsi con altri uomini e non sapevano spiegare il perché.

Tom scoprì che non gli dispiaceva rispondere alle domande di Kevin. Quando il suo amico era di quell'umore, spesso la cosa portava a un erotismo surreale che a Tom piaceva molto.

Una sera, Kevin gli chiese: «Ti piace l'odore dello sperma?»

Tom rise. «Sì. Anche il sapore, se sono abbastanza arrapato.»

«Penso che l'odore sia disgustoso,» disse Kevin. «Devo sempre pulirmi subito e buttare quel cavolo di fazzoletto di carta il più lontano possibile.»

«Mi pare di capire che non sei uno di quelli che hanno un calzino preferito,» disse Tom divertito.

«Diavolo, no! Butto via quello schifo!»

Beh, rifletté Tom, almeno non doveva preoccuparsi di trovare "sorprese" se il suo amico si fosse fermato per la notte una volta.

Ma poi Kevin lo sorprese dicendo: «Non sono sicuro che mi piaccia davvero il sesso.»

«Disse l'uomo che parla quasi costantemente di farsi le seghe.»

«Mi piace farmi le seghe,» concesse Kevin. «Ma quando una ragazza mi tocca, mi sento tipo... freddo dentro. Non mi piace.»

Improvvisamente si trovarono di nuovo su un terreno pericoloso e Tom si mosse un po' sulla sedia. Si alzò e prese un'altra birra, usando quel movimento per riformulare i pensieri in modo coerente. Ma quando si voltò, vide che Kevin lo stava fissando con un sorriso ampio.

«So cosa stai pensando,» disse Kevin.

«Davvero?»

«Stai pensando, "Magari il motivo per cui a Kevin non piace farlo con le pollastre è perché segretamente vorrebbe farlo con un ragazzo."»

Tom andò a prendere un'altra birra anche per Kevin e poi tornò alla sdraio. «Non penso di aver mai usato la parola *pollastra* in vita mia. E anche se ammetto che il pensiero mi è passato per la mente – è abbastanza difficile da evitare – sei proprio sicuro di volerne parlare?»

Kevin prese un sorso di birra. «Fanculo. Parliamone. A meno che non ti metta a disagio.»

«Non mi mette a disagio,» disse Tom, anche se era solo parzialmente vero. La cosa stava andando molto sul personale, considerando che si conoscevano da poche settimane. «Però... va bene. Allora, tu hai un problema con le donne. Ma essere gay non è provare avversione verso le donne, non importa cos'hai sentito dire. È essere attratto dagli uomini. Le due cose non hanno niente a che fare l'una con l'altra.»

«Quindi la domanda è se sono attratto dagli uomini?»

«Sì. Lo sei?»

Kevin prese un altro sorso di birra e questa volta Tom fu consapevole che lo stava scrutando mentre lo faceva, senza dubbio cercando di valutare se ciò provocava una sorta di reazione sessuale nel suo corpo. Non era qualcosa con la quale Tom si sentisse a proprio agio, ma pazientò fino a quando Kevin non si decise a parlare.

«Penso che tu sia attraente,» disse semplicemente.

Tom percepì un piccolo cenno di speranza sbocciare nei recessi della sua mente e lo schiacciò subito. «Grazie. Ma è possibile trovare attraenti delle persone senza essere eccitati da loro.»

«Amico, mi sento più a mio agio con te di quanto non sia mai stato con Tracy.»

«Mi fa piacere sentirlo,» disse Tom, «ma molti ragazzi etero si trovano più a loro agio a passare del tempo con altri uomini che non con le loro mogli. È una delle conseguenze di una cultura che cresce ragazzi e ragazze che hanno poco in comune.»

Kevin iniziava a essere frustrato, come se volesse che Tom gli sbattesse addosso un'etichetta con scritto "gay". «Diavolo, non lo so. Ci sono volte in cui mi trovavo a guardare altri tizi negli spogliatoi a scuola. E quando guardo il porno, non mi piace la roba con sole donne. Mi piace vedere una donna e un uomo.»

«Hai mai guardato porno gay?»

«No.»

Tom gli sorrise e scosse il capo. «Senti, Kevin. Forse sei un po' bi-curioso. Molte persone lo sono e non lo ammettono. Ed è perfettamente sano. Ma ciò non significa che tu voglia davvero fare sesso con altri uomini. C'è una grossa differenza tra guardare, fantasticare e fare davvero.»

Kevin aveva la birra in grembo e la fissava mentre tirava l'etichetta con il pollice. Dopo un lungo silenzio chiese: «E se ti chiedessi di baciarmi?»

Il respiro di Tom gli si fermò nel petto e lui dovette sforzarsi per lasciarlo uscire lentamente, cercando di apparire rilassato. Avrebbe mentito a se stesso se avesse detto che non se l'aspettava. O forse "temeva" era un termine più accurato. «Non sono sicuro che sia una buona idea,» disse lentamente.

«Nemmeno come un esperimento?»

Tom non rispose. Parte di lui voleva dire "Sì!" e farlo, ma un'altra parte si immaginava Kevin che lo spingeva via e che forse decideva di non frequentarlo nemmeno più.

«Ascolta,» disse Kevin sollevando gli occhi su Tom, «ci ho pensato molto, sin da quanto le cose sono andate male tra me e

Tracy. Insomma, se non riesci a fartelo rizzare con tua moglie senza che ti venga la nausea, non inizieresti a chiederti se sei davvero etero? Quella notte, quando mi hai detto che sei gay... beh, mi hai spaventato a morte perché ho pensato "Cazzo! Magari ora scopro che sono davvero così." E non ero pronto ad affrontarlo.»

Ecco, quello spiegava la sua reazione. «Pensi di essere pronto ora?»

Kevin si strinse nelle spalle. «Mi piaci. È bello stare nudo con te. Non so se è una cosa sessuale o no. Ma so che posso fidarmi di te.»

La tentazione di offrirsi per l'esperimento era forte per Tom. *Andiamo di sopra e senti se ti piace com'è. Senza impegno.* Ma invece era conscio che per lui ci sarebbe stato un impegno. Questo, Kevin non lo vedeva. Era concentrato sui suoi sentimenti e sulle sue preoccupazioni: gli sarebbe piaciuto? Avrebbe voluto di più? Se avesse voluto fermarsi, Tom l'avrebbe permesso?

Certo che gli avrebbe permesso di fermarsi. Ma non avrebbe voluto. E se Kevin avesse deciso di volere di più? Di voler continuare fino a quando non fossero venuti entrambi, avrebbe voluto farlo ancora dopo? Tom non voleva una sola squallida notte – o anche meno – con lui. Anche se Kevin non se ne fosse andato smettendo di parlargli, sarebbe comunque stato brutto sapere che sarebbe finito tutto lì. Ogni volta che avessero passato del tempo insieme, Tom si sarebbe chiesto che magica combinazione di birra e conversazione li avrebbe portati di nuovo a letto insieme.

D'altro canto, alcune cose erano inevitabili. Tom non era certo di avere davvero la forza di resistere a Kevin.

Kevin si protese sulla sua sdraio, mettendo i piedi a terra ai lati della stessa. «Se ti baciassi e non mi piacesse, riusciresti ad accettarlo? Se non volessi più rifarlo?»

Tom prese un profondo respiro. *Cazzo*. «Se deciderai che non ti piace, te ne andrai? Per sempre, dico.» Era una domanda penosa. Kevin probabilmente non sapeva la risposta. Non davvero.

«Resterai comunque il mio migliore amico.»

«Ci conosciamo solo da un mese,» gli fece notare Tom. Ma sapeva che era vero che erano amici intimi ora, anche solo per il fatto che nessuno di loro due ne aveva altri. Beh, Tom aveva Sue, ma onestamente si sentiva più vicino a Kevin, anche dopo così poco tempo.

«Non lo farò se ti turba,» disse Kevin.

Le ultime parole famose.

Tom guardò a fondo in quei begli occhi le cui palpebre sembravano pesanti per l'eccitazione. Non voleva farlo, davvero, ma aveva *davvero bisogno* di farlo. Era una situazione incasinata e si sentiva irritato con Kevin per averceli ficcati in mezzo.

«Presumo di poter gestire un bacio,» rispose lentamente Tom, sentendosi come se stesse per fare un errore enorme. «Ma se non ti piace, devi essere onesto con me. Ho fatto sesso una volta con un tizio che mi ha detto solo dopo che non gli era piaciuto. Ha detto che non voleva essere scortese. Beh, vaffanculo! Non c'è niente di peggio di qualcuno che ti dice che l'esperienza che pensavi fosse meravigliosa ha fatto schifo.»

«Non ti farei una cosa simile,» disse Kevin dolcemente. «Non ti chiederò di far sesso se non mi piace il bacio.»

«Va bene allora. Lo faccio.»

«Possiamo entrare nella vasca?»

Tom roteò gli occhi e gli fece un sorrisetto, ma assecondò la richiesta. Entrarono nell'acqua e restarono seduti per un po', vicini, a guardarsi negli occhi, entrambi impauriti di fare la prima mossa.

Poi Kevin si avvicinò un po' di più fino a quando i loro visi furono sul punto di toccarsi. Esitò un momento prima di protendersi e baciare Tom sulla bocca. Non fu un mezzo bacetto sulle labbra. Ci mise tutto ciò che aveva, unendo le loro bocche completamente, anche sporgendo un po' la lingua. Tom percepì l'eccitazione montare, il cazzo indurirsi. Però, ancora prima che il bacio finisse, seppe che l'esperimento era stato un fallimento. Kevin si ritrasse, l'espressione depressa, come se avesse sperato di risolvere tutto. Ma entrambi sapevano che non era così.

«Non è stato bello?» chiese Tom, cercando di suonare disinvolto, ma aveva un enorme nodo allo stomaco. Per un fin troppo breve momento, era stato meraviglioso. Ora invece voleva scappare a nascondersi. Cercò di ricordare a se stesso che non c'era ragione di sentirsi imbarazzati o di vergognarsi. La mancanza di eccitazione da parte di Kevin non era una critica al suo fascino. Kevin aveva detto che pensava che Tom fosse attraente, ma evidentemente non lo era abbastanza per superare il problema, qualsiasi fosse. O forse Kevin era comunque etero e aveva solo un po' di curiosità nei confronti degli altri uomini, come altri individui che non avevano assolutamente un punteggio alto nella scala di Kinsey.

A ogni modo, la comprensione di Tom per Tracy era appena aumentata drammaticamente. Il rifiuto era una brutta cosa, indipendentemente da come la mettevi.

Senza dire una parola, Kevin uscì dalla vasca e andò alla ringhiera, ma non prima che Tom potesse vedere il suo sesso eretto in tutta la sua lunghezza, a pieno regime. Però Kevin non sembrava eccitato. Era chino sopra la ringhiera, con la testa in avanti e si passava una mano tra i capelli, come se stesse per vomitare.

«Stai bene?» chiese di nuovo Tom.

Kevin scosse il capo. Tom si rese conto che stava annaspando in cerca d'aria, come se non riuscisse a respirare, e con l'altra mano stringeva così forte la ringhiera da essersi fatto diventare le nocche bianche. Stava avendo un attacco di panico.

Tom uscì dalla vasca e gli si avvicinò, ma non lo toccò.

«Kevin...»

«Non riesco a respirare!»

«Sì che puoi,» rispose Tom con tono calmante. «Non ti lascerò soffocare. L'ospedale è lungo la strada se ne abbiamo bisogno. Ma voglio che ascolti il suono della mia voce, okay? Voglio che segui quello che dico.»

Kevin stava ancora respirando rapidamente, ma annuì.

«Ora conto. Prendi un respiro e trattienilo... tre... due... uno. Ora lascialo uscire... tre... due... uno. Trattienilo... tre...

due... uno. Un altro... tre... due...uno.» Continuò a contare, fermandosi sempre un po' di più tra un conteggio e l'altro, per diversi minuti.

Alla fine, la presa di Kevin sulla ringhiera si allentò e la sua respirazione si calmò tornando a un ritmo normale. «Mi gira la testa...»

«Probabilmente è il troppo ossigeno,» disse Tom. «Andiamo a sederci. Puoi prendermi la mano?»

Aveva paura che un contatto fisico potesse nuovamente causare il panico in Kevin, ma lui gli prese la mano e gli permise di condurlo su una delle sdraio. Vi cadde sopra, esausto, il corpo madido, anche se Tom non sapeva dire se era per l'acqua nella vasca o per il sudore.

«Cristo...»

Tom si sedette sull'altra sdraio e attese che Kevin si rilassasse abbastanza da riuscire a parlare.

Quando il silenzio tra loro divenne pesante, Kevin finalmente chiese: «Cos'era? Ipnosi?»

«Non proprio. Ti stavo solo aiutando a rallentare il respiro così avresti smesso di iperventilare.»

«Pensavo di essere sul punto di morire. Il mio cuore ha iniziato a battere e mi faceva male il petto e tutto il mio corpo sembrava intorpidito e formicolante.»

Tom annuì. «Lo so. È comune. Le persone spesso iperventilano durante gli attacchi di panico. Può farti male il petto e l'ossigeno extra che inali può dare il formicolamento.»

«Ma non si muore?»

«No.»

Kevin si adagiò sulla sdraio e avvolse le braccia attorno a sé. «Non inizia a far freddo?»

Tom non l'aveva notato, ma entrò in casa, prese una coperta che non gli dispiaceva far bagnare e la portò a Kevin. Quando tornò, si sentì disturbato nel vedere l'amico curvo sopra la sedia e singhiozzante. Tom gli passò la coperta sulle spalle e prese posto sulla sedia vicino a lui, guardandolo con difficoltà mentre piangeva fino a essere troppo esausto per continuare.

Quando si fu calmato, Kevin si sdraiò con gli occhi chiusi e la coperta avvolta stretta attorno al corpo. «Mi dispiace.»
«Non c'è niente di cui dispiacersi. Era un esperimento e sappiamo che non è andato bene.»
«Ho ferito i tuoi sentimenti.»
L'aveva fatto, anche se non intenzionalmente, ma Tom disse solo: «Dopo che ti ho fatto il discorsetto di essere onesto con me, non inizierò a lamentarmi perché lo sei stato. Non sei attratto da me. E va bene. Non c'è ragione per cui debba sentirmi insultato, né per cui tu debba sentirti in colpa.»
«Eccetto che ti ci senti,» replicò Kevin. «Così come mi ci sento io.»
«Sì. Forse. Ma siamo adulti e la supereremo.»
Un altro silenzio, poi Kevin chiese: «Hai visto il mio uccello?»
Tom dovette ridere. «Sì, ho visto il tuo uccello. Sono gay. Cosa pensi?»
«Intendo dire, quando è diventato duro?»
«Sì,» disse Tom più serio. «E quindi?»
Kevin scosse il capo e prese un lungo respiro tremante. «Non lo so, cazzo. Succedeva anche con lei. Mi baciava e mi veniva da vomitare, ma il mio cazzo diventava duro come la roccia. Così pensava che la volessi – che volessi farlo – quando invece volevo solo andare via!»
Tom non sapeva cosa rispondere. Sentire Kevin dire che gli era venuto da vomitare dopo averlo baciato faceva male, anche se sapeva che non era niente di personale.
«Cristo, sono stanco,» disse Kevin.
«Vuoi stare qui stanotte? Posso prendere il sacco a pelo. Ci ho dormito da quando sono arrivato qui.»
Kevin rise. «Amico, possiamo dividere il letto. Non sono così sconvolto dal fatto che tu mi stia vicino.»

Mentre Kevin entrava, Tom rimase al piano inferiore a coprire la vasca e si assicurò che non ci fossero candele di citronella rimaste a bruciare sotto il portico. Quando ebbe chiuso tutto, lo seguì in camera. Kevin era già a letto e semi addormentato. Aveva trovato un asciugamano nell'armadio e se l'era messo sotto la testa come cuscino. La coperta umida era stata buttata sul pavimento.

Tom sollevò quella del letto e vide che Kevin era ancora nudo. Non era sicuro di quale fosse il suo stato mentale, così pensò non fosse saggio entrare a sua volta nudo. Sfilò un paio di boxer dalla cesta della biancheria e se li infilò prima di scivolare nel letto e spegnere la luce.

La mattina seguente, Tom aprì gli occhi e vide il viso di Kevin non lontano dal suo, i suoi occhi aperti che lo guardavano con attenzione.

«Ehi,» disse Tom assonnato.

«Ehi.»

«Come ti senti?»

Kevin fece spallucce. «Okay, presumo. E tu?»

«Sto bene.»

«Non sei arrabbiato con me?»

«Non vedo perché dovrei,» disse Tom. «Hai voluto provare il bacio, ho acconsentito e hai scoperto che non ti piace. Così lo mettiamo sotto le cose "da non provare" e andiamo avanti con le nostre vite.» Sapeva che non sarebbe stato così facile per nessuno dei due. A lui faceva ancora male, anche se la sua parte razionale gli diceva che non ce n'era ragione. E per Kevin... Beh, Tom sospettava che Kevin avesse quasi sperato di scoprirsi gay. Per lui sarebbe stato più facile accettare quello che non l'idea che non gli piacesse far sesso con nessuno.

«Già,» rispose Kevin, sedendosi e mettendo le gambe fuori dal letto. Poi si alzò e si stiracchiò. «Vado a fare un goccio.»

Uscì dalla stanza ed entrò in bagno. Tom gemette per la frustrazione. Kevin di mattina, scompigliato e con gli occhi assonnati, era una bellissima visione. E non aiutava il fatto che non solo fosse nudo, ma che avesse una tremenda erezione.

Fanculo al mondo.

Era sabato, quindi nessuno dei due doveva andare da qualche parte. Tom non sentiva il desiderio di buttare fuori Kevin e Kevin stesso non sembrava incline a volersene andare. Perciò fecero colazione e poi andarono all'Ikea a comprare ancora qualche mobile. L'unico mezzo disponibile era il furgone di Kevin, così Tom non poteva proprio darsi alla pazza gioia. Riuscì però a prendere un divano squadrato ma molto comodo, con poltrone abbinate – tutto nero, visto che non era sua intenzione pulire tutti i giorni – e un tavolino da caffè. Riuscirono anche a caricare un piccolo comodino per la camera per metterci la lampada, e qualche cuscino.

Tom non sapeva come sentirsi riguardo ai cuscini extra. Erano stati un'idea di Kevin. Stava programmando di dormire spesso da lui? E condividere il letto? Una parte di Tom sperava che fosse esattamente così, ma l'altra parte pensava fosse strano, specialmente dopo che avevano provato che Kevin non era sessualmente interessato a lui.

Ma i cuscini erano economici, così Tom li comprò.

Il viaggio aveva preso circa cinque ore, ma era ancora giorno quando scaricarono le scatole dal furgone.

«Ti serve aiuto per montare queste cose?» chiese Kevin, guardando le scatole sparse in soggiorno. Tutti quei mobili richiedevano di essere assemblati.

«Certo. Vado a prendere un coltello per aprire le scatole.»

Tom andò in cucina, recuperò un coltello da uno dei cassetti e poi tornò in soggiorno, trovando Kevin di nuovo completamente nudo. Si fermò e lo fissò per un istante, incapace di nascondere la sorpresa.

«Cosa?» chiese Kevin. «Pensavo fosse okay.»

Tom sollevò le sopracciglia. «Beh, penso di sì. Solo che non mi aspettavo che ti spogliassi nel bel mezzo del pomeriggio.»

«Siamo stati nudi ogni sera per due settimane. Mi sento a mio agio quando sono con te. Vuoi che mi rivesta?»

«No,» disse Tom. C'erano un paio di cose che voleva e che la vista di Kevin nudo gli aveva portato alla mente, ma che si rivestisse non era nella lista. Però aggiunse: «Forse dovremmo dirlo chiaramente. Va comunque bene se stiamo nudi quando siamo insieme?»

Kevin fece spallucce. «Finché lo facciamo qui e non al ristorante, direi che va bene.»

Andava bene anche a Tom. Così si spogliò e i due passarono il pomeriggio in costume adamitico a mettere insieme i mobili. Quando ebbero finito e portato via gli imballaggi, il soggiorno sembrava un vero *soggiorno* per la prima volta da quando si era trasferito. Era meraviglioso.

Tom non riusciva a spiegarsi il perché, considerando quanto tempo avevano passato insieme nudi, ma per qualche ragione trovò quel pomeriggio intensamente erotico. Probabilmente riguardava il fatto di mostrarsi in quel modo alla luce del giorno invece che alla luce soffusa del portico la sera. Per fortuna riuscì a non farsi venire un'erezione, anche se pensava che a Kevin non sarebbe importato se gli fosse successo.

Kevin passò di nuovo lì la notte. Non cercarono una vera e propria scusa quella volta. Non era esausto, non era ubriaco, ma era l'una di notte e stavano entrambi sbadigliando, quando Kevin disse: «Presumo sia meglio che vada.»

E senza pensarci due volte, Tom rispose: «Non mi dispiace se ti fermi di nuovo.»

Era domenica notte. Arrivati al venerdì, Tom si rese conto che lui e Kevin erano riusciti a trovare scuse per dormire insieme ogni sera, per tutta la settimana.

La loro relazione era proprio... diversa. E Tom non era del tutto certo che fosse salutare. Non c'era dubbio che Sue gli avrebbe detto lo stesso ed era il motivo per cui non aveva intenzione di raccontarglielo. Quando avevano parlato durante il pranzo, Tom le aveva detto che Kevin passava da lui diverse sere, cosa che lei disapprovava sulla base del fatto che Tom avrebbe dovuto avere una relazione "vera", invece di prendersi una cotta per qualcuno che non poteva avere. Se avesse saputo che l'oggetto inottenibile del suo desiderio dormiva nudo con lui ogni sera e lo tormentava ogni mattina andandosene in giro con un'erezione, i rimproveri sarebbero stati infiniti.

Ma Tom aveva avuto relazioni, per così dire *romantiche*, che erano state anche peggiori. Quelle in cui il sesso era buono, ma il resto faceva schifo. Quella con Kevin era una relazione strana, lo doveva ammettere, ma nonostante il non poter rilasciare la tensione sessuale e doversi affrettare a toccarsi nella doccia la mattina, era piacevole.

Fino a quando Kevin non si tagliò.

Capitolo 9

Successe il sabato sera, il quattro di luglio. Tom e Kevin erano andati a fare acquisti durante il pomeriggio e avevano comprato hamburger, birre – ovviamente – patatine e altro cibo spazzatura. Kevin era riuscito a trovare dei fuochi d'artificio a poco prezzo: stelle filanti, fontane, petardi. Niente di eccessivo, giusto qualcosa per divertirsi un po'. Si sperava che non si ubriacassero e non si facessero saltare le dita.

Non fu, in effetti, un fuoco d'artificio a fare il danno. Kevin stava avendo difficoltà ad aprire il formaggio a fette. «Dannazione! Puoi passarmi il coltellino?»

«Dov'è?»

«Nella mia tasca,» rispose Kevin divertito.

Non indossava i jeans, ovviamente. Erano appoggiati alla ringhiera del portico. Così Tom andò lì e frugò nelle tasche anteriori, trovando un coltellino intrecciato alle chiavi. Lo sciolse e lo lanciò all'amico.

Ma quando Kevin lo infilò nella confezione per tagliarla, esclamò: «Cazzo!»

Il pacco di formaggio finì a terra e Kevin si tenne la mano contro la gamba mentre gocce di sangue gli cadevano sul ginocchio nudo e poi sul pavimento. «Okay, quel cazzo di formaggio ora finisce oltre il portico! Lascia che se lo mangino quei dannati procioni!»

«Aspetta,» disse Tom cercando di non ridere. «Ti porto delle garze.»

Aveva comprato un kit per il pronto soccorso quando si era trasferito, pensando che avrebbe potuto tornargli utile, ora che era un rude uomo che viveva nella città dei Coyote. Fino a quel momento, l'aveva usato per rimuovere una scheggia. Afferrò un grosso cerotto e dell'unguento antibiotico. Mentre usciva dal bagno, prese anche una bottiglia di disinfettante, giusto per essere sicuro.

Quando tornò sotto il portico, appoggiò il cerotto e la pomata sul bracciolo della sdraio e aprì la bottiglia di alcool. Era nuova, quindi sussultò lievemente per i fumi quando la aprì. Ma non fu niente in confronto alla reazione di Kevin.

«Allontana quella merda da me!» Era chino sulla sua mano come se volesse proteggerla, stringendo i denti per il dolore.

Tom fece un passo avanti con un sorriso sarcastico. «Non fare il bambino. Ucciderà i germi che erano sul coltello.»

«Ho detto di allontanarla da me!»

Prima che Tom potesse reagire, Kevin fece partire un pugno che lo colpì a lato della testa. Tom non era più stato picchiato dai tempi della scuola e lo shock fu quasi serio quanto il dolore fisico, anche se non proprio uguale. Barcollò all'indietro, inciampò sulla sdraio e vi finì sopra. L'alcool si sparse sul portico. La testa gli pulsava e la visione dall'occhio sinistro era sfocata, ma riuscì a rimettersi in piedi nel momento in cui Kevin gli passò accanto di corsa.

«Ma che cazzo?» gridò Tom alle sue spalle, ma Kevin continuò a correre.

Un attimo dopo, sentì il suo furgone avviarsi e uscire dal cortile.

Tom divenne consapevole di un dolore pungente al fianco e guardò in basso, scoprendo di essersi graffiato con il bracciolo di legno della sdraio. *Fantastico, cazzo.*

Zoppicò in casa e si guardò il viso allo specchio del bagno. Una tumefazione delle dimensioni di una palla da baseball si stava formando sulla parte sinistra della sua testa e l'occhio sembrava gonfio. Non doveva andare al lavoro fino a mercoledì, grazie alle vacanze, ma probabilmente il livido sarebbe rimasto fino ad allora. C'era anche una piccola quantità di sangue, ma scoprì non essere sua. Doveva provenire dalla mano di Kevin. Tom la lavò via nel lavandino.

Era una stronzata. Fanculo a Kevin Derocher e a qualsiasi cazzo di problema avesse. Tom ne aveva abbastanza. Era piuttosto convinto che Kevin avesse avuto un altro attacco di panico. Il perché, non ne aveva idea. L'alcool? Forse. Ma una cosa era parlargli per aiutarlo a smettere di iperventilare, un'altra era essere colpito in testa.

Fu solo quando tornò fuori sotto il portico per valutare i danni – l'alcool era sparso ovunque, ma la sdraio non sembrava rotta – che si rese conto che i jeans di Kevin erano ancora lì dove li aveva fatti cadere. Li raccolse e trovò l'anello con le chiavi ancora nella sua tasca. Come diavolo aveva fatto ad andarsene senza chiavi? E cosa aveva indosso?

Raccolse la bottiglia di disinfettante. Ne era rimasto ancora un po' dentro, così lo usò per ripulirsi il graffio sul fianco. Bruciava da matti, ma, a differenza di *qualcuno,* poteva sopportarlo. Il tappo era rotolato nello spazio tra due assi, così lo recuperò e lo mise al suo posto.

Un paio di minuti dopo, il suo cellulare suonò. Il suo primo pensiero fu che potesse essere Kevin, ma il suo telefonino era ancora nella tasca dei jeans. Chiamava dal caravan? Il numero, però, non era quello di Kevin, era quello del Dipartimento di Polizia di Groveton.

Merda.

«Pronto?»

«Parlo con Tom Langois?»

«Sì.»

«Signor Langois, parla il Capo Burbank, del Dipartimento di Polizia di Groveton. Conosce un uomo di nome Kevin Derocher?»

Oh, Dio. Si era fatto male? Era morto? Era così fuori controllo da aver fatto un incidente? Tom si rese conto che Kevin non poteva essere morto o la polizia non avrebbe mai saputo di dover chiamare lui.

«Sì, lo conosco. Sta bene?»

«Sta bene,» disse l'uomo. «L'abbiamo fatto accostare sulla Northside Road e... il fatto è che non possiamo lasciarlo andare via così. Dice che lei può portargli i vestiti. In caso contrario, dobbiamo accompagnarlo alla stazione di polizia.»

Tom dovette trattenersi dal risultare troppo divertito. «Oh. Sì, eravamo nella vasca idromassaggio quando se n'è andato,» mentì. Non che la cosa suonasse poi meglio.

«Va bene,» disse il Capo Burbank, sembrando divertito lui stesso. «Sa dov'è la Recycle Road?»

Tom l'aveva vista mentre andava al caravan di Kevin. Evidentemente, loro erano appostati vicino al bivio, quindi Tom gli assicurò che sarebbe stato lì in pochi minuti. Riagganciò, si vestì e raccolse le cose di Kevin.

Beh, almeno nessuno gli stava chiedendo di pagare una cauzione.

Tom trovò due auto della polizia con le insegne di Groveton sulle portiere – Stark era una cittadina troppo piccola per avere un corpo di polizia a pieno regime – e le luci blu che lampeggiavano, parcheggiate vicine alla Recycle Road. Per quanto ne sapeva Tom, la strada portava a una stazione di riciclaggio, quindi nessuno doveva entrare o uscire di sera. Il furgone di Kevin era appostato a circa dieci metri dalle auto e Tom riusciva a vedere l'amico, con aria infelice, seduto all'interno. E senza maglietta. Non c'era dubbio che il Capo Burbank l'avesse trovato interessante quando l'aveva fatto accostare per chiedergli patente e libretto.

Tom parcheggiò vicino al furgone. Quando uscì dall'auto, lanciò un'occhiata a Kevin, che gli rivolse uno sguardo implorante. Ma uno dei due agenti gli si stava già avvicinando, così non poté dargli immediatamente i vestiti.

«Signor Langois?»

«Sì.»

L'agente sorrise e gli mostrò il distintivo. «Sono il Capo Burbank. Ha un documento?»

Tom gli mostrò la patente e il biglietto da visita.

«Uno psicologo?» chiese Burbank.

«Sì.»

«È un suo paziente?»

Tom lanciò un'occhiata a Kevin, sapendo che poteva sentire tutto ciò che si dicevano, anche se si rifiutava di guardarlo. «No.» Sapeva che le circostanze potevano far sì che lui e Kevin sembrassero una coppia. Per quale altro motivo avrebbero dovuto passare del tempo insieme nudi? Ma la cosa non lo preoccupava. D'altro canto, si era dimenticato del livido sul viso. Il Capo Burbank lo notò e la sua espressione mostrò preoccupazione. «L'ha colpita?»

Evidentemente, a quell'uomo non interessava se fossero o meno gay. Gli abusi di coppia erano abusi di coppia. Era una cosa carina da sapere.

Tom era consapevole che, se l'avesse ammesso, Kevin si sarebbe trovato in guai ancora peggiori. Per la prima volta si chiese se avesse mai aggredito Tracy durante uno dei suoi attacchi di panico. E se fosse stata un'abitudine per lui? «Soffre di attacchi di panico. Questa è la prima volta che l'ho visto diventare aggressivo.»

«Vuole sporgere denuncia?»

«È la prima volta che accade,» ripeté Tom. «Non l'ho mai visto così prima, quindi... penso che gli darò il beneficio del dubbio.»

Il Capo Burbank non sembrava convinto, ma annuì. «Posso dare un'occhiata ai suoi abiti, per favore?»

Tom glieli passò: i pantaloni, la maglietta e le scarpe da ginnastica. Tom non aveva trovato i calzini e non era sicuro che Kevin li indossasse. Il Capo Burbank aveva circa l'età di Tom, con un piacevole viso rubicondo, come quello di un uomo che passava la maggior parte del suo tempo all'aperto. Sorrise mentre esaminava gli abiti, forse cercando una pistola, e poi li passò a Tom. «Niente intimo?»

«Non ne indossa.»

Burbank sorrise e roteò gli occhi. Poi chiamò Kevin. «Esca dalla parte del passeggero, per favore, così si può vestire senza che la gente che passa la veda.»

Kevin sembrava scontroso e poco collaborativo, ma fece come gli era stato detto. Tom fece il giro e gli passò i vestiti. Nei

pochi istanti che ebbero senza che Burbank li sentisse, Kevin gli chiese: «Ti ho fatto male?»
«Mi hai dato un pugno che mi ha steso e mi ha fatto finire sulla sdraio,» rispose Tom calmo. «Certo che mi hai fatto male.» Kevin sembrò addolorato quando notò il livido sul suo viso.
«Dio, Tom. Mi dispiace.»
Era ridotto un casino. Aveva i capelli incollati alla fronte, madidi di sudore nonostante non fosse una sera poi così calda. Questo confermò la teoria di Tom di un attacco di panico. Ma Tom non era dell'umore per essere molto tollerante in quel momento.
«Hai mai colpito Tracy in questo modo?»
L'espressione sul viso di Kevin divenne di puro orrore. «No! Gesù! No! Mai!» Quando Tom non sembrò convinto, aggiunse: «Vai a chiederglielo, se vuoi.»
«Sei serio? Vuoi davvero che lo faccia?»
«Vai. Chiamala. Non ti mentirà.»
«Lo farò allora,» disse Tom con freddezza. «Perché, se sei il tipo di uomo che picchia la moglie, non voglio avere più niente a che fare con te.» Se era stato davvero un attacco di panico, Kevin poteva non aver avuto controllo su se stesso. Ma Tom aveva bisogno di sapere se era un incidente accaduto una volta sola, o se Kevin aggrediva e picchiava periodicamente la gente durante i suoi attacchi.
Kevin annuì, incapace di guardarlo negli occhi. «Fallo,» disse piano. «E scusami ancora.»
Tom lo guardò vestirsi e poi entrambi tornarono verso il retro del furgone, dove il Capo Burbank stava parlando all'agente sulla seconda auto di pattuglia.
«Bene,» disse Burbank a Kevin. «Lei torna indietro con il signor Langois?»
Kevin scosse il capo. «Abito poco più giù lungo la strada. Penso sia meglio se vado a casa.»
Il capo passò lo sguardo tra loro prima di dire: «Penso sia una cosa saggia. Ho la sua parola che andrà diretto a casa?»
«Sì, signore.»

«Okay, può andare allora.»

Kevin lanciò un'occhiata a Tom, ma Tom era ancora arrabbiato con lui e probabilmente il suo viso lo mostrava chiaramente, perché l'altro non disse nulla. Salì semplicemente sul furgone, lo mise in moto e guidò lungo la Northside Road.

Capitolo 10

La domenica era nuvolosa e minacciava pioggia. Ed era triste, proprio come si sentiva Tom, che si svegliò nel suo letto da solo per la prima volta in una settimana, e odiò immediatamente quel fatto. Il desiderio di telefonare a Kevin e chiedergli di passare da lui era così forte che decise invece di chiamare il *Lee's Diner*, perché doveva farla finita con quella situazione. Se Tracy gli avesse detto che il suo ex non aveva mai alzato una mano su di lei, forse lui e Kevin sarebbero potuti tornare a quell'amicizia disinvolta che si era instaurata tra loro. Avrebbe potuto perdonarlo per un momento di aggressività in un attimo di panico. Cose del genere accadevano, ma l'ultima cosa di cui Tom aveva bisogno era qualcuno nella sua vita che lo spedisse periodicamente all'ospedale.

Tracy, per fortuna, era di turno al ristorante. Tom sarebbe impazzito se avesse scoperto che era il suo giorno di riposo, ma non riuscì a dirle niente al telefono. «Quando hai la pausa?» le chiese. «Vorrei proprio parlarti.»

Ci fu una lunga pausa dall'altro capo della linea. Poi lei rispose: «Cos'è questa storia, tesoro? Ha qualcosa a che fare con Kevin?»

«Sì. Ma preferirei parlartene di persona.»

Lei sospirò. «Beh, va bene. Faccio una pausa verso le due, quando la ressa del pranzo cala.»

Tom si fece una doccia e uscì sotto il portico per vedere se l'alcool aveva danneggiato il legno. Fortunatamente era evaporato e non erano rimaste macchie.

Arrivò da Lee poco dopo l'una e si sentì sollevato nel vedere che non c'era il furgone di Kevin. C'era però molta gente e, per la prima volta da quando aveva iniziato ad andarci, dovette attendere un paio di minuti prima che si liberasse un posto. Le cameriere si muovevano tra i tavoli e il bancone, avanti e indietro, con aria infastidita, sebbene fossero tutte sorrisi e chiacchiere, e anche un po' civettuole. Tom dovette ammettere che ammirava quel livello di energia. C'erano giorni in cui lui riusciva a malapena a gestire l'atteggiamento calmo che era richiesto dal suo stesso lavoro.

Quando finalmente gli venne assegnato un piccolo tavolo con due sedie, contro il muro più lontano, la cameriera che si recò da lui era una giovane donna sorridente di nome Kelly che lui non aveva mai visto prima. Era irragionevole, però, presumere che Tracy potesse avere tempo per lui con tutto quel caos. Catturò la sua attenzione mentre gli correva vicino, e lei gli sorrise senza aver tempo di fermarsi. Tom ordinò dei pancake ai mirtilli, bacon, succo d'arancia e caffè e fece del suo meglio per non rendere il lavoro di Kelly difficile mentre consumava la colazione.

Erano quasi le tre quando Tracy ebbe un momento per andare al suo tavolo. «Mi dispiace di averti fatto aspettare, tesoro. È un inferno oggi.»

«Ho visto. Va tutto bene. Hai un secondo per parlare in privato?»

«Ho detto alle altre ragazze che mi prendo qualche minuto.»

«Ti dispiace se usciamo nel parcheggio?» chiese Tom. «Non voglio che altre persone sentano.»

Lei non sembrò felice dell'idea, forse era abituata a clienti maschi che cercavano di passare del tempo con lei da sola, ma fece un cenno affermativo, anche se riluttante. Fuori, il cielo era ancora più minaccioso di quanto non fosse stato un paio d'ore prima, e il vento si stava alzando, ma non pioveva ancora. Si appoggiarono contro la Nissan Sentra nera di Tom e Tracy gli chiese: «Ha a che fare con il livido sulla tua faccia, tesoro?»

«Io e Kevin abbiamo avuto una discussione ieri sera.»

«Oh, mio Dio!» Tracy spalancò la bocca in quel modo teatrale che Tom iniziava ad associare a lei. «È stato Kevin a farti questo?»

«Sì.»

«Non posso credere che abbia fatto una cosa simile.»

«Ti volevo parlare proprio di questo,» disse Tom. «Kevin sa che sono qui. Tu sembri essergli affezionata...»

Tracy mosse una mano con noncuranza. «Beh, ovvio che lo sono. Certo, le cose sono andate a rotoli dopo che ci siamo sposati e voglio ancora ucciderlo ogni volta che penso a quello stupido scherzo...»

«Il tentativo di suicidio?»

«Lì ho capito che era pazzo. Le grida nel sonno e la radio distrutta... Ho cercato di ignorare tutte quelle cose, ma tornare a casa e trovarlo così...»

Ma le orecchie di Tom si erano rizzate quando aveva sentito della radio. «Perché ha rotto la radio?»

«Non lo so, accidenti. È iniziata una canzone e lui ha semplicemente preso la sedia della cucina e l'ha sbattuta su quella cosa finché non si è zittita.»

Intrigante, ma fuori argomento. «Tracy... Kevin ti ha mai colpito?»

«Dio, no! Me ne sarei andata più veloce della luce. Ed è quello che dovresti fare tu, tesoro. Lo ammetto, ero un po'... sorpresa... quando ho scoperto che Kevin... sai, che sei il suo tipo. Anche se di certo spiega molte cose. Ma se è impazzito abbastanza da iniziare a colpire la gente, devi andartene e trovarti un bravo ragazzo sano.»

Tom non era convinto che Kevin fosse più pazzo di quanto non fosse stato in precedenza. «Non penso l'abbia fatto di proposito.»

«Ti ha colpito in faccia accidentalmente?» chiese Tracy scettica.

«Durante un attacco di panico, mentre non aveva il controllo di sé,» cercò di spiegare Tom, anche se non era certo che lei sapesse che era uno psicologo. Probabilmente pensava dicesse cose a caso. «Senti, Tracy, penso che qualcosa di traumatico gli sia successo quando era più giovane. Alcune cose potrebbero causargli attacchi di panico quando lo si spinge a ricordare.»

«Ricordare cosa?»

«Non lo so. È possibile che non lo sappia nemmeno lui.» Tracy lo guardò con sguardo vacuo, così Tom chiese: «Sai se può essergli successo qualcosa, magari da bambino? Qualcosa di particolarmente brutto?» Lei scosse il capo. «Non so niente di tutto questo, tesoro. Non parla mai della sua infanzia. Non è neanche in contatto con sua madre. Non l'ho mai nemmeno visto mandarle un biglietto per la festa della mamma né niente. Se ha fratelli o sorelle, a me non l'ha mai detto.»

Il furgone di Kevin era nel vialetto quando Tom tornò a casa, e lui era seduto sui gradini. Non c'era traccia del solito sorriso che riservava a Tom per dargli il benvenuto quando lo vedeva scendere dall'auto. Invece, restò seduto, curvo su se stesso, con lo sguardo fisso sulle proprie mani, mentre il piede batteva freneticamente, ricordandogli il coniglietto dei cartoni animati. Probabilmente si aspettava che Tom gli dicesse di andarsene dalla sua proprietà.

Sul gradino dietro di lui c'era una bottiglia di disinfettante e, con grande sorpresa di Tom, una singola rosa rossa avvolta nel cellofan, una di quelle vendute nei supermercati.

«Mi hai comprato dei fiori?» chiese incredulo mentre si avvicinava a Kevin.

Questi chinò il capo per guardare la rosa, come se non fosse sicuro che fosse lì. «Solo una. Penso sia un'idea stupida.»

Non esattamente stupida, pensò Tom, ma strana. Amici maschi non si regalano di solito rose dopo aver litigato. In ogni caso, Tom non poté evitare di sentirsi toccato dal pensiero.

Kevin prese la rosa ed era sul punto di gettarla quando Tom scattò in avanti e gli afferrò il polso. Si aspettava quasi di innescare un altro attacco di panico, ma Kevin lo guardò, con i suoi dolci occhi marroni pieni di dolore.

«Mi piacciono i fiori,» disse Tom prendendo la rosa dalla sua mano. «Grazie.»

Lasciò il polso dell'amico e raccolse anche la bottiglia di disinfettante. «Perché non entriamo? Hai tirato su i finestrini del tuo furgone? Penso che pioverà presto.»

Fu un'idea di Kevin quella di parlare a letto. Tom aveva smesso di essere sorpreso dai suoi bisogni contraddittori, di intimità e distanza allo stesso tempo. Si spogliarono nudi e si sdraiarono l'uno di fianco all'altro, senza toccarsi, condividendo un cuscino così che i loro visi fossero abbastanza vicini da far sentire a Tom il respiro di Kevin sulle labbra.

Come amanti, ma anche no. La loro amicizia lo stava facendo impazzire.

«Ho cercato di starti lontano,» gli disse Kevin, «ma non ce l'ho fatta.»

«Perché volevi starmi lontano?»

«Non volevo. Ma tu eri arrabbiato con me e avevi il diritto di esserlo.»

Quello era vero. «Ho parlato con Tracy oggi.» Quando Kevin non disse niente, Tom continuò. «Sembra pensare che tu sia pazzo.»

«Io *sono* pazzo. Dovresti saperlo meglio di chiunque altro.»

Tom sbuffò. «Sei sano a sufficienza. Sai chi sei e dove sei e, a parte qualche episodio, non penso che tu sia un pericolo per qualcuno.»

«E quando ho uno dei miei "episodi"?»

«Non ne sono ancora sicuro, ma Tracy dice che non l'hai mai colpita.»

«Non l'ho mai fatto. Non ricordo di aver mai colpito nessuno. Beh, tranne quando avevo tredici anni, l'anno che sono andato a Hampstead. Ho dato un pugno a un infermiere.»

«Perché?»

«Mi toccava.»

Tom si acigliò e si sollevò su un gomito. «Intendi sessualmente?»

«No.» Kevin scosse il capo con ostinazione. «Stava solo facendo il suo lavoro. Ma io ero agitato per qualcosa, non ricordo nemmeno cosa, e lui ha cercato di mettermi un braccio attorno al corpo per bloccarmi. Non era arrabbiato che l'avessi colpito, perché non era la prima volta che un paziente lo faceva.»

Tom lo guardò con attenzione e disse lentamente: «Beh, io sono arrabbiato perché mi hai colpito. Capito? Posso perdonarti – e in sostanza l'ho già fatto – ma, se lo farai di nuovo, avremo un grosso problema.»

«Bene,» disse Kevin guardandolo negli occhi. «Non voglio che tu subisca quello schifo per colpa mia.»

Tom sospirò, sentendo un peso sollevarsi da lui. Non era completamente convinto. Aveva sentito fin troppi uomini che abusavano delle mogli giurare che non avrebbero mai più alzato le mani, solo per poi rifarlo ogni volta che perdevano la pazienza. Sì, c'era un'enorme differenza tra un uomo violento e qualcuno affetto da sindrome da stress post traumatico che non aveva un passato segnato da comportamenti violenti, se non per qualche incidente isolato durante i flashback o gli attacchi di panico. Però Kevin perdeva comunque il controllo ogni tanto e quello era un motivo di preoccupazione.

Devo parlarne con Sue, pensò Tom. *Sono fuori dal mio campo qui.*

«Kevin, forse dovresti prendere in considerazione di entrare in analisi per via degli attacchi di panico. Tracy mi ha detto della radio che hai distrutto. Forse non perdi il controllo sempre, né spesso, ma abbastanza. Non sei preoccupato di poter ferire accidentalmente qualcuno un giorno?»

«Non voglio andare da un altro psicologo,» disse Kevin.

«Ho una collega, Sue Cross, che è bravissima con casi come questo. Ha fatto a lungo consulenza ai veterani che soffrono di sindrome da stress post traumatico.»

«Non sono un veterano.»

«Qualsiasi cosa può innescare quella sindrome. È un disordine da stress. Può essere causato da traumi, non solo in combattimento. Stupro, abusi sessuali o fisici dell'infanzia, incidenti d'auto...»

«Puoi aiutarmi tu,» insistette Kevin. «Tu sai come vedere oltre le mie cazzate. E mi fido di te.»

Tom sospirò e ripose la testa sul cuscino, guardando in quei bellissimi occhi sonnolenti, desiderando di allungare una mano e toccare Kevin, baciare la sua bocca...

«Kevin... penso che sto iniziando a innamorarmi di te.»

Invece di apparire scioccato o a disagio, lui sorrise e disse: «È stata la bottiglia di disinfettante, vero? Nessuno può resistere a una cosa simile.»

«Smettila di scherzare per un minuto, per favore. Ho bisogno di capire. Abbiamo questa relazione incasinata che un momento sembra romantica e quello dopo è una semplice amicizia. Non vuoi fare sesso con me, ma ti piace stare nudo con me e dormire nello stesso letto con me. Non so cosa pensare.»

Il sorriso di Kevin svanì e lui mosse la testa sul cuscino, come se stesse cercando una visuale migliore del viso di Tom. «È incasinata perché *io* sono incasinato. Specialmente riguardo al sesso. Ma ho pensato molto la notte scorsa, mentre ero a casa da solo, e mi sono reso conto che ero terrorizzato che mi mandassi a fanculo. Ero più spaventato di quando Tracy mi ha chiesto il divorzio. Sono più felice con te di quanto non sia mai stato con lei.»

Quella parole scioccarono Tom. Sperava in un chiarimento, ma si sarebbe aspettato qualcosa che delineasse quali fossero i confini di Kevin. Ora si sentiva ancora più confuso. Possibile che anche Kevin si stesse innamorando di lui, anche se non si sentiva sessualmente attratto da lui? O era semplicemente il bisogno intenso di un amico?

«Ci sono molti uomini etero che preferiscono uscire con i loro amici maschi che non passare tempo con le loro mogli.»

«Penso a te quando mi faccio le seghe.»

Cristo. «In che senso?»

«Non lo so. È abbastanza vago. Quasi sempre penso a te senza vestiti.»

Tom lasciò andare un lungo sospiro e cercò negli occhi di Kevin qualcosa che gli facesse capire cosa intendesse dire. Ciò che vi trovò fu desiderio. Ma desiderio per cosa, esattamente? «Cosa vuoi?» chiese Tom. «Se la cosa dipendesse solo da te, come vorresti che fosse la nostra relazione?»

«Penso che vorrei che restasse più o meno così. Voglio solo stare con te il più possibile.»

«Fin quando non troverai una ragazza.»

«Non voglio una ragazza,» disse Kevin deciso. «Non voglio stare con nessun altro che non sia tu.»

Quello gli suonava fin troppo simile a quando Jake gli aveva detto che sarebbero stati amici per sempre e niente – *niente!* – li avrebbe mai separati. I ragazzini erano portati a usare quel genere d'iperbole. Ma lui e Kevin non erano ragazzini.

«Non riesco a pensare a un modo per chiedertelo,» disse Tom, «senza sembrare un bambino di cinque anni. Quindi ti chiedo scusa in anticipo. Ma... sei in grado di capire la differenza tra amore platonico e romantico, vero?»

Kevin gli fece un sorriso timido e Tom seppe che non sarebbe stato in grado di resistergli a lungo. «A me sembra romantico, terapista.»

«Davvero?»

«Sì.»

«Quindi stai dicendo che vuoi essere il mio ragazzo?»

«Se puoi sopportare un ragazzo che non bacia né fa sesso...»

Sembrava un compito arduo, ma Tom sapeva che non avrebbe potuto respingere Kevin solo per quella ragione. «Beh... per ora penso di poterlo fare. Ma di sicuro non posso essere il tuo terapista e il tuo ragazzo allo stesso tempo. Un terapista deve mantenere una certa distanza professionale, altrimenti non è in grado di vedere le cose chiaramente.»

Kevin restò a lungo in silenzio. A un certo punto, la pioggia iniziò a cadere e scrosciava all'esterno, dando a Tom la sensazione che fossero isolati dal mondo, sepolti insieme sotto strati di coperte calde. Gli piaceva. E gli piaceva il sentimento che gli si era gonfiato nel petto quando avevano giocato con la parola "ragazzo".

Alla fine, Kevin disse: «La prima volta che sono venuto da te, hai detto che avrei potuto portare Tracy con me. Se accetto di vedere la tua amica, verresti con me?»

«Di solito si fa così solo per la terapia di coppia.»

«E noi ora siamo una coppia, giusto?»

«È per le coppie che hanno problemi con la loro relazione,» chiarì Tom.

«Mi molli se non riesco a rimettere in sesto la mia testa, no? A me sembra un problema di coppia.»

«Stai facendo il melodrammatico. Sto ancora cercando di abituarmi all'idea di te che sei interessato *romanticamente* a me. Non ci penso proprio a mollarti.»

«Lo farò solo così,» disse Kevin enfaticamente. «Tu sei l'unico di cui mi fido abbastanza per lasciarti cazzeggiare qui.» Sollevò una mano e si picchiettò la sommità del capo.

Tom sospirò. «Le parlerò. Forse è ancora disposta a farlo.»

Kevin sorrise e tirò le coperte sulle spalle, accoccolandosi come un bambino. Tom lo trovò ridicolmente adorabile. «Possiamo dormire ora? Il mio stomaco è annodato da ieri notte perché pensavo che mi avresti detto che non mi volevi più. Ora che hai deciso che non sono completamente senza speranza, mi sento caldo e assonnato, come se potessi essere in grado di dormire per una settimana.»

Tom scosse il capo, divertito. «Dio, mi piacerebbe solo trovare un modo per baciarti.»

Kevin sfilò la mano dalle coperte e premette gentilmente il palmo contro le labbra di Tom. Lui lo baciò, e baciò anche la punta di ogni dito. Poi, con sua grande sorpresa, Kevin gli prese la mano e se la portò alle labbra. Erano calde e setose contro la sua pelle.

La pioggia cadeva, facendo sì che sembrasse sera tardi, anche se erano solo le cinque del pomeriggio. Tom si riscoprì stanco. Lo stress poteva stenderti. E così dormirono.

Capitolo 11

Tom si svegliò a causa delle grida di Kevin.

Dopo essere stato strappato da un sonno profondo, trovò Kevin seduto nel buio che ansimava pesantemente. In un primo momento, non fu sicuro di aver sentito il grido. Forse l'aveva sognato? Però, perché Kevin sarebbe stato sveglio se non fosse stato per quello?

«Kevin?»

Questi sobbalzò al suono della sua voce. «Va bene così!» Non sembrava stesse bene. Sembrava terrorizzato.

«Cosa va bene così?»

«Tutto va bene. Va tutto bene.»

Tom allungò una mano e cincischiò con la lampada fin quando non riuscì ad accenderla. Kevin sussultò per la luce, anche se era abbastanza soffusa. Il suo torso nudo era completamente ricoperto di uno strato di sudore e le lenzuola erano inzuppate.

«Stai bene?»

Kevin stava iniziando a tremare, così Tom prese il piumino e glielo passò sopra le spalle, attento a non toccarlo direttamente, in caso gli capitasse di avere un altro episodio di panico. Almeno il piumino era asciutto. «Hai avuto un incubo?»

«Non lo so,» rispose vagamente Kevin, ancora mezzo addormentato.

«Ti ricordi cosa stavi sognando?»

«Keeraylayzah.»

«Cosa?» Sembrava senza senso, ma forse Kevin stava solo strascicando le parole.

«No.»

«Cos'hai appena detto, Kevin?»

«Voglio sdraiarmi.»

«Ti ricordi di aver gridato?»

«Voglio sdraiarmi...»

Tom si arrese e lo lasciò sdraiare sul materasso, ancora avvolto nel piumino. Avrebbe voluto cambiare le lenzuola, ma Kevin si era addormentato non appena la sua testa aveva toccato il cuscino. Tom si alzò e trovò un altro piumino nell'armadio. Lo stese sul letto per coprire entrambi e poi tornò a sdraiarsi.

Frustrato per non essere riuscito a stringere Kevin e non aver potuto allungare la mano per accarezzargli la schiena, per rassicurarlo che lui era lì per aiutarlo, Tom restò sdraiato al buio per quasi mezz'ora, incapace di dormire. Quando fu sicuro che Kevin dormisse beatamente, scese dal letto, prese l'accappatoio e andò in cucina per prepararsi qualcosa da mangiare.

Si fece un panino con formaggio e senape e, mentre lo mangiava, si sedette al nuovo tavolo della cucina ad ascoltare la pioggia. Era solo mezzanotte. Normalmente, Tom non sarebbe nemmeno andato a letto a quell'ora, ma si erano addormentati prestissimo. Non era sicuro di poter più dormire, nemmeno se fosse tornato di sopra.

Così, prese un blocco e una penna dalla sua valigetta e si sedette nuovamente al tavolo, cercando di trovare un *senso* nell'uomo che aveva appena acconsentito ad avere una relazione romantica con lui. Scrisse il titolo: *Cose che innescano attacchi di panico.*

E sotto elencò:

Essere baciato

Essere toccato (in modo sessuale)

Disinfettante (l'odore?)

Una canzone alla radio?

Scoprire che sua moglie era incinta?

Keeraylayzah?

Sotto quella breve e nemmeno tanto utile lista, Tom scrisse: "Nonostante un'intensa avversione a essere toccato sessualmente o essere baciato, sembra ipersessuale. Gli piace stare nudo, gli piace guardare altri uomini nudi (o almeno, guardare me),

85

masturbarsi e parlare di masturbazione, e sembrava percepire una carica erotica quando ha descritto l'erezione che ha avuto quando si è impiccato (nudo).

Durante l'attacco di panico indotto da un bacio, gli è diventato eretto e sono piuttosto sicuro che avesse un'erezione anche quando è andato nel panico riguardo al disinfettante."

Tom non aveva molta esperienza con persone che avevano subito abusi da bambini, ma tutto sembrava puntare in quella direzione, incluso il fatto che Kevin dicesse di avere pochi ricordi della sua infanzia. Desiderò di poter fare quattro chiacchiere con la madre di Kevin, ma ovviamente ciò non poteva accadere senza il permesso di Kevin. Secondo quanto aveva detto Tracy, era improbabile che accadesse. Era anche possibile che la donna non sapesse niente, o l'avesse rimosso dalla mente come aveva fatto suo figlio.

Tom sapeva che, nei casi di abusi su bambini, la persona che abusa può essere una donna, certamente, ma la maggior parte delle volte si tratta di un maschio, nella misura del 60% e anche più. La maggior parte delle vittime conosce il proprio aguzzino. Spesso si tratta di membri della famiglia o di amici di famiglia. Combinando il fatto che il signor Derocher si era suicidato dopo che il figlio era stato mandato a Hampton – non prima – Tom iniziò ad avere dei sospetti su chi fosse la persona che poteva aver abusato di Kevin.

Suo padre.

La mattina seguente, Kevin disse di ricordarsi poco di ciò che era successo quella notte. «Mi dispiace se ti ho svegliato,» fu tutto ciò che disse quando Tom glielo chiese.

«Non è un grosso problema, ma tu sembravi terrorizzato. Non ti ricordi niente riguardo al sogno?»

«No. Non ci riesco mai.»

Tom lo spinse giù dal letto così da poter levare le lenzuola. Erano ancora un po' umide dalla parte di Kevin e non le avrebbe tenute per un'altra notte. «Hai detto qualcosa mentre eri mezzo sveglio. Non sono riuscito a capire.»

86

L'espressione di Kevin era circospetta mentre se ne stava in piedi nudo e si stringeva nelle braccia, nella fredda aria del mattino. «Cosa?»

«Sembrava tipo "keeraylayzah".»

Se Tom si fosse voltato a gettare le lenzuola sul pavimento un secondo prima, si sarebbe perso il viso di Kevin sbiancare. Riuscì a coglierlo con la coda dell'occhio. Quando si voltò, la maschera che indicava una completa inconsapevolezza era tornata al suo posto. «L'hai riconosciuta, vero?» chiese.

Kevin iniziò a scuotere il capo per negare, ma Tom gli fece pressione: «Ho visto il tuo viso quando l'ho detto. L'hai riconosciuta.»

«Non so cosa signifchi.»

«Ma l'hai già sentita prima.»

Kevin si mosse a disagio, spostando il peso da un piede all'altro, e afferrò il piumino, sollevandolo dal pavimento per avvolgerselo attorno, ma Tom attese la fine di quel piccolo balletto, fino a quando Kevin finalmente rispose: «La sento ogni volta che parte la radio.»

Tom andò all'armadio a prendere delle lenzuola pulite. «Una canzone?»

«No,» disse Kevin. «Non intendo che la sento alla radio. La sento nella testa ogni volta che la radio suona, come se stessi cercando di ricordare qualcosa che ho sentito una volta. Ecco perché non ascolto mai la radio.»

«Puoi cantare la melodia?»

Kevin scosse il capo. «Sono solo due note che suonano in continuo. Non c'è musica, intesa con gli strumenti. È solo un insieme di voci che cantano qualcosa senza senso.»

Era chiaro che parlarne lo sottoponesse a un notevole stress, così Tom lasciò perdere. Buttò le lenzuola sul letto e iniziò a stenderle. «Mi aiuti a metterle?»

Era un lunedì mattina, ma Tom aveva la giornata di riposo grazie alle vacanze. Aveva anche il martedì libero per la stessa ragione. Non aveva idea di quali fossero gli impegni di Kevin, ma non aveva più dato segno di volersene andare. Nessuno dei due si era fatto la doccia ed erano quasi le dieci. Il tempo fuori era brutto – freddo e piovigginoso – quindi uscire non era molto allettante.

Tom decise che le omelette potevano essere una buona idea, se avesse avuto uova e formaggio a sufficienza, così esaminò il contenuto del frigorifero per alcuni minuti. Il formaggio non era un problema. Essendo il cheeseburger il cibo preferito di Kevin in assoluto, Tom aveva fatto scorta di formaggio a fette, polpette di carne e panini rotondi. Le uova non erano così essenziali, ma trovò un cartone mezzo pieno.

Quando riemerse dal frigorifero, si rese conto di aver fatto un grosso errore: aveva lasciato il blocco aperto sul tavolo della cucina.

Kevin era seduto al tavolo e guardava le annotazioni che Tom aveva scritto durante la notte. Tom non poteva nemmeno sentirsi infastidito dal fatto che le stesse leggendo, perché non c'era nemmeno niente che le coprisse. Era tutto in bella vista.

Kevin percepì il suo sguardo e sollevò gli occhi. In un primo momento non sembrò arrabbiato, più che altro imbarazzato. Fece una mezza risata e disse: «Cavolo, la persona di cui hai scritto sembra proprio messa male.»

«No...»

«Questa roba è proprio fuori di testa, vero? Insomma, sembra proprio un cazzo di perdente.»

«Niente di quello...»

«Pensavo che non volessi farmi da terapista.» La rabbia di Kevin iniziò ad affiorare. «E ora prendi addirittura annotazioni su di me?»

Tom non aveva una risposta. Non gli era sembrato ci fosse niente di male al momento, ma come si sarebbe sentito se avesse scoperto che il suo ragazzo prendeva annotazioni su di lui?

«Pensavo ti andasse bene...» Kevin si interruppe, la rabbia che lasciava il posto al dolore sul suo viso. «Ma sembra che pensi che io sia una specie di pervertito, che si eccita al pensiero di roba folle come il suicidio, mentre tu non riesci nemmeno a scoparmi!» Il volume della sua voce iniziò ad aumentare e Tom sapeva che stavano per litigare. Kevin spinse via il blocco in modo che volasse sopra il tavolo e cadesse sul pavimento.

«Calmati, Kevin…»

«Oh, scusami. Continuo a dimenticarmi che mi lascerai, a meno che non la smetta di comportami da pazzo.»

Tom si tirò nervosamente la barba. «Non ho detto questo.»

«Forse dovrei prendere io delle annotazioni su di te,» lo interruppe Kevin. Girò rapidamente attorno al tavolo e raccolse il blocco dal pavimento. «Vediamo,» disse cercando una pagina bianca. «"Cose pazze che fa Tom". Possiamo iniziare con il modo in cui ti tiri quella dannata barba ogni volta che qualcuno scopre le tue stronzate. È una specie di disturbo ossessivo-compulsivo, vero? E vogliamo parlare di questa abitudine ossessiva di prendere annotazioni?»

«Kevin, senti, mi dispiace…»

«O il modo in cui pensi che le altre persone siano troppo senza speranza per risolvere i loro problemi senza di te?»

«Voglio solo aiutarti.»

«No!» Kevin gli gridò praticamente contro. «No! Tu non stai cercando di aiutarmi. Tu stai cercando di *aggiustarmi* così da poter avere un ragazzo normale. Uno a cui piace succhiarti il cazzo e prenderlo nel culo. E se non posso essere *aggiustato*, allora posso andare a fanculo! Ti troverai qualcun altro.»

Kevin gettò il blocco sul tavolo e marciò fuori dalla cucina dalla porta sul retro. Era nudo, come sempre, e il tempo era brutto, ma Tom lo lasciò andare. Non c'era niente che potesse fare per fermarlo.

In un certo senso, sapeva esattamente a cosa si riferiva Kevin. Lui proiettava i suoi timori su Tom: la paura che Tom potesse non sentirsi soddisfatto in una relazione senza sesso, la paura che Tom pensasse davvero che fosse pazzo. Nessuna delle due cose era vera, ovviamente. Ma istruire Kevin su cosa fosse la "proiezione" non avrebbe sistemato le cose.

Tom restò arrabbiato per alcuni minuti, convinto che Kevin si stesse comportando in modo infantile e che toccasse a lui riportare il suo culo in casa, se voleva scaldarsi. Ma quando guardò il portico, Kevin era là, appoggiato alla ringhiera, lo sguardo rivolto verso gli acri di foresta dietro la casa, e non si muoveva. Alla fine, Tom lasciò perdere il proprio atteggiamento moralista. Si tolse l'accappatoio, visto che sapeva che si sarebbe inzuppato, e uscì.

La pioggerella era fredda, pessima proprio come aveva pensato sarebbe stata, e il vento si stava alzando, così andò alla vasca idromassaggio e levò la copertura. Kevin gli lanciò un'occhiataccia mentre lo guardava entrare in acqua, ma quando Tom disse: «Se vieni qui possiamo scaldarci un po' e potrei prendere in considerazione di scusarmi.» Kevin sospirò e si unì a lui.

«Prima di tutto,» disse Tom, dovendo alzare la voce contro il vento, «c'è solo una cosa che mi porterebbe a lasciarti, ed è se mi colpisci ancora. So che non eri in te quando è successo e avrei dovuto ascoltarti quando mi hai detto di allontanare il disinfettante. Ma non continuerò a ignorare la cosa se inizierò a sentirmi minacciato.»

«Lo so.»

«Per quanto riguarda il resto... beh, presumo tu abbia ragione.» La rabbia negli occhi di Kevin sembrò calare arrivando a essere quasi sotterranea, così Tom si arrischiò a spostarsi più vicino. «Voglio sistemare sempre tutto. Ecco perché sono diventato un terapista. La maggior parte del tempo ti direi che è una buona cosa, ma... beh, penso tu abbia ragione riguardo al fatto che vorrei rimetterti in sesto così che tu possa essere il mio ragazzo. Parte di me probabilmente pensa che, se ti aiuto a capire il perché hai una tale avversione verso il sesso, poi potremmo *fare* sesso.»

Kevin distolse lo sguardo, imbarazzato. «Mi sembra logico.»

«Ma egoista,» ammise Tom. «Riguardava più ciò che volevo io che non ciò che volevi tu. E posso capire da dove ti è venuta l'idea che, se alla fine non soddisferai una qualsiasi aspettativa io possa avere riguardo a una buona relazione, potrei smettere di provare a far funzionare le cose con te e interessarmi a qualcun altro. Ma questo non succederà. Non sono un superficiale del cazzo, okay?»

Per un momento sembrò che Kevin potesse cedere, ma poi il suo viso si indurì di nuovo. «Hai detto che sono un pervertito.» «Ho detto che sei ipersessuale,» lo corresse Tom. «Che non è una diagnosi precisa. Intendevo solo dire che ho trovato strano che una persona così avversa al contatto sessuale fosse, in altri modi, più sessualmente esplicita di molte persone che conosco.»

«Non ti piaccio perché non sono abbastanza sessuale, e non ti piaccio perché lo sono troppo...»

«Tu mi piaci molto, Kevin. Mi piace quando sei carino e timido, e mi piace quando te ne vai in giro nudo con la tua erezione mattutina al vento. Dio, quello lo *amo*! Trovo sexy il tuo senso dell'umorismo piccante, anche quando sei grossolano. Sei pieno di contraddizioni e ti trovo enigmatico, ma ciò non significa che non voglia stare con te.»

La pioggia aveva iniziato ad aumentare e, per quanto Kevin fosse sexy con le gocce che iniziavano a formare rivoletti sul suo viso, Tom aveva visto un lampo sopra le nuvole. Iniziava a preoccuparsi che potessero venire colpiti da un fulmine se fossero rimasti fuori ancora a lungo.

Kevin si tolse l'acqua dagli occhi e disse: «So dove vuoi andare a parare. Pensi che significhi che sono stato molestato da bambino, o qualcosa del genere.»

«Forse. Ho letto che quel tipo di esperienza rende le persone avverse al sesso quando crescono, oppure l'opposto, estremamente sessuali. Ma non è la mia specialità. Tu sei l'unico che può sapere se si adatta alla tua situazione.»

«No.» Kevin scosse il capo. «Non lo so. Non mi ricordo.»

Capitolo 12

«Tom non le ha già detto tutto?»
Kevin era seduto sul divano nell'ufficio di Sue, il venerdì pomeriggio, nervoso come sempre quando si sentiva sotto osservazione. Ma nonostante la discussione che aveva avuto con Tom il weekend precedente, non aveva ritrattato la decisione di andare di nuovo in terapia. Sue aveva dato la sua disponibilità a incontrarlo e aveva permesso a Tom di presenziare alla seduta, anche se non ne era stata felice.

«No, Kevin,» rispose Sue con calma. «Tom mi ha detto che stava uscendo con qualcuno che aveva visto in terapia qualche anno fa, cosa che, ti devo confessare, non mi ha reso felice, ma non mi ha mai detto per che motivo eri andato da lui. Sarebbe stata una violazione dell'etica professionale.»

«Perché non voleva che si vedesse con me?»
Sue lanciò un'occhiata a Tom, che era seduto sul divano accanto a Kevin e che si sentiva estremamente a disagio. «Perché non è insolito, per qualcuno che è stato in terapia, sviluppare sentimenti di attaccamento o anche affetto per il proprio terapista. Può essere una reazione naturale a qualcuno che ci guida durante un momento duro della nostra vita. Un terapista dev'essere consapevole di questo e non approfittare della situazione.»

Kevin sembrò trovare divertente la cosa. Rise e guardò Tom. «Ti sei approfittato della mia fragile psiche, terapista?»

«Ti ho visto una volta sola, tre anni fa,» rispose Tom sulla difensiva.

Kevin sbuffò e si voltò verso Sue. «So cosa sto facendo. Non ho bisogno di essere difeso dal dottore grosso e cattivo.»

«Non ho un dottorato,» borbottò Tom, ma gli altri due lo ignorarono.

Sue prese un sorso di caffè e continuò: «Direi che è un punto piuttosto controverso al momento. Ma ciò che mi interessa di più è la tua storia.»

«Tom gliela può raccontare.»

«Tom è qui per supportarti,» rispose Sue, «ma non è lui in terapia. Se vuoi il mio aiuto, dovrai fare tu il lavoro.»

Kevin grugnì e, in un tono di voce burbero che Tom sospettava Sue sentisse spesso dai suoi clienti, disse: «Sissignora.»

«Ti dispiacerebbe dirmi perché sei andato da Tom la prima volta?»

E così la storia iniziò a svelarsi, con Kevin che divagava e Sue che lo spronava ad andare avanti, senza sosta. Il suo approccio da *niente assurdità* sembrava funzionare e Tom si ritrovò a essere un po' geloso della sua abilità di tirare fuori dettagli che lui non era riuscito a scoprire.

Come, per esempio, il motivo preciso per cui Kevin era stato spedito a Hampstead.

«Ho dato fuoco al capanno degli attrezzi,» disse. «È stata l'ultima goccia, penso.»

«Che capanno?»

«Quello che avevamo nel giardino sul retro. Era più che altro il casotto che mia mamma usava per il giardinaggio. Era una cosa vecchia e instabile dove lei teneva gli attrezzi e cose del genere.»

Sue si mosse sulla sedia e lo guardò, pensierosa. «Perché l'hai bruciato?»

Kevin si strinse nelle spalle. «Probabilmente per far incazzare la gente.»

Sue non fu in grado di estrapolargli niente di più sull'argomento, ma poco dopo, quando stavano parlando della natura degli attacchi di panico di Kevin e di cosa li innescasse, venne fuori la misteriosa parola "keeraylayzah".

La risposta di Sue spaventò Tom. «Intendi dire *Kyrie Eleison*?»

«Cosa?» Kevin aveva la stessa aria sciocca di Tom. Di più, in effetti. Era diventato pallido e la sua gamba si muoveva ai mille al minuto. «Sa cos'è?»

Sue si alzò e andò dall'altra parte della stanza dove c'erano impilati dei CD. «Non ne sono sicura. Mi ha semplicemente ricordato un brano della messa. *Kyrie eleison*. È una frase greca che significa "Signore, pietà", e di solito viene seguita da *Christe eleison*, "Cristo, pietà".» Prese un CD dalla pila e lo mise nel lettore. «Ci sono migliaia di impostazioni musicali con quelle parole, quindi non so come isolare in particolare quella che puoi aver sentito. La tua famiglia era cattolica?»

«No,» rispose Kevin. «Battista.»

«Allora probabilmente non l'hai sentita in Chiesa. Anche se alcuni cori da messa vengono cantati anche al di fuori delle chiese. Sono molto popolari a Natale, ovviamente, e potresti averli sentiti in un film. Ti piacerebbe sentire quello di Mozart? È famoso.»

Kevin annuì, ma Tom capì che aveva già iniziato a sudare. Avrebbe voluto allungare una mano per toccarlo, ma se avesse solo peggiorato le cose? Cercò di catturare l'attenzione di Kevin ma l'uomo stava fissando il lettore CD come se avesse timore che stesse per spargli.

Sue cercò la traccia e schiacciò *play*. Tom non ascoltava spesso Mozart, ma il brano gli sembrava familiare. Forse era stato usato nel film *Amadeus*, che aveva visto anni prima. Kevin, però, scosse subito il capo.

«No,» disse rapidamente, suonando sollevato. «Non è questa.»

Sue spense e tornò a sedersi. «Sarei stata sorpresa del contrario. Come ho detto, ci sono migliaia di canzoni con *Kyrie*. E forse mi sbaglio sulla frase che senti nei tuoi sogni. Potrebbe non essere *Kyrie eleison*.»

Tom riusciva a vedere le rotelle girare nella testa di Kevin mentre provava e riprovava la frase.

«Penso che possa esserlo invece,» disse Kevin lentamente. «Non ne sono sicuro, però.»

«Beh, forse ti verrà in mente prima della nostra prossima sessione. Pensi di tornare?»

«Sì, penso di sì.»

Sue andò alla sua scrivania e prese la rubrica per gli appuntamenti. «Forse potremmo fare senza Tom la prossima volta?»

Kevin sembrava afflitto da quella proposta, così Tom intervenne subito con: «Non ho fatto praticamente nulla.»

Ma Kevin lo guardò male. «Ho bisogno di averti qui. Oppure non lo farò.»

«Va bene,» disse Tom, non vedendo ragione di litigare. A essere onesti voleva esserci. «Non c'è problema.»

Tom aveva circa quarantacinque minuti dopo la sessione di terapia per prendere qualcosa da mangiare al volo per pranzo, prima di vedere uno dei suoi clienti, così lui e Kevin andarono da Tony's Pizza & Sub Shop sulla Main Street e comprarono alcuni panini italiani imbottiti.

«Come ti senti?» chiese a Kevin sulla via del ritorno.

L'altro si strinse nelle spalle. «Okay.»

«Sembravi un po' spaventato da quel *Kyrie eleison*.»

«Davvero,» disse Kevin, facendo a Tom uno dei suoi sorrisi carini. «Sembra che mi stia strisciando nel cervello ora, peggio di prima. Pensavo di essere sul punto di vomitare quando ha acceso il lettore CD.»

«Ma non era la musica giusta.»

«No.»

Tom prese un boccone dal panino, masticò e lo deglutì prima di chiedere: «Ti dispiace se cerco un po' per vedere se ne trovo altre?»

«Direi di no,» rispose Kevin con prudenza, «ma come saprai se qualcosa è più probabile di Mozart?»

«Non lo so. Forse posso cercare vecchi articoli della zona, da quando avevi, non so, cinque anni, fino a quando ne avevi quindici. Cercherò qualsiasi cosa contenga *Kyrie eleison*, concerti, messe, cose del genere.»

Kevin fece una risata breve e forte. «Buona fortuna.»
Tom doveva ammettere che non gli sembrava una grande idea. Non erano in una grande città con decenni di archivi disponibili per la ricerca. Di sicuro sarebbe dovuto andare in qualche biblioteca e vedere se avevano dei giornali su microschede o cose del genere. «Beh, inizierò a cercare su internet e vedrò cosa salta fuori. Potrei non trovare niente, ma volevo solo essere certo che non ti dispiacesse se facevo un po' di ricerca.»

Kevin allungò la mano e sfiorò il viso di Tom con un dito, tracciando un percorso lungo la sua barba. Era un gesto che aveva adottato un paio di giorni prima ed era la nuova droga di Tom. Quel semplice gesto sembrava convalidare la loro relazione, provando che Kevin sentiva qualcosa di più che semplice amicizia. Tom lo desiderava e si crogiolava in esso. «Procedi pure, terapista.»

Quando arrivarono alla porta della clinica di Tom, Kevin disse: «Devo andare da Lee. Mi ha chiesto di mettere delle catene di recinzione in giardino per allargare il recinto del cane. Vuoi che passi stasera?»

«Ma certo.»

Kevin era andato da lui ogni sera della settimana, ma aveva chiamato ogni giorno per chiedere se andasse bene. E ogni giorno Tom aveva risposto "sì.". Ci sarebbero volute probabilmente settimane perché capissero che andava sempre bene che lui passasse.

Kevin strofinò di nuovo un dito sulla guancia di Tom con delicatezza. «Ci vediamo.»

L'appuntamento di Tom era in ritardo. Così si sedette alla scrivania e finì il panino mentre apriva il browser. Digitò "Kyrie eleison" in Google, pensando che gli sarebbero apparsi migliaia di link inutili, un labirinto senza speranza in cui perdersi.

Ma si sbagliava.

I primi riportavano ad articoli di Wikipedia, ma il primo video suggerito non era un'orchestra che suonava Mozart o

Brahms. Era un video rock del 1985, quando Kevin doveva avere circa nove anni. "Kyrie" cantata da una band chiamata Mr. Mister. Un brivido percorse Tom mentre ascoltava la canzone. Era vagamente familiare. Presunse di averla sentita alla radio l'anno in cui era uscita, così come era successo probabilmente a Kevin, visto che avevano la stessa età. Ma fu solo verso il secondo minuto e mezzo della canzone che il respiro gli si bloccò in gola. Si portò una mano tremante a tirarsi i peli sul mento. Per un paio di strofe tutti gli strumenti smisero di suonare, mentre la voce del cantante e degli altri membri della band – tutti uomini – cantava:

Kyrie eleison down the road that I must travel,
Kyrie eleison through the darkness of the night.

Senza musica.

97

Capitolo 13

«Non puoi saperlo fino a quando Kevin non la ascolterà,» disse Sue, ragionevolmente. Tom era nel suo ufficio, durante una breve tregua tra due pazienti. Aveva scaricato una copia della canzone sul suo portatile e l'aveva fatta sentire a lei. «E se va fuori di testa?» chiese. «Non posso dirgli che deve controllarsi e poi deliberatamente spingere sui suoi punti più deboli per vedere se riesco a provocargli un altro flashback.»

«Per quanto ne sai, potreste essere nel letto a coccolarvi una sera guardando un film, e quella canzone potrebbe partire come colonna sonora,» disse Sue. «E se è qualcosa che potenzialmente può innescare una reazione, ha bisogno di capire come gestire e controllare la situazione, non semplicemente barcollare nel buio fino al momento in cui ci incapperà per caso. Se è consapevole che ciò che sta per ascoltare potrebbe scatenare ricordi e sensazioni spiacevoli, e se capisce di trovarsi in un ambiente sicuro, che quei ricordi non possono più fargli del male, potrebbe iniziare a desensibilizzarsi riguardo a quel fattore scatenante.

«Ma detto questo,» aggiunse, «non ti consiglio di fare questa cosa da solo, Tom. Non hai molta esperienza con le sindromi di questo genere e, come tutti e tre continuiamo a specificare, non sei il suo terapista, sei il suo compagno. Aspetta fino a quando tornerete nel mio ufficio venerdì pomeriggio.»

Tom doveva ammettere che, probabilmente, sarebbe stato il modo migliore per gestire il tutto. Sfortunatamente, le cose non andarono in quel modo, quando lui e Kevin si ritrovarono da soli nella vasca idromassaggio quella sera.

«Allora, hai trovato la mia canzone, terapista?» chiese Kevin improvvisamente. Stava sorridendo, sicuramente aspettandosi un *no* come risposta. Non c'era stato nemmeno il tempo, dopotutto. L'idea che una semplice ricerca su Google potesse risolvere il problema in meno di cinque minuti sembrava assurda.

Tom avrebbe potuto dare una risposta evasiva, ma era terribile in quelle cose. Ed era ancora peggio se doveva mentire. Così disse: «Non lo so. Potrei aver trovato alcune possibilità...»

Kevin lo guardò con aria interrogativa, con un sopracciglio alzato, cosa che Tom non ricordava di aver mai visto fare da qualcuno nella vita reale. «Cos'hai trovato?»

Tom esitò, ma si rese conto che era troppo tardi per fare marcia indietro. «C'era una canzone popolare alla radio... uscita nel 1985. Dovevi avere nove anni.»

Smise di parlare, perché l'atteggiamento di Kevin era cambiato all'improvviso. Tutta l'allegria era svanita dalla sua espressione e teneva una mano sospesa davanti al viso come se volesse parare un colpo. Ovviamente stava bluffando quando aveva chiesto a Tom se avesse trovato qualcosa. Non si aspettava che il compagno lo sbugiardasse.

«Stai bene?» chiese Tom.

«Sto bene.» Kevin uscì dalla vasca e prese la salvietta. «Vado in bagno e torno fra un minuto.»

Restò via per più di un minuto. Quando finalmente tornò, aveva in mano un paio di birre e ne passò una a Tom. Entrò nuovamente in acqua e prese un lungo sorso dalla bottiglia. «Ehi!» disse con un sorriso. «Stai ancora cercando un cane?»

«Un cane?» Tom non ci aveva ancora pensato seriamente. «Beh, ne voglio uno, sì. Ma sto ancora cercando i mobili.»

«Lee ha un cucciolo di labrador, di un anno circa, che sta cercando casa. Ne aveva altri due ma sono già stati presi.»

Tom sapeva che quello era un tentativo per sviare la conversazione dalla canzone e non aveva alcun dubbio che Kevin sapesse di non dargliela a bere. Ma andava bene così. Non voleva ritrovarsi a dover gestire un altro attacco di panico in quel momento. Così seguì il cambio di argomento. «Non so se sono pronto per un cane.»

«È tremendamente carino,» continuò Kevin con gli occhi che gli brillavano. «E Lee non può tenerlo per sempre. Ne ha già quattro.»

«Non ho tempo per un cane,» protestò Tom. «Devo lavorare di giorno.»

«Tutti devono lavorare. Non tutti hanno mogli casalinghe o mariti a casa. Eppure prendono lo stesso dei cani. Puoi rinchiuderlo mentre sei al lavoro.»

«Non è crudele?»

Kevin non potè rispondere subito perché aveva la bottiglia di birra inclinata contro le labbra, ma scosse il capo. Poi deglutì e disse: «I cani sono animali da tana. Gli piace stare al coperto. E comunque sarebbe per poco tempo. Sarebbe crudele se lo lasciassi così sempre. Ma fino a che lo lascerai in un posto carino con un cuscino comodo, una ciotola d'acqua e un giocattolo da masticare, starà bene mentre sei al lavoro. Una volta che si sarà abituato e ti fiderai che non ti pisci in casa o ti mastichi cose in giro, non dovrai nemmeno rinchiuderlo. Per ora, posso anche passare io a fargli fare due passi durante il giorno.»

Quello significava ovviamente che Kevin avrebbe avuto bisogno delle chiavi. Le cose probabilmente stavano andando in quella direzione, ma sembravano incredibilmente veloci. «Perché non lo adotti tu?»

Kevin sembrò a disagio. Lanciò un'occhiata lontano prima di rispondere: «Ha bisogno di qualcuno di responsabile che lo segua. Io riesco a malapena a prendermi cura di me stesso.»

«Allora ammetti di essere un irresponsabile,» disse Tom, «però vuoi che mi fidi di te e lasciarti portare in giro il mio cane tutti i giorni?»

Kevin si voltò e gli fece un sorriso. «Posso essere responsabile per un'ora o due al giorno, terapista. Ma tutto il tempo? Quello è improbabile.»

Andarono avanti così per un po', finché Tom finalmente accettò di andare a vedere il cane il giorno dopo, se andava bene a

I RESTI DI BILLY – Jamie Fessenden

Lee. Tom aveva una brutta sensazione, e cioè che se aveva avuto difficoltà a dire di "no" a Kevin in quel momento, sarebbe stato impossibile dire di "no" a Kevin e a un adorabile cucciolo di labrador nero una volta che si fossero coalizzati contro di lui.

Il cane si chiamava Shadow ed era bellissimo. Non aveva ancora sviluppato la testa e le zampe grosse, ma Lee gli disse che pesava già trenta chili. Le sue grandi orecchie e il nasone gli davano un'aria adorabile, ma aveva il manto liscio e nero corvino. Sarebbe diventato proprio un bel cane. Non appena Lee lasciò entrare Tom e Kevin nel recinto, i quattro cani adulti – tutti labrador neri – li assalirono richiedendo attenzione, ma Shadow restò seduto da parte, sapendo di non poter competere con gli altri. Eppure mosse freneticamente la coda, sperando che gli umani andassero a coccolarlo. Quando Lee spinse gli altri cani in un'altra zona del recinto, Kevin si accucciò e iniziò a grattare Shadow dietro le orecchie. Il cucciolo cadde vittima di una completa estasi e i due finirono per lottare nella terra per alcuni minuti. Erano già vecchi amici, visto che Kevin era andato a trovare Shadow diverse volte da quando era nato.

Tom si presentò al cucciolo in modo più tranquillo, ma il cane non era timido e rispose alle coccole e ai grattini leccandogli la faccia con entusiasmo. *Dio solo sa dov'è stata questa lingua*, pensò Tom. Ma sapeva di aver perso la causa. Aveva perso contro un'affettuosa lingua di cucciolo.

«È un bravo ragazzo,» commentò Lee quando portarono fuori Shadow dal recinto con un guinzaglio, lasciandolo annusare in giro gli emozionanti ciuffi d'erba e i denti di leone. «Ma costa una fortuna sfamare questi tipi.»

Lee era un omone alto due metri e un po' rotondo in vita. I suoi lineamenti erano grezzi, la fronte pesante sopra un grosso naso. Kevin aveva accennato al fatto che Lee era stato nei Marines tempo addietro e manteneva ancora lo stesso taglio di capelli. Non era il tipo d'uomo che a Tom sarebbe piaciuto incontrare in un vicolo buio. Ma era abbastanza amichevole e lui era felice di

101

vedere che non c'era traccia di animosità tra lui e Kevin riguardo a Tracy.

«Solitamente vendo i cuccioli,» continuò Lee, «ma visto che sei amico di Kevin, te lo darò gratis. Però lo devi trattare bene.» Tom sospirò, rassegnato, mentre guardava Shadow e Kevin riprendere a lottare affettuosamente nell'erba. Erano entrambi adorabili e la combinazione era letale.

«Grazie,» disse.

C'era un negozio *Agway* a Lancaster, a circa quindici minuti di strada, così Tom ci andò, con Kevin seduto sul sedile posteriore che teneva calmo Shadow durante il suo primo viaggio in macchina. Il cucciolo se la cavò bene, mugolando solo ogni tanto, cosa che Kevin riuscì a contenere. Quando entrarono nel parcheggio, Shadow era ormai un esperto e annusò eccitato fuori dal finestrino che gli avevano lasciato abbassato di pochi centimetri.

Era permesso portare i cani nel negozio e Tom insistette nel tenerlo al guinzaglio. Se Shadow doveva essere il suo cane, allora avrebbero dovuto legare. Era bello vedere che lui e Kevin erano già amici, ma il ruolo di Kevin nel futuro di Tom era ancora più incerto di quello di Shadow. Anche se non gli piaceva pensarci, a un anno di distanza da quel momento, Tom e Shadow avrebbero potuto ritrovarsi da soli.

Eppure c'era una meravigliosa sensazione di familiarità mentre entravano tutti e tre nel negozio. Scelsero la cuccia più grossa che trovarono e tre materassini da cane – uno per la cuccia, uno per la camera e uno per il soggiorno – insieme a cibo, ciotole e a un assortimento di giocattoli da masticare.

Tom prese un'anatra di pezza e la strizzò. Il giocattolo rilasciò un basso *honk!* e le orecchie di Shadow si rizzarono subito. «Ti piace questo?» chiese, divertito dalla concentrazione del cane.

Shadow si sollevò fino a trovarsi in equilibrio sulle due zampe posteriori mentre annusava il giocattolo come se fosse la cosa più affascinante che avesse mai visto. Quando Tom gli colpì il naso con l'oggetto, Shadow glielo rubò subito.

Honk!

Tom rise. «Ti piace?»

Honk! Honk!

«Okay, puoi prenderlo.»

Honk! Honk! Honk!

E così si avvicinarono al bancone con Shadow che trotterellava davanti a loro due, facendo suonare il giocattolo ogni volta che qualcuno li incrociava, come per assicurarsi che tutti apprezzassero il suo premio. Lui era Shadow, il Grande Cacciatore d'Anatre, e aveva appena fatto la sua prima vittima!

Il cucciolo si rifiutò di separarsi dall'anatra anche mentre Tom la pagava, così lui dovette strappargliela via per riuscire a far scansionare il prezzo. Tutti e tre tornarono all'auto, con Shadow che portava l'anatra in bocca, e poi i due uomini dovettero sorbirsi lo strombazzamento fino a casa.

«Penso che tu abbia creato un mostro.» Kevin rise seduto sul sedile passeggero, visto che ormai Shadow era del tutto concentrato sul suo giocattolo.

Honk!

«Basta che lo renda felice,» disse Tom. «Ma penso che glielo toglierò la notte o non mi farà dormire.»

Honk! Honk!

Oltre all'ossessione per l'anatra, Tom scoprì che Shadow aveva altre eccentricità. Tutta la sua vita fino a quel momento era stata vissuta all'aperto in un grande recinto, quindi non era addomesticato. Nell'attimo in cui lo portarono in casa, il cane sollevò una zampa sulle scatole in soggiorno. Kevin riuscì a interromperlo e a spingerlo fuori. Visto che si stava assumendo l'incarico di insegnargli quello, Tom restò indietro a pulire il danno.

In cosa mi sono cacciato?

L'altra peculiarità la scoprì più tardi, quella sera. Erano stati tutti insieme a piano terra – a preparare la cuccia di Shadow in soggiorno per permettere al cane di familiarizzare con l'ambiente – e poi fuori a far passeggiare il cane in cortile. Quando si fece tardi e Tom decise di andare a letto a leggere per un po' prima di dormire, lui e Kevin salirono le scale e chiamarono il cucciolo.

Non li seguì.

Tom si posizionò sul pianerottolo e lo esortò: «Dai, ragazzo!»

Shadow zampettò avanti e indietro ai piedi delle scale, mugolando. Iniziando a preoccuparsi, Tom chiamò Kevin che lo raggiunse, decidendo poi di scendere di sotto. Una volta arrivato dal cucciolo, Shadow smise di lamentarsi e ansimò felice.

«Penso stia bene,» osservò Kevin. «Solo che non vuole salire.»

«Sta cercando di dirci che c'è una vendicativa ragazza giapponese morta nella mia stanza?» Tom stava più o meno scherzando. Gli metteva sempre paura quando gli animali si comportavano come se vedessero cose che gli umani non potevano vedere.

«Probabilmente ha solo paura delle scale.»

«Scale?»

Kevin si accucciò e grattò Shadow dietro le orecchie flosce, lasciando che il cane gli leccasse tutta la faccia, qualcosa che rendeva Tom incredibilmente invidioso del cucciolo. «Le scale sono spaventose, vero, ragazzo?» chiese Kevin con voce cantilenante. «Specialmente per un cucciolo che non è mai stato in una casa prima d'ora. Sì che lo sono!»

Tom scese per accarezzare Shadow sulla testa e venne ricompensato con un'affettuosa leccata alle dita. «Non ha avuto problemi a salire e scendere dagli scalini del portico.»

«Lì ce ne sono solo quattro o cinque,» rispose Kevin. «Qui ne abbiamo,» contò, «dodici. Sono tanti! E Dio solo sa dove portano. Potrebbe essere il posto più spaventoso del mondo lassù!»

Tom rise, commosso dall'abilità di Kevin di provare empatia nei confronti del cane. *Già,* pensò, *saresti un buon padre se riuscissi a liberarti del tuo peso.* «Allora cosa dovremmo fare?

Odio l'idea di lasciarlo qui da solo nella sua cuccia, soprattutto la prima notte in questa casa.» «Aspetta,» disse Kevin. Poi sollevò trenta chili di cane tra le braccia forti e lo portò su per le scale.

Una volta in cima, Kevin mise giù Shadow e il cane sembrò stare bene. Annusò in giro sul piccolo pianerottolo e poi si diresse in libreria e nelle stanze vuote.

«Problema risolto,» annunciò Kevin.

«Spero di non doverlo fare ogni sera,» disse Tom salendo le scale per raggiungerlo. «E sarà interessante vedere se ci piscia addosso quando lo portiamo giù la mattina.»

Kevin sorrise e allungò una mano per accarezzargli la barba. *Progressi*, pensò Tom. Una carezza completa invece dello sfioramento approssimativo con il dito che Kevin aveva fatto durante la settimana. Passettini, ma ognuno di essi lo commuoveva.

Incontrò lo sguardo nocciola di Kevin e gli sorrise. «Dove hai imparato a essere così bravo con i cani?»

«Non lo so.» Fece spallucce. «Avevamo una coppia di cani grossi quando ero un bambino. A mio padre piacevano i labrador biondi. E io gioco sempre con quelli di Lee ogni volta che lavoro da lui.»

«Sei meraviglioso,» disse Tom. «E io e Shadow siamo fortunati ad averti con noi.»

Fu ripagato con quel sorriso timido che adorava, mentre Kevin arrivava dannatamente vicino ad arrossire.

Capitolo 14

«Non odio mia madre, se è quello che intende.»
Sue si mosse sulla sedia e sollevò la sua tazza di caffè. «Ho solo chiesto perché non la vedi da quattro anni,» rispose tranquillamente.

Kevin aveva subito messo in chiaro che l'argomento "canzone" era off limit per quell'incontro. Non era ancora pronto ad affrontarlo e aveva anche proibito a Tom di dirgli il titolo. Sue aveva accettato di parlarne un'altra volta, ma in cambio aveva iniziato a investigare sulla sua infanzia.

Tom sentiva la mano di Kevin strizzargli le dita. I tocchi delicati e le carezze che il compagno gli faceva – sempre sul viso, sulle braccia o sulle gambe, mai direttamente sul corpo – avevano fatto passi avanti, dato che ora, occasionalmente, Kevin gli prendeva le dita nella mano e le teneva per un po'. In quel momento, la sua presa era diventata un po' fastidiosa, quasi dolorosa, ma Tom lo lasciò fare.

«Non andiamo d'accordo,» disse Kevin, le gambe in perenne movimento.

«Avete litigato?»

«No.»

Sue prese un altro sorso di caffè. «Quando si è trasferita a Riverview?»

«Cinque anni fa.»

Ci fu un lungo silenzio, durante il quale lei sembrò contenta di sorseggiare semplicemente il suo caffè e guardare Kevin agitarsi. Alla fine lui rilasciò un sospiro frustrato e disse: «Senta, aveva quasi l'età per la pensione e non era in buona salute. Non si è mai presa cura del suo diabete. Voleva che tornassi e mi prendessi cura di lei e della casa, ma col cazzo.»

«Non volevi prenderti cura di tua madre?»

Kevin si accigliò. «Non ho detto questo. Non dico che lo volessi fare, ma l'avrei fatto.»

«E allora perché non l'hai fatto?»

«Perché odiavo quel posto. Mi sarei tagliato le palle piuttosto che tornare in quella casa.»

Kevin notò che stava schiacciando le dita di Tom e le lasciò andare. «Scusami,» mormorò, poi si protese in avanti e si passò le mani sul viso. «Tracy ci si sarebbe anche trasferita, ma io non potevo. E mia mamma non sarebbe mai venuta a vivere nel caravan. Così ci siamo organizzati perché andasse al Riverview. Non ne era molto felice ma è un posto carino.»

«Sì, vero,» concordò Sue, «ma perché non volevi tornare a casa tua?»

«Perché il solo pensiero mi fa vomitare!» sbottò Kevin. Si alzò e iniziò a camminare. «So che tutti dovrebbero essere nostalgici o cose del genere riguardo alla propria infanzia e al posto dove sono cresciuti, ma non c'è niente in quel luogo che io voglia ricordare.»

«Cos'è successo alla casa?» chiese Sue. «Tua madre l'ha venduta?»

«Ci ha provato. È ancora sul mercato.»

«Quindi potresti andare a visitarla.»

Kevin smise di camminare e la guardò in cagnesco. «Perché diavolo dovrei voler fare una cosa simile?»

C'era qualcosa di pericoloso nel modo in cui stava lì, incombendo su Sue con le mani serrate a pugno, la bocca tesa in una linea netta e uno dei muscoli della mascella che si contraeva per la rabbia soppressa. Ma Sue non si mosse, per nulla. Lo guardò calma, incontrando il suo sguardo senza dare segno di essere intimidita. Tom capiva perché le riuscisse così bene lavorare con i veterani che soffrivano di sindrome da stress post traumatico.

«L'hai detto tu, Kevin,» rispose lei. «Anche se indirettamente. Hai detto: "Non c'è niente in quel posto che io voglia ricordare." Ma sappiamo entrambi che non ricordare è parte del problema, non è vero?»

Kevin non rispose. Tornò al divano e si lasciò cadere vicino a Tom, ma questa volta non fece il gesto di prendergli la mano. Si stava richiudendo in se stesso come un bambino petulante, non volendo ammettere che Sue potesse aver ragione.

Lei sembrò capirlo e gli diede un paio di minuti, mentre andava alla macchina del caffè per prendersene un'altra tazza. «Qualcuno lo vuole?» chiese sollevando la caraffa.

«Sì, grazie,» rispose Tom. Kevin scosse il capo.

Quando furono di nuovo tutti a posto, Sue disse: «A volte, in casi di ricordi soppressi, portiamo i membri della famiglia per ricostruire il periodo in cui il paziente ha delle mancanze. Non hai fratelli. Hai per caso dei nonni o zii nella zona? Cugini? Persone che ti conoscevano quando eri un bambino?»

«No,» rispose Kevin. «I miei nonni sono morti. Non vedo la sorella di mia madre da quando è andata in una casa di risposo nel Maine, e comunque non c'era mai quando ero piccolo. Se ho dei cugini, non li ho mai sentiti nominare.»

«Amici d'infanzia con cui sei ancora in contatto?»

Qualcosa sembrò passare brevemente nei lineamenti di Kevin – qualcosa che Tom non riuscì a identificare – ma sparì rapidamente. Kevin rispose semplicemente: «Non proprio. Non avevo molti amici quando ero piccolo e durante le scuole medie ho passato parecchio tempo via. Ho conosciuto ragazzini nuovi, come Lee e Tracy, ma non sono mai uscito con loro.»

«Questo ci lascia con tua madre. C'è la possibilità di portarla qui per una sessione di gruppo?»

Kevin scosse il capo, deciso. «No. Questo non succederà.»

«Perché non pensi che verrà o perché non la vuoi qui?»

«Entrambe le cose.»

Sue si raddrizzò a sedere e lanciò a Kevin una lunga occhiata valutatrice. Tom capiva che iniziava a trovarlo esasperante. La lista di cose che Kevin considerava off limit stava aumentando: il suicidio di suo padre, sua madre, la canzone della quale poteva o non poteva aver sognato… Tom iniziò a temere che Sue gli dicesse che, dopotutto, non poteva aiutarlo. Ma Kevin aveva bisogno di lei più di quanto si rendesse conto.

Tom si intromise. «Hai ancora le chiavi di casa tua?»

Kevin gli lanciò un'occhiata di ghiaccio. «L'agenzia immobiliare che sta cercando di venderla mi ha lasciato la chiave in caso di… Dio solo sa cosa…» Distolse lo sguardo e lo portò sul proprio ginocchio che sobbalzava. «Potrei essere in grado di trovarla.»

«Allora perché non andiamo a dare un'occhiata alla casa questo weekend? Solo un giretto per vedere se ti fa ricordare qualcosa.»

«Verrò con voi,» commentò Sue. «E ce ne andremo se senti di non poterlo sopportare.»

«So già che non mi sento di poterlo sopportare,» disse Kevin stizzito.

Sue gli sorrise, imperturbabile. «Lo capisco. Ma non possiamo stare sempre e solo al sicuro. Faremo il possibile perché tu non ti senta minacciato.»

«Tipo cosa? Come mi proteggerete da ciò che c'è nella mia testa?»

«Una possibilità è quella di darti un sedativo leggero,» rispose Sue gentilmente.

A Kevin, l'idea sembrò non piacere. La sua epressione si fece contrariata, gli occhi gli si assottigliarono e la bocca gli si tese in una linea netta. Anche le narici sembrarono stringersi. «Stava cadendo a pezzi quattro anni fa. Il tetto probabilmente collasserà su di noi nel momento in cui apriremo la porta.»

«Correremo il rischio.»

Tom riusciva a vedere che aveva ripreso a sudare. Kevin guardò Sue, ma lei era l'ultima persona che lo avrebbe liberato da quel peso. Così guardò di nuovo il proprio ginocchio e, alla fine, disse: «Va bene.»

109

La casa non dava l'idea di essere sul punto di collassare. Era grande, bianca e coloniale, con un piccolo porticato chiuso sul davanti e un garage per due auto attaccato di lato. C'era un'insegna "in vendita" nel vialetto anteriore ed era evidente che l'agenzia immobiliare avesse mandato qualcuno a tagliare l'erba. Se aveva bisogno di riparazioni, dall'esterno non si notava. Tom pensava fosse una bella casa, una in cui non gli sarebbe dispiaciuto vivere.

Ma il viso di Kevin aveva un'espressione totalmente disgustata mentre usciva dal lato passeggero. Aprì la portiera posteriore e dovette bloccare Shadow con il proprio corpo perché non schizzasse fuori prima che gli venisse messo il guinzaglio. Era una giornata calda e il sole picchiava da un cielo quasi senza nubi. Non c'era possibilità che il cane stesse nell'auto senza aria condizionata.

«Potrebbe alzare la zampa su qualcosa se lo portiamo dentro,» osservò Tom. Shadow era diventato più bravo quando si trattava di fare i propri bisogni, ma non aveva ancora pienamente capito la regola del *non fare pipì in casa*.

Kevin lasciò scendere il cane e poi sbatté la portiera. «E allora? Spero lo faccia.»

Tom roteò gli occhi, ma Shadow gli stava strofinando il naso contro la mano in cerca di attenzione, così la allungò per grattagli la testa. Il cane era così eccitato di essere in un nuovo posto che non smetteva di agitare la coda, cosa che aveva l'effetto di far muovere tutto il suo corpo nella direzione opposta. La sua coda, avevano scoperto, era incredibilmente forte e pesante. Spesso buttava a terra gli oggetti posizionati su superfici basse, come i bicchieri di caffè che Tom lasciava stupidamente sulle scatole in soggiorno mentre girava per casa per prepararsi ad andare al lavoro. Ed entrambi gli uomini erano stati colpiti nei testicoli così spesso che probabilmente era una buona cosa che non pianificassero di avere figli.

«Tieni, prendilo,» disse Kevin passando il guinzaglio a Tom.

Tom scortò Shadow sull'erba per fare pipì mentre Kevin sfilava la chiave dalla tasca. Il cane tirò il guinzaglio, affascinato da ogni roccia e da ogni filo d'erba in giardino.

L'auto di Sue non si vedeva da nessuna parte, cosa che iniziò a preoccupare Tom. Aveva promesso di arrivare in anticipo e non era da lei ritardare. Tom prese il cellulare per chiamarla, ma suonò non appena lo tirò fuori dalla tasca.

«Tom!» esclamò Sue quando lui rispose. «Mi dispiace di non aver chiamato prima, ma le cose sono state un po' caotiche qui in ospedale...»

«Ospedale! Perché sei all'ospedale?»

«Uno dei miei clienti ha tentato il suicidio questa mattina,» rispose lei. «Non posso entrare nei dettagli ma, per favore, scusati con Kevin e digli che dobbiamo fissare per un'altra volta.»

«Siamo già qui alla casa,» protestò Tom, anche se sapeva che era inutile. Sue non poteva semplicemente mollare il suo cliente.

«Mi dispiace, Tom. Chiedi a Kevin se possiamo rimandare. Ma non entrare senza di me. Potrebbe essere un po'... rischioso.» Prima che Tom potesse rispondere, lei aggiunse: «Ecco il dottore. Devo andare. Ci vediamo lunedì!»

Quando lui riferì il messaggio a Kevin, Tom restò sorpreso dalla sua reazione quasi ostile. «Fanculo. Ora ci entriamo.»

«Non è colpa sua, Kevin.»

«Questo lo so,» risponde cupamente l'altro. «Pensi che sia un completo stronzo?»

«No.»

«C'è altra gente che ha problemi. Non tutto gira attorno a Kevin Derocher, lo capisco. Spero che il suo paziente stia bene, ma non ho intenzione di tornare un'altra volta.»

«Possiamo venire domani...»

«Tom!» La voce di Kevin era così tagliente che lui arretrò, come se si aspettasse che l'uomo potesse colpirlo. Evidentemente, lo notò anche Kevin perché quando parlò di nuovo era più calmo, anche se la sua voce restava un po' tesa. «Non hai idea di quanto mi sia dovuto sforzare per venire qui. Sei tu che volevi vedere

111

questo posto. E allora facciamolo! Vediamolo! Lo racconteremo poi alla dottoressa Cross. Ma non ci ritorno. Questo è quanto.» Detto questo, attraversò il giardino ignorando il vialetto e aprì la porta. Tom non ebbe altra scelta se non quella di seguirlo.

Raggiunse Kevin che stava in piedi nell'atrio, immobile come se stesse ascoltando qualcosa. Ma non c'era alcun suono. Sui muri spogli c'erano delle ombre rettangolari dove per decenni il sole aveva sbiadito l'intonaco attorno le cornici dei quadri, ora assenti, e la moquette emanava un odore di detergenti chimici.

Quando Shadow gli colpì la mano con il naso, Kevin gli accarezzò la testa con aria assente e disse: «Questa è la prima volta che la vedo da quando hanno portato via tutto.»

«Dove sono tutti i mobili?» chiese Tom. «Tua madre non poteva portarli con sé al Riverview.»

Kevin scosse il capo. «No, abbiamo messo tutto ciò che voleva tenere in un magazzino. Dio solo sa perché. Non toccherò mai niente di quella roba. Quando non ci sarà più, la venderò o la butterò.»

Tom trovò quella cosa incredibilmente triste, ma non disse nulla. Semplicemente, lui e Shadow seguirono Kevin mentre vagava da stanza a stanza. Non tutti i mobili erano stati portati via. Alcune cose che la signora Derocher non aveva voluto erano ancora nelle camere, coperte da lenzuola protettive, nel caso in cui il nuovo proprietario potesse volerle, ma ciò rafforzava l'atmosfera sterile della casa.

Al piano terra c'era un grande soggiorno con un caminetto, finestre con ripiani su cui sedersi che a Tom sarebbe tanto piaciuto avere, una sala da pranzo, un piccolo bagno e una bella cucina con fornelli e frigorifero in acciaio inox, piano in granito e mattonelle ai muri con mele e pere dipinte. Tutto in quella casa gridava "benessere", anche se priva dei mobili originari.

«Che lavoro facevano i tuoi genitori?» chiese Tom.

«Mio padre era un avvocato,» rispose Kevin, dando l'idea di essere ancora perso nei suoi pensieri mentre passava le dita sul piano in legno naturale dell'isola della cucina. «Mia madre era impiegata alla reception del suo studio, ma smise di lavorare quando lo sposò. Penso che essere costretta a tornare al lavoro dopo che lui si uccise, la sconvolse di più che perdere il marito.»

«Mi sembrava avessi detto che questo posto stava cadendo a pezzi.»

«Ho mentito,» disse brevemente Kevin. «È che non volevo venire.»

Era irritante, ma Tom non vedeva motivo di farne una cosa più grossa di ciò che era. «Hai detto che tua madre voleva che ti trasferissi qui in modo da andare avanti con le riparazioni.»

«In parte è vero,» disse Kevin. «Il tetto necessita di alcuni interventi e ci sono altre cose che mia madre aveva bisogno facessi – lavori elettrici e alle tubature – così voleva che tornassi qui per occuparmene. O almeno questa era la scusa. A dire il vero mi voleva semplicemente a casa. Come se ci fosse la possibilità che potessi volere lo stesso.»

Si voltò e marciò fuori dalla cucina fin nel corridoio, chiamandolo da sopra la spalla. «Qui sotto non accadeva niente di più eccitante della cena e dei cartoni animati del sabato mattina. Il divertimento della famiglia Derocher avveniva tutto al piano di sopra!»

Tom dovette portare Shadow su per le scale, così gli ci volle un minuto per raggiungere Kevin in corridoio, dove si era fermato davanti alla soglia di una delle stanze. Accese la luce e Tom guardò oltre la sua spalla. Era un bagno piastrellato di bianco e blu con disegni geometrici che avevano un'aria vagamente romana. La stanza era grande abbastanza per contenere sia la doccia che una vasca quadrata non molto più piccola di quella di Tom, oltre che a un water e un lavandino.

«È qui che è avvenuto il vero dramma,» disse Kevin quasi come fosse una guida turistica. «L'ha fatto nella vasca.»

«Tuo padre? Il suo suicidio?»

Kevin si avvicinò alla vasca e attese fino a quando Tom non si trovò vicino a lui prima di continuare. «La maggior parte degli uomini si sarebbe accontentata di tagliarsi i polsi, ma non mio padre. Lui non faceva mai le cose a metà.»

Sollevò la mano destra e divaricò l'indice e il medio in una V. «Dopo che bruciai il capanno, mia madre ricomprò tutti gli attrezzi per il giardino. Aveva un bellissimo giardino ai tempi. Così, una sera, mentre mia mamma dormiva, mio padre riempì la vasca di acqua calda, poi si sedette e prese le sue nuove forbici da potatura.» Kevin lasciò scivolare le dita aperte davanti a sé fino a quando non si trovarono dove ci sarebbe stato il suo pene se non avesse indossato i jeans. «E se lo tagliò via.» Chiuse le dita.

Lo stomaco di Tom si contorse al pensiero. «È... rivoltante.»

«E poi restò lì a morire dissanguato. Mamma lo trovò la mattina dopo, seduto in una vasca piena di acqua insanguinata.»

«Bello.» Chiaramente il padre di Kevin aveva avuto dei seri problemi. «Inizio a vederci un senso.»

Kevin lo guardò incerto per un momento, poi fece un sorriso triste. «Sì, beh... posso anche averlo mostrato a tutti sulla Northside Road, ma non me lo sono tagliato via.»

«E questo è un bene. Sono affezionato al tuo pene.»

«Anche se non puoi toccarlo?»

«Posso ammirarlo da lontano,» rispose Tom, e immediatamente si pentì del tono quasi malizioso che aveva inserito in quella conversazione. Gli sembrava poco appropriato visto il contesto.

Cosa aveva mai portato un uomo a mutilarsi in quel modo? Ma Tom pensava di conoscere già la risposta: il senso di colpa. In particolare, senso di colpa per aver tenuto un comportamento sessuale inappropriato con il proprio figlio. Tom non aveva prove al riguardo, ma lo sospettava fortemente.

«Dov'eri tu quando è successo?» chiese.

«Ero ancora ad Hampstead.» Kevin prese un profondo respiro e uscì dalla stanza, grattando Shadow dietro le orecchie mentre passava. «Ti mostro le camere, non che ci sia niente dentro.»

Aveva ragione. La stanza che i genitori di Kevin avevano condiviso conteneva un letto e un paio di cassettoni, ma tutti gli effetti personali, ovviamente, erano stati portati via. La camera di Kevin era nello stesso stato.

Kevin scostò le lenzuola del letto nella sua stanza e scoprì il materasso. «Ho avuto lo stesso letto da quando avevo tre anni fino a quando ho lasciato casa a diciotto anni.» Si sdraiò sul materasso e dovette piegare le ginocchia per evitare che i piedi uscissero dal fondo. «Già a diciassette anni ero troppo alto per questa dannata cosa. Mia mamma voleva comprarne uno nuovo, ma io non intendevo restare qui ancora per molto tempo, così continuavo a dirle che andava bene così.»

«Come ti fa sentire l'essere sdraiato di nuovo qui?» chiese Tom. Sperava che stare nella sua vecchia stanza potesse innescare qualcosa nella sua memoria.

Ma Kevin si strinse nelle spalle. «Non è un materasso molto comodo. Sono felice di non dover più dormire su questa cosa.» Si alzò e guardò fuori da una delle due finestre gemelle.

Tom gli si affiancò. La finestra dava sul cortile, dove c'era un tavolo da picnic arrugginito e un piccolo patio fuori dalla cucina. Dall'altra parte del giardino c'era un gruppo di betulle e dietro di quelle un'intera foresta, tipica di quella parte dello Stato.

«Dov'era il casotto?» chiese Tom.

Kevin annuì in direzione del piccolo appezzamento di erbacce in un angolo del giardino. «Mia madre voleva sostituirlo, ma dopo che mio padre si è ucciso, non l'ha fatto.»

«Andiamo a dare un'occhiata.»

Kevin scosse il capo. C'era una strana espressione nei suoi occhi, aveva uno sguardo tormentato, ma non stava guardando il punto nell'erba dove c'era stato il casotto. Stava guardando la foresta, come faceva spesso anche dal portico di Tom. Per la prima volta, lui si chiese se ci fosse qualcosa di significativo dietro quello sguardo. Aveva sempre pensato che Kevin fosse perso nei suoi pensieri e che fosse irrilevante il punto in cui guardava. Ma forse si sbagliava. C'era qualcosa riguardo alla foresta stessa che attirava la sua attenzione?

«Vorrei stare qui un minuto,» disse piano Kevin. «Tu vai. Penso che Shadow abbia bisogno di noi.»

Probabilmente era vero. Il cucciolo era diventato bravo a far capire a Tom e Kevin quando aveva bisogno di uscire, camminando avanti e indietro in maniera frenetica, e ora lo stava facendo vicino alla porta della camera, tirando il guinzaglio. Sapevano che era meglio non ignorare quel comportamento. Così Tom lasciò Kevin da solo con i suoi pensieri, sperando gli facesse bene. Dovette trasportare il cucciolo di sotto, ma per fortuna riuscì a farlo uscire senza incidenti.

Dopo che Shadow ebbe finito le sue faccende, Tom lo condusse attorno alla casa. Lungo la strada, passarono vicino a ciò che una volta doveva essere stato un vaso da fiori, ora straripante di erbacce e Tom si ritrovò a sorridere ricordando Kevin che diceva di aver abbattuto a calci la statua ornamentale del bambino che urinava nel giardino.

Guidò Shadow attraverso il cortile vuoto, oltre il patio e il tavolo da picnic, finché arrivarono alla chiazza piena di erbacce che Kevin aveva indicato dalla finestra. Con sua grande sorpresa, Tom trovò delle tavole di legno bruciato sotto la vegetazione. Qualcuno aveva ripulito un po' l'area e impilato a lato alcune assi di legno ancora intatte, dove erano rimaste per venticinque anni mentre le erbacce crescevano attorno e attraverso di loro, quasi coprendole. Ma non del tutto. C'era qualcosa di lugubre e inquietante in quelle assi. Ma la domanda nella mente di Tom era se avessero o no un significato. Era stato un semplice atto di ribellione, qualcosa di relativamente innocuo, anche se drammatico e distruttivo, oppure c'era stata una ragione per la quale Kevin aveva voluto distruggere il capanno?

Shadow stava fiutando curiosamente fa le erbacce e le macerie, ma Tom lo tirò indietro per paura che ci fossero ancora dei vecchi chiodi infilati nelle tavole. Sollevò lo sguardo verso la foresta che si trovava a circa dieci metri e si chiese di nuovo se là fuori ci fosse qualcosa che potesse aggiungere un altro pezzo al puzzle.

Mentre lui e Shadow tornavano verso la casa, Tom guardò verso l'alto per controllare se Kevin stesse ancora guardando dalla finestra, ma non c'era nessuno. *Probabilmente è il momento di andare*, pensò. Avevano girato per la casa, lui aveva appreso un po' di cose sulla famiglia di Kevin e visto il famigerato casotto nel giardino. Ma probabilmente non c'era altro da aggiungere.

«Kevin!» chiamò Tom mentre entrava nuovamente nell'atrio. «Sono pronto ad andare, se vuoi.»

Non ci fu risposta. Tom restò in ascolto, ma la casa era silenziosa in maniera inquietante, eccezion fatta per l'ansimare pesante di Shadow. «Kevin?»

Ancora nessuna risposta.

Tom lasciò vagare Shadow da solo mentre lui saliva lentamente le scale. Era incapace di scuotersi di dosso la sensazione di essere in un film di Hitchcock e che il corpo mummificato del signor Derocher stesse per cadere dal ripostiglio, con stretto in mano il pene appassito e mozzato.

«Kevin?» Nessuna risposta. Iniziando a temere il peggio, Tom cercò rapidamente nelle stanze fino a quando arrivò all'ampio bagno.

E lì lo trovò.

Kevin era sdraiato nella vasca, nonostante non ci fosse acqua, rannicchiato in posizione fetale con le braccia che gli tenevano le ginocchia al petto. Da ciò che Tom poteva vedere, era nudo. Il suo viso era appoggiato al bordo della vasca e lui stava fissando nel vuoto, così immobile che Tom percepì un brivido ghiacciato sollevargli i capelli sulla testa.

«Kevin?» chiamò piano, timoroso di avvicinarsi, con la paura di trovarlo seduto in una pozza di sangue.

Kevin però non era morto. I suoi occhi erano vitrei e sembravano ciechi, ma parlò, con la voce ridotta a poco più di un sussurro: «L'acqua è fredda...»

«Non c'è acqua, Kevin.»

Kevin sembrò non averlo sentito. Restò in silenzio a lungo prima di dire: «Non voglio fare il bagno. L'ho fatto stamattina.» La sua voce era strana, come se stesse parlando nel sonno e aveva un che di infantile. «Okay...» Rise debolmente. «Papà...» disse con tono di rimprovero. «Sono grande ora... posso fare da

117

solo...» La sua espressione divenne incerta e la voce più docile. «Okay... no, non lo dirò... sì, lo prometto...»

Però, dopo un lungo silenzio durante il quale il suo viso prese un'espressione a metà tra lo smarrimento e l'angoscia, Kevin improvvisamente assunse un'espressione disgustata. «No, non... è disgustoso. Non voglio...» Poi l'ansia sembrò placarsi. «Okay... sì, così è okay...»

Quel monologo destabilizzante andò avanti per un po'. Tom aveva sentito che chi soffriva di sindrome da stress post traumatico aveva dei flashback, ma aveva avuto poca esperienza con essi. *Dannazione a te, Kevin, per essere entrato senza Sue!*

Tom si sedette sul pavimento vicino a lui e lo lasciò parlare in quel modo vago. Era tentato di chiamare Sue, ma lei aveva già i suoi problemi da gestire e non voleva fare niente che potesse interferire con ciò che stava passando Kevin. Qualsiasi cosa fosse, Tom sentiva di doverla lasciare accadere. O, almeno, sperava fosse il modo corretto per gestire la cosa.

A un certo punto, le lacrime iniziarono a uscire dagli occhi di Kevin e a gocciolare sul suo naso e sulle sue labbra, ma la sua espressione non era quella di qualcuno che stava piangendo. Sembrava ancora vagamente ansioso, ma non impaurito o sconvolto. E i frammenti di dialogo che Tom aveva sentito sembravano perlopiù confusi. Il ragazzino che Kevin era stato si era fidato di suo padre e non si era sentito minacciato da lui. Apparentemente, alcune delle esperienze erano state anche piacevoli, una sorta di legame tra il ragazzetto e suo padre, ma il tutto sembrava averlo lasciato scioccato perché l'aveva portato a vedere quell'uomo in un modo completamente nuovo. Suo padre era improvvisamente divenuto una persona diversa, una a cui piaceva fare cose che Kevin riteneva disgustose e imbarazzanti, una che aveva forzato una vicinanza con la quale Kevin non si sentiva a suo agio, e una che aveva proibito a Kevin di rivelare il loro segreto facendolo giurare solennemente.

Tom non era certo di quando lui stesso avesse iniziato a piangere. Semplicemente si rese conto di avere il viso umido mentre guardava quella dolorosa rappresentazione del tradimento di un genitore. Si sentiva nauseato e infuriato. Se il padre di Kevin fosse stato ancora vivo, non era certo che sarebbe riuscito a trattenersi dall'andarlo a cercare e prenderlo a pugni prima di chiamare la polizia.

Al piano di sotto, Shadow aveva iniziato ad agitarsi perché era rimasto solo. Cominciò ad abbaiare e lamentarsi pietosamente, e la cosa riportò finalmente Kevin in sé. Il suo viso era una maschera senza emozioni, come se fossero state tutte prosciugate dal suo corpo. I suoi occhi erano concentrati sul volto ansioso di Tom.

«Kevin?»

«Perché mi hai fatto questo?»

Tom non sapeva se la domanda fosse diretta a lui o al padre. Ma Kevin si alzò dalla vasca sulle gambe un po' malferme e disse: «Voglio andare a casa.»

Capitolo 15

Far rivestire Kevin e rimetterlo in auto fu una sfida. Il suo viso era ancora vacuo e privo di emozioni, e lui si stava comportando come uno zombi di quelli del vecchio tipo, non-morti quasi robotici che se ne stavano fermi a fissare nel vuoto fino a quando il loro capo non gli dava un comando. Ma Kevin non era uno zombi particolarmente bravo e gli si doveva dire due o tre volte di indossare un capo di abbigliamento, e uno alla volta.

Nonostante la riluttanza a toccarlo, Tom finalmente si sforzò di prendergli il polso e di guidarlo giù dalle scale fino in auto. Tornò all'interno per recuperare Shadow e chiudere tutto, prima di guidare verso casa.

Mentre entravano nel vialetto, Kevin sembrò tornare consapevole di ciò che lo circondava e il suo viso si oscurò. «Ho detto che volevo andare a casa. Non qui.»

«Mi dispiace, ma non voglio che tu stia da solo ora. Puoi andare di sopra e stare da solo, ma voglio che tu stia qui.»

Non appena l'auto si fermò, Kevin uscì e sbatté la portiera con rabbia, però camminò fino al portico di sua spontanea volontà e usò la chiave per entrare, mentre Tom faceva scendere il cane. Quando Tom entrò in casa, Kevin si era chiuso in bagno.

«Hai fatto bene a portarlo a casa tua, Tom,» disse Sue dall'altra parte della linea. «Poteva essere molto pericoloso lasciarlo da solo.»

«Lui *è* da solo,» rispose Tom, camminando avanti e indietro in cucina. «Beh, eccetto che per il cane. Shadow si stava agitando e mugolava in fondo alle scale, così l'ho portato su fino al pianerottolo. Quando ha grattato alla porta, Kevin l'ha lasciato entrare. Ma poi ha chiuso di nuovo la porta.»

«È una cosa buona. Shadow lo farà sentire meno solo, senza però invadere la sua privacy.»

«Quindi stai dicendo che dovrei lasciarlo da solo? Credevo avessi detto che era pericoloso.»

«Devi lasciargli un po' di privacy, se la vuole,» disse Sue, «ma almeno, se siete entrambi lì, puoi essere a sua disposizione se ne ha bisogno.»

Niente di tutto ciò andava bene a Tom. Lui voleva andare di sopra ed entrare nella stanza, invece che restare lì a sentirsi inutile. «Non posso controllarlo se stiamo in parti diverse della casa,» si lamentò. «E se si impicca? Ci potrebbero volere ore prima che io mi accorga che c'è qualcosa che non va.»

Non c'erano molti mobili della stanza, giusto il letto e una lampada. Ma c'era gente che era riuscita a impiccarsi anche alle strutture dei letti.

«Non ho una risposta da darti,» disse Sue, fallendo miseramente nel rassicurarlo. «Segui il tuo istinto. Una cosa, però: se Kevin esce dalla stanza, non spingerlo a parlare di ciò che ha ricordato. Se vorrà parlartene, allora sì. Potrebbe fargli bene. Ma mettergli pressione potrebbe innescare un altro flashback o un attacco d'ansia.»

Tom non si sentì completamente rassicurato, ma si ricompose abbastanza per chiedere a Sue della crisi con cui aveva avuto a che fare tutto il giorno.

Lei sospirò. «Fisicamente è fuori pericolo,» disse. «Sono riusciti a farle espellere le pillole prima che potessero causare danni seri. Ma ho passato la maggior parte del giorno ad assistere la sua famiglia mentre lei era incosciente. È una botta d'arresto enorme.»

«Due passi avanti, uno indietro,» disse Tom con gli occhi fissi sulle scale che portavano alla sua camera.

Tom si agitò al pianterreno ancora per un paio d'ore. Dopo la prima ora, la porta della camera si aprì a sufficienza per lasciare uscire Shadow e si richiuse subito. Tom portò fuori il cane a fare pipì e lo riaccompagnò di sopra. Vide la porta della camera aprirsi di nuovo abbastanza per far entrare il cucciolo. E poi si richiuse di nuovo.

Era diventato buio quando Kevin finalmente uscì dalla stanza. Tom restò con ansia in ascolto mentre usava il bagno e scendeva di sotto, portando il cane con sé. Era nudo e probabilmente si era tolto gli abiti in camera.

«Ho fame,» disse camminando dal soggiorno alla cucina.

Tom ripose il libro che stava cercando di leggere a fatica e si affrettò a raggiungerlo. «Ci sono delle scatolette di zuppa, oppure posso farti un panino...»

«Hai del burro di arachidi?»

«Certo.»

Kevin prese il burro di arachidi dalla credenza, ma Tom lo fece scostare gentilmente e preparò il panino per lui, mentre l'altro sedeva al tavolo della cucina con Shadow ai suoi piedi. Tom iniziò a chiedergli come si sentiva e poi si morsicò la lingua. Kevin avrebbe parlato quando se la sarebbe sentita.

Così decise di passare a un argomento più innocuo. «Ho davvero bisogno di comprare altri arredi.» Kevin non rispose, quindi Tom procedette da solo. «Potrebbe essere una buona idea fare un altro giro all'Ikea questo weekend.»

Kevin non rispose fino a quando Tom non gli sistemò il piatto di fronte. A quel punto disse: «Grazie,» e divorò il panino come se stesse morendo di fame. Ovvio, non aveva mangiato niente dal primo mattino.

Una volta terminato, si alzò e mise il piatto nel lavello, poi uscì sotto il portico. Tom lo vide entrare nella vasca idromassaggio e, dopo aver agonizzato per diversi minuti, lo seguì con Shadow alle calcagna. Avevano messo un cancello in fondo al portico – una cosa fragile che probabilmente il cane avrebbe potuto rompere se avesse voluto – ma che era un deterrente sufficiente per impedirgli di allontanarsi.

«Va bene se mi unisco a te?» chiese Tom mentre si avvicinava alla vasca.

«Okay,» rispose Kevin, «ma non me la sento di parlare.»
Tom era ancora vestito, quindi si spogliò e appoggiò le sue cose su una delle sedie sotto il portico. Poi entrò nell'acqua e si sistemò nella vasca, attento non lasciare che il suo piede colpisse quello di Kevin. Temeva che qualsiasi contatto potesse spaventarlo e rispedirlo in camera.

Shadow si accucciò accanto alla vasca e tutti e tre restarono lì adagiati per lungo tempo, guardando le stelle nel cielo limpido. Le luci della vasca illuminavano l'acqua che brillava di un azzurro pallido e che gradatamente passava al rosa e poi al verde. Quando Tom aveva preso in considerazione l'idea di sostituire la vasca, aveva scoperto che quelle nuove avevano delle piccole cascatelle, delle quali poteva fare a meno, e la musica. Quella sarebbe stata bella. Doveva ricordarsi di installare qualche altoparlante sotto il portico che restasse però al sicuro dalla pioggia. Ci doveva essere un modo per farlo...

«Non dovrebbe farti sentire meglio,» chiese Kevin rompendo il silenzio, «quando ti ricordi qualcosa che avevi bloccato?»

«No, non necessariamente. Hai nascosto a te stesso i ricordi per tutto questo tempo per una ragione. Non sono piacevoli e ricordarli non ti farà sentire bene. È Sue l'esperta della sindrome da stress post traumatico, ma per quello che ne so, ricordare è solo l'inizio. I ricordi possono innescare dei flashback, quindi potresti aver bisogno di tempo perché smettano di fare effetto.»

«E come posso fare?»

«Sostanzialmente devi ricordare, ma in un ambiente controllato, uno dove ti senti al sicuro e lontano dai ricordi. Ti deve essere costantemente rammentato che sono accaduti da un'altra parte, in un altro tempo, e che non possono più farti del male.»

«Non mi... hanno fatto male...» disse Kevin lentamente. «Solo che... non lo so... non mi sembrano giusti...»

Tom non voleva approfondire la cosa troppo presto, così cercò di tagliare. «Non c'è bisogno che ne parli, se non vuoi.»

«Hai paura di sentirlo, vero?» scattò Kevin. «Tu non vuoi sapere tutti dettagli disgustosi... Cosa gli ho permesso di farmi...» Sembrò tornare a essere arrabbiato.

Tom cercò di calmarlo. «Ti ascolterò, qualsiasi cosa tu voglia dirmi. E non c'è niente che tu possa dirmi che mi farà sentire disgustato da te. Qualsiasi cosa sia successa – anche se l'hai permessa – ti è stata imposta con la forza. Eri un bambino e facevi ciò che tuo padre ti diceva di fare.»

«Io non... non gli ho mai detto di fermarsi, né niente...»

«Invece sì,» disse Tom empaticamente. «Ti ho sentito. Gli hai detto che era disgustoso. Gli hai detto che non volevi farlo. Forse non sapevi come dirgli di no, ma hai cercato di dirgli che non volevi che accadesse e lui ti ha ignorato. Non sei tu quello colpevole.»

Kevin si asciugò gli occhi con la mano come se minacciassero di lacrimare di nuovo. «Tu non capisci, cazzo. C'erano volte in cui... c'erano volte in cui mi piaceva!» Scosse la testa con rabbia e il viso gli si accartocciò in una maschera di repulsione. «Non tutto. Non il... casino quando aveva finito. Dio! Sento ancora quell'odore che mi dà la nausea... ma i massaggi... le coccole... il toccarsi... alcune cose erano belle, dannazione!»

«Kevin, a tutti piace essere accarezzato, toccato e massaggiato. È così che è fatto il nostro corpo. Quelle sono cose belle per noi, anche quando andiamo da una persona sconosciuta che potrebbe essere l'opposto di ciò che troviamo sessualmente attraente e la paghiamo sessanta dollari per farci massaggiare. Ma c'è una sottile linea tra quello e il sesso. Anche un ragazzino può capire quando quella linea viene oltrepassata, e può essere disorientante o terrificante quando accade. E,» aggiunse Tom, parlando molto lentamente e con attenzione, «non è mai... colpa... del bambino.»

Kevin restò in silenzio per lungo tempo. Quando parlò di nuovo, alla fine, disse molto piano: «Non penso di poterlo più fare, Tom.»

Era la prima volta che usava il suo nome proprio dopo tanto tempo e per quella ragione Tom lo trovò preoccupante.

«Volevo che tu fossi felice con me,» continuò Kevin, «ma tutto questo mi sta uccidendo. Mi dispiace.»

«Non c'è niente di cui tu ti debba dispiacere.»

«Mi dispiace, ma non posso farlo.» Kevin non sembrava più ascoltarlo. «Non voglio più pensare a queste cose, okay? Non posso continuare ad andare in terapia. So che hai bisogno di qualcuno con cui fare sesso. So che hai paura che io possa scattare e farti del male. E pensavo di poterti far felice. Ma non ce la faccio. Mi dispiace.»

«Farmi felice?» chiese Tom confuso. «Qui stiamo parlando di fare felice te!»

Kevin scosse il capo.

«Pensavo lo volessi anche tu.»

«Perché dovrei volerlo?» chiese Kevin. «Avevo tutto ciò che volevo: una persona con cui mi trovavo completamente a mio agio, una persona che è splendida quando è nuda e non gli interessa che io lo guardi. Un bellissimo posto dove passare il tempo in una vasca idromassaggio e tutti gli hamburger che posso mangiare. E anche un cane con cui giocare. Era il paradiso di Kevin.» Sorrise a quelle parole, ma era un sorriso triste e malinconico.

Prima che Tom potesse pensare a cosa dire, Kevin uscì dalla vasca.

«Mi piaci,» disse, incapace di guardare Tom negli occhi. «Mi piaci davvero tanto. Ma non sono ciò di cui hai bisogno.»

Quelle parole colpirono Tom come uno schiaffo in pieno viso.

«Tu non sei…?» Annaspò, faticando a rimettersi in piedi contro i getti dell'acqua. Come cavolo avevano fatto le cose a sfuggire dal controllo in quel modo? «Di cosa parli, Kevin? Stai rompendo con me?»

Kevin raccolse la salvietta e si asciugò, prendendosi del tempo come se ci stesse pensando. Ma poi si strinse nelle spalle. «Non puoi scoparmi. Non puoi baciarmi. Non puoi nemmeno toccarmi. Cosa c'è da rompere?»

Appoggiò la salvietta sopra il bordo della vasca, si voltò ed entrò in casa. Tom uscì dalla vasca e lo rincorse. Passò i minuti successivi, mentre Kevin si vestiva, a pregarlo di restare e di dormirci su.

Ma era già troppo tardi.

Capitolo 16

«Non è quello giusto per te,» disse Sue per la millesima volta quella settimana.

Stavano pranzando al *Tea Bird's Café*. Era di nuovo venerdì e di nuovo non aveva avuto notizie di Kevin per tutta la settimana. Tom stava uscendo di testa. Aveva provato a chiamarlo, ma o Kevin non era a casa oppure controllava il nome del chiamante. Nessuno dei messaggi di Tom aveva ricevuto risposta.

Cercare di concentrarsi sui problemi dei suoi clienti invece che sui propri era stato un inferno.

«Mi piaceva,» disse Tom. Era un enorme eufemismo. Tom era completamente partito per Kevin. Ma Sue non era per niente comprensiva.

«Aveva dei problemi, Tom. Problemi seri. Mi dispiace per lui e spero che riesca a ottenere l'aiuto che necessita.» Kevin non si era presentato all'appuntamento con lei e sia Sue che Tom pensavano non sarebbe più tornato. «Ma come tua amica, devo dirtelo, tu non vuoi avere una relazione con qualcuno che pensi di dover accudire per tutto il tempo.»

Cercare di prendersi cura di Kevin era stato un grosso errore da parte di Tom. Aveva mandato tutto a puttane. Lui, meglio di chiunque altro, avrebbe dovuto sapere che qualcuno come Kevin avrebbe odiato sentirsi accudito come un bambino. Il comportamento di Tom era stato a fin di bene ma insultante.

«La vasca idromassaggio ha un odore strano,» disse Tom.

«La vasca idromassaggio?» Sue non riusciva chiaramente capire che connessione ci fosse.

«Di solito era Kevin che si preoccupava di bilanciare gli agenti chimici nella vasca. Io non ho idea di come fare. Ora ha un odore di palude e non sono sicuro che sia una buona idea entrarci.»

Sue gli lanciò uno sguardo disgustato. «Allora prendi il manuale o trova un sito che ti dica come fare con la vasca. Sei un ragazzone cresciuto e sono certa che te la caverai da solo.»

«E Shadow non mangia,» continuò Tom. «Ignora il cibo.»

Lei si mostrò un po' più comprensiva riguardo a quello, avendo lei stessa un cane. «Sono certa che gli manca Kevin. Gli animali sono molto sensibili quando le persone entrano ed escono dal loro mondo. Probabilmente mangerà quando avrà fame, ma non sarebbe male portarlo dal veterinario, giusto per essere certi.»

Tom annuì. Guardò la zucca fritta e le verdure nel piatto davanti a sé e decise che forse un giro dal veterinario avrebbe fatto bene anche a lui.

Sulla strada del ritorno, quella sera, passò vicino al caravan di Kevin. Non aveva molta scelta, a meno che non volesse allungare di diverse miglia la strada. Come sempre, non riuscì a evitare di cercare Kevin, sperando di vederlo nel giardino o seduto sotto il portico. Non c'era. Tom non era riuscito a scorgerlo per tutta la settimana.

A volte il suo furgone era nel vialetto, ma in quel momento non c'era. La porta del garage era chiusa e chiaramente non c'era nessuno in casa. Ma questa volta Tom vide qualcosa che lo allarmò: una scritta "in vendita" sul prato.

Rallentò e accostò a lato della strada. Non erano fatti suoi. Kevin aveva messo bene in chiaro che la loro relazione era finita, ma Tom sapeva anche di dover dare un'occhiata da più vicino, per assicurarsi di aver visto ciò che pensava di aver visto.

Sentendosi uno stalker, procedette lentamente lungo la corsia di emergenza. Parcheggiò l'auto, scese e camminò sul prato per riuscire a vedere la scritta più da vicino.

Era proprio un'insegna di messa in vendita. E, cosa ancora più sconcertante, l'insegna dell'attività di Kevin era stata tolta. Tom non pensava fosse giusto sconfinare più in là di quanto non avesse già fatto, ma dal vialetto riusciva a vedere che Kevin aveva fatto dei lavori in giro. Il prato era stato falciato, per quanto lo permettevano le betulle. Kevin si era astenuto dal tagliarle. E, a quanto sembrava a Tom, il portico era stato pulito. Presumeva che anche l'interno del caravan e del garage fossero stati risistemati. *Sarà ancora qui?* Il pensiero che Kevin potesse essersene già andato provocò un'ondata di gelo dentro Tom. Se se n'era già andato, non ci sarebbero più state possibilità di riconciliazione. E Tom era ancora disperatamente aggrappato a quella speranza. Sentì qualcosa dietro di sé e si voltò, vedendo il furgone di Kevin entrare nel vialetto. Per un attimo il cuore gli ballò nel petto. *È ancora qui!*

Ma non appena riuscì a scorgere lo sguardo irritato sul viso di Kevin quando fu costretto a passare sull'erba per evitare l'auto di Tom, si rese conto che Kevin era ben lontano dall'essere felice di vederlo. L'uomo fermò il furgone e scese, sbattendo la portiera dietro di sé.

«Perché sei qui?» chiese con tono secco mentre passava sopra il prato con l'espressione tutt'altro che amichevole.

«Ho... visto l'insegna...» Tom stava avendo difficoltà a formare una frase coerente. Anche se arrabbiato, Kevin era bellissimo e il desiderio di toccarlo era travolgente.

«Già. E allora?»

«Ti stai trasferendo?»

«Mi sto trasferendo.»

Quando non offrì volontariamente altre informazioni, Tom chiese: «Dove vai?»

Kevin sospirò e scosse il capo. «Non lo so. Via da questo buco di merda.»

«È una cosa incredibilmente improvvisa, no?»

«Sì? Beh, faccio cose del genere. Sono psicologicamente instabile.» Si avviò passando oltre Tom, diretto verso la porta, l'espressione che indicava chiaramente che, per quanto lo riguardava, la conversazione era finita.

«Non penso che tu sia...»

Kevin lo zittì gemendo frustrato. «Forse non sono stato chiaro, ma non mi piace che tu sia qui. So che hai buone intenzioni, e... davvero, non ti odio né niente del genere, ma non posso più tenerti nella mia vita. Okay?»

Tom lo fissò con uno sguardo pietoso, faticando a pensare a qualcosa da dire che potesse convincere Kevin a sedersi e discuterne. Era uno psicologo, dannazione! Si supponeva che sapesse come gestire la rabbia e il dolore delle persone.

Come se intuisse cosa c'era nella testa di Tom in quel momento, Kevin disse: «Hai incasinato tutto. Cioè, sì, avevo qualche problema. Ma me la cavavo. Ora, ho questo costante...» agitò le dita della mano vicino al capo, «... rumore nella testa! È come se tu avessi aperto quel cazzo di vaso di Pandora e io non riuscissi più a smettere di ricordare cose. Non posso nemmeno farmi le seghe senza sentire le mani di mio padre su di me, il suo respiro...» Dovette fermarsi per un momento, il disgusto scritto sul volto mentre scuoteva il capo. «Tutto in questa cazzo di città mi ricorda cose a cui non voglio pensare. Hai fatto proprio un buon lavoro, terapista. E mi sarebbe proprio piaciuto se mi avessi lasciato in pace.»

Si voltò, e questa volta Tom lo lasciò andare. Non c'era più niente che potesse dire per sistemare le cose. Ora lo sapeva.

Tornò alla sua auto e si lasciò il caravan di Kevin alle spalle.

Shadow non mangiò di nuovo quella sera, scostando il muso dalla ciotola e lasciandosi cadere sul suo cuscino con un sospiro depresso. Quando fece la stessa cosa la mattina dopo, Tom entrò nel panico e chiamò l'ospedale veterinario di Lancaster, il più vicino che riuscì a trovare.

«Siamo aperti,» disse con voce dubbiosa la donna dall'altro lato della linea, «ma chiudiamo all'una e siamo pieni fino ad allora.»

«Non c'è nessuno che possa dargli un'occhiata?» implorò Tom. «Non ha quasi mangiato per tutta la settimana!»

«Sa se ha mangiato qualcosa di strano?»

Tom spiegò la situazione e la donna rispose con comprensione: «Il suo cucciolo probabilmente è ancora triste. Ci possono volere un paio di settimane, o anche più, per un cane o un gatto per recuperare l'appetito quando qualcuno che amano se ne va. Sono molto sensibili ai cambiamenti del loro ambiente. Sono certa che starà bene, ma abbiamo un posto libero lunedì mattina, se lo vuole portare.» Tom fissò la visita. Doveva cambiare gli appuntamenti per quel giorno, ma per fortuna la sua cliente era un'amante dei cani e, quando la chiamò, fu più che disponibile a fissarne un altro più avanti se la cosa poteva aiutare il suo cucciolo.

Dopo aver fatto le telefonate, andò online e cercò di trovare le istruzioni per bilanciare gli agenti chimici nella vasca idromassaggio. Ne trovò molte, ma sembravano troppo complicate per il suo cervello ora un po' fuori fase, così salvò un paio di pagine e decise di guardarle più tardi.

Portò fuori Shadow per una passeggiata dietro casa. Il cucciolo si rianimò un po' per la prima volta da quando Kevin se n'era andato, e Tom si sentì sollevato. Shadow tentava ancora di scappare se non era legato al guinzaglio, così lui lo tenne stretto e lo seguì, lasciandolo annusare in giro seguendo il suo istinto.

La proprietà di Tom si estendeva per buona distanza nella foresta, anche se non si era ancora preso il tempo di andare a vederne i confini. L'agente immobiliare aveva detto che c'erano delle piccole pietre che uscivano dal terreno e che mostravano i confini della proprietà su una mappa. Mentre vagava nella foresta, si trastullò con l'idea di individuare questi elementi ma iniziò a diventare nervoso man mano si addentrava nel bosco. Non era tipo da attività all'aperto. Poteva a malapena distinguere l'est dall'ovest in un giorno di sole. E secondo la mappa che aveva visto, c'erano miglia di foresta in cui si sarebbe potuto perdere prima di poter incappare in una strada nel mezzo del nulla.

«Torniamo a casa, cucciolo,» disse.

Shadow non aveva idea di ciò che lui aveva detto, ovviamente, ma aveva imparato che "cucciolo" era uno dei suoi nomi. Tornò trotterellando da Tom e non forzò troppo il guinzaglio quando il suo padrone lo condusse verso casa.

Tom dovette fare affidamento sulla memoria per trovare punti di riferimento come ruscelli e alberi caduti, per trovare la via di casa, e più di una volta dovette tornare sui suoi passi. Alla fine, però, individuò il retro della casa attraverso gli alberi.

Grazie a Dio.

Prima che fossero fuori dalla foresta, Shadow iniziò a tirare forte il guinzaglio trascinando Tom alla sua destra. Visto che erano vicini alla casa, permise al cane di investigare su qualsiasi cosa avesse attirato la sua attenzione.

La cosa risultò essere un tubo cilindrico di cemento che spuntava dal terreno. Era largo circa un metro e alto sessanta centimetri, con un coperchio di cemento circolare e delle maniglie.

«Questo sì che è bizzarro,» disse Tom a nessuno in particolare, forse al cane. «Che sia un pozzo artesiano?» Sapeva che la casa ne aveva uno, ma non l'aveva mai cercato. Si era solo preoccupato che qualcuno testasse l'acqua durante l'acquisto della casa.

Shadow non rispose. Annusò attorno alla base per un minuto prima di perdere interesse e allontanarsi, questa volta in direzione della casa. Tom si scordò il pozzo, o qualsiasi cosa fosse, e lo seguì.

Verso metà pomeriggio, era piuttosto certo che Shadow non stesse morendo, anche se il cane arricciava ancora il naso davanti al cibo. Decise che gli avrebbe fatto bene passare un po' di tempo lontano dalla casa, e forse anche Shadow sarebbe stato interessato alle puntine di vitello se Tom avesse portato a casa la cena da ristorante. Così mise il cane nella gabbia, insieme a una ciotola d'acqua fresca e a un piatto di crocchette, e guidò verso Groveton.

Parte di lui aveva sperato di vedere il furgone di Kevin nel parcheggio, ma non c'era.

Dio, sto iniziando a pedinarlo!

Tom parcheggiò l'auto ed entrò. Per fortuna, il ristorante non era troppo affollato per essere sabato. L'ultima cosa che voleva era ritrovarsi in mezzo a una folla rumorosa. Tom occupò un tavolo e attese che la cameriera lo notasse.

La sorridente giovane donna che l'aveva servito l'ultima volta che era stato lì – Kelly, se ricordava correttamente – lo vide e gli fece un sorriso di benvenuto. Lui ricambiò il sorriso mentre lei gli si avvicinava, sperando che non si potesse leggere il disappunto sul suo volto. Aveva veramente voluto parlare con Tracy. Anche se forse era meglio di no.

Ma evidentemente Tracy voleva parlare con lui. Intercettò la collega e le disse qualcosa all'orecchio. Kelly annuì e poi fece un altro rapido sorriso a Tom prima di fargli un segno con la mano e dirigersi in un'altra direzione. Tracy si affrettò ad andare da lui e scivolò immediatamente a sedersi al posto di fronte.

«Tom! Speravo proprio che venissi. Sono passati giorni.»

«Sono stato impegnato,» disse lui fiaccamente. La vera ragione, ovviamente, era che pensava che quello fosse il ristorante di Kevin – le cameriere erano comunque tutte sue amiche – e lui poteva non essere più il benvenuto.

Tracy gli lanciò uno sguardo scaltro. «Qualcosa non va tra te e Kevin, vero? Ecco perché volevo parlarti. Si sta comportando in modo molto strano... Parla di lasciare la città. Avete litigato?»

«Direi che si può dire così.» Non era stata una lite, pensò Tom, ma comunque non faceva differenza. «Ha detto che non può più stare con me perché continuo a incasinargli la testa.»

E poi, senza nemmeno rendersene conto, si ritrovò a sputare il rospo. Non riguardo agli abusi subiti da Kevin; Tom sentiva ancora il legame dato dal patto di confidenzialità con un cliente, anche se Kevin non era stato un suo paziente, e sapeva che non avrebbe voluto che quell'informazione diventasse di dominio pubblico. Ma disse a Tracy di essere uno psicologo e che stava cercando di aiutarlo ad affrontare i suoi attacchi di panico, che aveva spinto troppo e troppo in fretta, che ora Kevin non voleva più parlargli e che la sua vita faceva schifo.

Lei lo lasciò blaterare fino a quando non ebbe finito e poi gli fece un sorriso comprensivo. Mise una mano sulle sue. «Ci hai provato, tesoro. Che tu sia benedetto per questo.»

«Ci ho provato troppo,» disse Tom tristemente.

«Forse. Ma lascia che ti dica una cosa: era più felice con te nel breve tempo che siete stati insieme di quanto non lo abbia mai visto io in tutto il tempo che siamo stati sposati. E le poche volte che è venuto qui, questa settimana, aveva l'aria di uno che aveva appena perso il suo migliore amico. Non mi interessa cosa dice, ha ancora bisogno di te, tesoro.» Lanciò un'occhiata a un altro cliente che stava entrando nel ristorante. «Devo tornare al lavoro. Vuoi il solito?»

«Certo.»

Tracy gli fece un altro sorriso e gli picchiettò sulla mano prima di balzare in piedi e scappare via. Tom non era certo di credere che Kevin avesse ancora bisogno di lui, ma era stato bello sentirlo. E non riuscì a trattenere il sorriso al pensiero che ora aveva un ristorante in cui poter andare, dove la cameriera sapeva cosa avrebbe voluto se avesse ordinato il "solito".

Capitolo 17

Quando Tom tornò a casa, Shadow non aveva toccato le sue crocchette e lui lo lasciò uscire dalla gabbia. E fu felice di vedere che nemmeno la depressione poteva battere l'amore di un cane per delle buone, tenere puntine di vitello. Shadow le mangiò, anche se con riluttanza. Dopotutto era un Labrador, aveva una reputazione da mantenere. Ma poi tornò alla sua cuccia e vi restò per la maggior parte della serata, alzandosi solo quando Tom lo costrinse a uscire per fare pipì.

Quando venne buio, all'incirca alle dieci, Tom era fuori sul portico – da solo, visto che Shadow si rifiutava di essere allontanato dal suo cuscino – e stava bevendo birra lanciando occhiatacce alla vasca maleodorante. Non riusciva a motivarsi a sufficienza per fare qualcosa. Nessuno dei libri nel suo Kindle gli sembrava interessante. Non c'era niente in Internet che sembrasse valere lo sforzo di una ricerca. Aveva cercato di distrarsi con il porno, ma si era arreso dopo che il suo cazzo si era rifiutato di cooperare.

Così aveva bevuto fino a che lo stordimento aveva inziato ad aiutarlo a calmare i nervi. E poi continuò a bere, cosa che avrebbe dovuto sapere essere un errore. La birra smise di calmarlo e iniziò a renderlo sentimentale, fino a che si ritrovò a nuotare in un mare di pensieri oscuri e deprimenti.

Come poteva Kevin avergli fatto questo? Lui stava solo cercando di aiutarlo. Certo, aveva incasinato tutto, facendo il passo più lungo della gamba… Comunque, era tutta colpa di Sue. Lei glielo aveva fatto fare! Non era così? Quella stronza…

Perché il mio cane non mi ama?

In un modo o nell'altro – non si ricordava nemmeno di essere entrato in casa e di aver trovato il cellulare – stava facendo il numero di Kevin. Ma Kevin non rispose. Ovvio. Scattò la segreteria e Tom voleva agganciare, davvero, ma invece si ritrovò a parlare come uno stupido. Cosa ancora peggiore, stava piangendo.

«Tutto ciò che volevo fare era amarti. Tutto qui. Ma tu non dai seconde opportunità, vero? Una sola e, se qualcuno la rovina, beh, fanculo! È finita! Ora Shadow non mangia niente e penso che possa essere ammalato, ma il veterinario non lo visita e la vasca idromassaggio è tutta paludosa e probabilmente marcirò non appena cercherò di entrare. Da dove vengo io, le persone possono avere una seconda opportunità, amico! L'amore si presume sia... Se qualcuno ti ama, si merita una seconda possibilità! Tutto qui...»

Andò avanti ancora e ancora, anche se una parte di lui sapeva che si stava rendendo ridicolo e che si stava semplicemente ripetendo. Era senza speranza.

Fino a quando Kevin sollevò il telefono e lo interruppe. «Gesù Cristo! È quasi l'una del mattino, stupido! Se parlarti è l'unico modo per farti chiudere quella cazzo di bocca, allora va bene! Ti parlerò. Sei ubriaco, vero? Sembri devastato.»

Tom era rimasto così sciocato dal suono della voce di Kevin che cadde in un silenzio stupito. Se ne restò seduto a tirare su con il naso per un momento fino a quando Kevin chiese: «Sei è ancora lì?»

«Sì.» La voce di Tom suonava piccola e vulnerabile.

«Cosa c'è che non va con Shadow?»

«Non lo so. Penso sia depresso. Fa tutto schifo ora che non sei qui.»

Ci fu un lungo silenzio dall'altra parte della linea, fino a quando Kevin sospirò e disse: «Cristo. Non fare niente finché non arrivo lì. Dammi qualche minuto.»

E poi riagganciò.

Tom restò seduto sulla sdraio, a fissare il telefono mentre iniziava a rendersi lentamente conto. *Sta venendo qui.*

Merda. La testa di Tom girava per via dell'alcol, quindi non era sicuro di essere felice o meno. Kevin poteva anche dare un'occhiata a quanto patetico fosse e dirgli di restituire Shadow a Lee visto che era incapace di prendersi cura in modo appropriato di un cane. Anche se in effetti quello avrebbe potuto dirglielo al telefono. Tom era troppo confuso per pensare chiaramente a cosa potesse significare.

L'unica cosa che sapeva per certo era che voleva vomitare. Era ancora appoggiato alla balaustra quando la porta della cucina si aprì e Kevin uscì sotto il portico. Shadow gli scorrazzò attorno alle gambe in estasi. «Beh, ma che bella visione.»

Kevin si chinò a raccogliere la confezione di sei birre vuota e la sollevò. «Le hai bevute tutte da solo?»

«Unh,» fu tutto ciò che Tom riuscì a dire. La sua bocca era piena di acido.

«Gesù. Torno subito.» Kevin sparì in casa di nuovo e tornò un attimo dopo con un bicchiere di acqua e uno strofinaccio. Sistemò l'acqua sulla ringhiera per un minuto mentre asciugava il vomito dalla bocca di Tom e dal suo mento. Poi sollevò il bicchiere. «Tieni. Sciacqua e sputa. Oltre la ringhiera, per favore.»

Tom fece come gli era stato detto.

«Ti senti meglio?»

«Penso.» La testa di Tom stava ancora girando, ma non si sentiva più nauseato.

«Devi vomitare ancora?»

«Non credo.»

«Vieni, dai.» Kevin gli mise un braccio attorno alla vita nuda e si passò il braccio sinistro di Tom sopra la spalla.

«Non dovrei toccarti,» disse Tom strascicando le parole.

«Te lo dico io quando puoi e non puoi toccarmi, terapista. Ora ti porto a letto, quindi non darmi altri problemi.»

Tom lasciò che Kevin lo conducesse in casa e al piano di sopra. Poteva sentire Shadow mugolare mentre salivano le scale, perché il cane aveva ancora paura di seguirli, ma Kevin gli disse:

«Torno subito, cucciolo. Fa' il bravo ragazzo!» Poi trascinò Tom in camera e lo adagiò sul letto.

«Sei sicuro che non devi vomitare di nuovo?» chiese.

La stanza roteava, ma Tom sentiva che, se fosse riuscito a stare sdraiato fermo per un po', forse si sarebbe fermata. «Non penso.»

«Va bene.» Kevin scostò le coperte da sotto Tom e le gettò sopra il suo corpo nudo. «Porto fuori Shadow un minuto e vedo se posso fargli mangiare qualcosa. Ma dopo torno.»

«Grazie.»

E poi, anche se non poteva esserne sicuro visto che aveva gli occhi chiusi e gli girava la testa, Tom sentì qualcosa di caldo e soffice sfiorargli la fronte. Gli sembrò che Kevin lo avesse baciato.

Quando si svegliò la mattina seguente, Tom si rese immediatamente conto di tre cose: la sua bocca aveva sapore di vomito, gli faceva male la testa e Kevin dormiva accanto a lui. Fu solo in un secondo momento che gradualmente iniziò a ricordare di essersi reso stupido la notte precedente.

Si sedette con cautela, con la sensazione che il suo corpo sarebbe potuto andare in pezzi se si fosse mosso troppo in fretta. Quando sollevò le coperte, non poté resistere e diede un'occhiata al corpo di Kevin. Sì. Nudo. E ancora stupendo.

È tornato? Tom non si azzardava a credere che potesse essere vero. Probabilmente, Kevin si era solo mosso a compassione ed era rimasto per assicurarsi che lui stesse bene. Non appena si fosse svegliato, se ne sarebbe andato.

Tom scivolò fuori dal letto in silenzio. Shadow era sdraiato sul suo cuscino, ma per una volta non si alzò quando lo fece Tom. Gli lanciò un'occhiata, ma poi sospirò e i suoi occhi tornarono a posarsi sulla forma dormiente di Kevin. Il cane sembrava essere altrettanto cauto sul suo ritorno.

Non perderlo di vista, cucciolo! pensò Tom. Poi aprì piano la porta e andò in bagno.

Si lavò i denti, desiderando di averlo fatto prima di andare a dormire, e fece dei gargarismi per levarsi dalla bocca il sapore cattivo e l'odore del suo alito. Poi usò la toilette, si lavò le mani e il viso prima di tornare in camera. Gli sarebbe piaciuto prendere dell'ibuprofene, ma non a stomaco vuoto. E non aveva intenzione di andare al piano di sotto finché non avesse avuto la possibilità di parlare con Kevin. Non voleva che l'uomo lo liquidasse con un semplice "ci vediamo," mentre usciva dalla porta.

Tom restò sdraiato a lungo a guardare Kevin, godendosi quanto sembrasse adorabile con i capelli scompigliati come un bambino addormentato. Quando Kevin aprì i suoi occhi nocciola, fece a Tom un sorriso dolce che gli fece sfarfallare il cuore nel petto.

«Buongiorno, terapista.»

«Buongiorno.» Tom allungò la mano per toccare quelle labbra piene ma si fermò. Appoggiò la mano sul cuscino di Kevin e strofinò il dito sul cotone. «Mi dispiace essere stato uno scemo ieri sera.»

Il sorriso di Kevin non si smorzò. Scosse il capo e disse: «A me no.»

«No?»

Kevin esitò prima di continuare. «Pensavo di avere chiuso con te. Anche quando sei venuto al mio caravan, in qualche modo sono stato forte a sufficienza da dirti di andare via. Ed ero dannatamente orgoglioso di me stesso per averlo fatto. Mi sono detto che non c'era niente che tu potessi dire o fare che mi avrebbe fatto tornare indietro. Poi mi hai chiamato nel bel mezzo della notte, balbettando come un idiota su quanto tu e Shadow aveste bisogno di me... E il mio cuore si è sciolto.»

«Mi odiavi davvero così tanto?»

«Non ti ho mai odiato, terapista. Se non ti avessi amato, non ti avrei mai permesso di incasinarmi la testa in quel modo. Ed è per quello che dovevo allontanarmi da te.»

Il cervello di Tom sembrò zoppicare. Non riusciva a capire tutto ciò che Kevin stava dicendo perché era bloccato su una parola. «Tu... mi amavi?»

Kevin sospirò e passò le dita sulla barba di Tom. «Ti amo ancora.»

«Ti... amo anch'io.»

«Ma ho bisogno che tu mi prometta una cosa,» continuò Kevin. «Se mi rivuoi...»

«Lo voglio!»

«Allora ho bisogno che tu la smetta di aiutarmi. So che tutto quello che hai fatto l'hai fatto perché volevi aiutarmi. Ma ho bisogno che la smetti. Okay?»

Tom sollevò la mano per prendere quella di Kevin e stringerla forte. Poi se la portò alle labbra e la baciò. «Non ho mai voluto farti del male. Mi dispiace. Fai quello che devi fare. Non interferirò più.»

Kevin lo guardò negli occhi per un lungo momento, come se volesse dire qualcosa di più. Alla fine, disse solo: «Sdraiati.»

Tom fece come gli era stato detto, adagiandosi sulla schiena e appoggiando la testa sul cuscino. Kevin si sollevò su un braccio e si chinò su di lui, esitando solo un secondo prima di abbassare il viso e baciarlo gentilmente sulla bocca. Tom sentì il calore del bacio scuotere il suo corpo, arrivare al suo inguine, ed esalò un respiro tremante nella bocca di Kevin. Ma non si azzardò a muoversi per paura di poter far scattare il panico in lui. Kevin però non sembrava nel panico. Indugiò nel bacio, esplorando le labbra di Tom con le proprie e accarezzandole con la lingua. Quando si staccò, guardò Tom con gli occhi pieni di desiderio.

«È stato bello,» disse Tom, anche se era un enorme eufemismo. Ce l'aveva duro come la roccia e non voleva altro che tirare Kevin giù, sopra di sé. Ma si trattenne, sapendo che il compagno non era ancora pronto per quello.

«È stato... bello,» concordò Kevin.

«Ti ha fatto sentire ansioso?»

Kevin annuì e rilasciò un lungo sospiro, come se avesse trattenuto qualcosa. «Sì. Ma è diverso ora. Ho tutta questa merda che mi gira in testa a cui non voglio proprio pensare quando ti bacio. Ma non è... terrificante... come lo era prima.»

140

Quella era una cosa buona. Ed era poi il motivo per cui si analizzavano i ricordi, per far diminuire il potere che avevano sulle persone. Ma Tom non lo disse. Aveva promesso a Kevin di lasciarlo in pace e intendeva mantenere la promessa.

«Mi è piaciuto tantissimo,» disse.

«Bene. Avevo paura di fare schifo.»

Tom scostò le coperte di lato per mostrargli la sua erezione. «Ti sembra che sia stato un brutto bacio?»

Kevin rise. «Ora chi è il volgare?»

«Ho imparato da te.»

Kevin fece un rumore rozzo e poi lanciò un'occhiata a Shadow. «Credo che qualcuno stia cercando di attirare la nostra attenzione.»

Il cane stava mugolando e battendo la coda sul suo cuscino da un po', visto che le anatre di peluche erano state bannate dalla stanza. Ma Tom era troppo preso in ciò che stava accadendo tra lui e Kevin per calcolarlo. *Sono un cattivo genitore.*

«Mi ha ignorato quando mi sono alzato prima,» disse Tom. «Penso che voglia che sia tu a portarlo fuori. Gli sei mancato molto.»

Kevin fece un sorriso caloroso a Shadow. «Mi sei mancato anche tu, cucciolo. Quasi quanto il tuo papà.»

Capitolo 18

«C'è solo bisogno di una scossa,» disse Kevin, guardando l'acqua un po' torbida della vasca idromassaggio.

«Cosa?» chiese Tom. «Intendi dire con l'elettricità?»

Kevin rise. «No. Metti solo una dose extra di cloro per uccidere tutto. La vasca non sarà utilizzabile per un giorno, ma possiamo comunque farla funzionare domani pomeriggio.»

«Questo mi piace.»

Tom si protese oltre il fianco della sdraio per mettere il piatto vicino a Shadow in modo che potesse leccarlo. Lo sciroppo d'acero che era rimasto dai suoi pancake probabilmente non faceva bene al cane, ma non era che Tom glielo desse da mangiare tutti i giorni. Ed era bello vedere il cucciolo sbafare tutto quello che gli veniva messo davanti. Kevin aveva detto che Shadow aveva mangiato una ciotola di crocchette prima di andare a dormire la notte precedente, e anche a colazione il cane si era dimostrato sicuramente entusiasta.

Tom sollevò il capo ed ebbe una visione magnifica di un culo nudo quando Kevin si chinò sopra la console della vasca per rimuovere il filtro. Le cose stavano definitivamente migliorando.

«Vuoi ancora vendere il tuo caravan?» chiese. «Anche ora che non stai più scappando dalle mie grinfie?»

Kevin si raddrizzò e si voltò sorridendogli. «Non lo so. Non posso dire di essere particolarmente attaccato a quel posto. Ma è un buco di merda. In ogni caso, probabilmente nessuno lo vorrà.»

Naturalmente entrambi sapevano che Kevin, con buona probabilità, avrebbe passato tutto il suo tempo lì, in quella casa, ora che le cose si erano sistemate. E il trasferirsi permanentemente era un qualcosa di non troppo lontano. Ma nessuno dei due ne fece menzione. Non c'era motivo di affrettare le cose.

«Hai degli hamburger?» chiese Kevin guardando il grill.

«Nel frigorifero. Ma non ti raccomanderei di mangiarli. Sono lì da quando te ne sei andato.»

«Beh,» disse Kevin allegramente, «sembra che sia arrivato il momento di andare a fare compere.»

L'acqua della vasca idromassaggio era diventata di uno sconcertante giallo piscio quando Kevin aveva aggiunto il cloro, ma lui aveva assicurato a Tom che si sarebbe sistemato tutto. Dovevano solo lasciarla scoperta e permettere al sole di far evaporare il cloro extra per tutto il resto della giornata.

Nel frattempo, andarono a comprare generi alimentari, grigliarono gli hamburger, sia per la gioia di Shadow che ne ebbe uno per sé che per quella di Kevin e, in linea di massima, passarono una domenica rilassante sotto il portico.

Il lunedì, Tom ebbe il compito difficile di informare Sue che lui e Kevin erano tornati insieme. Attese fino a quando stavano camminando sulla Main Street, in direzione di Wang, prima di darle la notizia.

«Lo sapevo,» rispose lei con un'espressione acida. «Ogni volta che dico a qualcuno che sta meglio senza il suo ex, lui riesce sempre a sistemare le cose.»

«Quella tecnica funziona bene nella consulenza di coppia?» chiese Tom.

Lei ignorò la domanda. «Non fraintendermi. Non è che non mi piaccia Kevin. Solo che ho delle riserve quando qualcuno con dei problemi emozionali così seri, problemi totalmente capibili viste le circostanze, sia chiaro, frequenta qualcuno che è, siamo onesti, un po' mamma chioccia.»

Tom si stizzì nel sentire quelle parole, anche se sapeva che erano vere, ma Sue sollevò una mano per calmarlo prima che potesse interromperla. «Sì, sì, lo so. Non sono fatti miei. Non sono la tua terapista.»

«Ma sei la mia migliore amica,» disse, «e sarebbe carino che non odiassi il mio ragazzo.»

Sue gli offrì un sorriso conciliante. «Non odio il tuo ragazzo. Sembra un brav'uomo, ha una buona attività e penso che ci tenga davvero a te.»

«E allora sii felice per me!»

Lei non rispose e Tom era sicuro che stesse ripensando all'occhio nero che Kevin gli aveva fatto settimane prima. Invece, Sue chiese: «Presumo che non tornerà per la terapia?»

Tom scosse il capo. «Non credo. Penso che abbia bisogno di tempo per integrare i ricordi che gli stanno tornando in mente. L'ultima cosa che vuole è che io o te continuiamo a stimolarlo.»

Arrivarono al ristorante e la conversazione si interruppe per il tempo sufficiente a trovare un tavolo e a fare un'ordinazione. Poi, Sue disse: «Normalmente mi rifiuto di vedere un paziente che smette di venire in terapia senza avere la cortesia di chiamarmi per avvisarmi. Ma come favore nei tuoi confronti, sarei disposta a lavorare di nuovo con Kevin se decidesse di aver bisogno del mio aiuto.»

Tom fu tentato di fare un commento sprezzante riguardo alla grande concessione che lei gli stava facendo, ma pensava che Kevin potesse avere bisogno in futuro di avere Sue al suo fianco. Probabilmente era meglio non farla incazzare. Per quanto potesse essere irritante, era una brava terapista e Tom non era certo che sarebbe riuscito a gestire le cose da solo se la sindrome da stress post traumatico di Kevin avesse iniziato ad andare fuori controllo.

Tornò a casa e trovò Shadow con l'anatra di peluche in bocca in cima alle scale che portavano allo scantinato, quelle normali, non quelle a chiocciola, che mugolava guardando verso il basso.

«Cosa guardi?» chiese, ma aveva già visto il furgone di Kevin nel vialetto. Lo chiamò per le scale. «Sei giù?»

«Sì,» rispose la voce di Kevin, così Tom diede una grattatina alla testa di Shadow e lasciò il cane in cima alle scale prima di avviarsi al piano di sotto. Shadow mugolò ancora più forte, ma non c'era motivo di sollevare il cucciolo per portarlo di sotto finché non avesse capito che cosa stava facendo Kevin. A quanto pareva, stava creando una stanza per la tivù. Vi aveva sistemato un vecchio divano e un tavolino con sopra una televisione a schermo piatto. Tom era certo che fosse tutto preso dal suo vecchio caravan, perché riconobbe il divano logoro nonostante non fosse ricoperto da indumenti sporchi. Kevin stava sistemando il tutto in un angolo del seminterrato.

Tom odiava la televisione, la trovava rumorosa e causa di distrazione, e si sentiva molto più felice quando aveva la possibilità di rannicchiarsi con un buon libro. Per questa ragione, aveva discusso con il provider locale perché gli desse solo la connessione Internet e il telefono senza il collegamento alla televisione, grazie mille. Non gli interessava che tipo di meraviglioso risparmio potesse ottenere richiedendoli tutti insieme. Quindi, il perché Kevin stesse installando un televisore in casa sua, Tom non riusciva proprio immaginarlo.

«Ti rendi conto che non ho il collegamento?» gli chiese, faticando a nascondere l'irritazione. «Della televisione, intendo.»

«L'ho immaginato,» rispose Kevin. «Chi cazzo non ha il collegamento via cavo in questo secolo?»

«Io.»

Kevin stava cercando i canali, ma era un'impresa senza speranza. Tutto era statico.

«Avresti potuto chiedermelo prima di portare giù queste cose,» disse Tom.

«Pensavo di farti una sorpresa.»

Esattamente in quel momento, tutto il fastidio che Tom provava si vaporizzò e lui si sentì un grandissimo stronzo. Gli sembrava comunque inappropriato che Kevin portasse lì i suoi mobili – e grazie a Dio li aveva messi in cantina! – ma se aveva pensato che Tom volesse davvero una televisione e che magari non ne aveva una perché non aveva avuto il tempo di andare a prenderla... Beh, quello allora era un regalo. Giusto? «Oh. Grazie. Mi dispiace, ma non mi sono mai fatto collegare il cavo. Di solito non la guardo.»

«Possiamo farla collegare?»

Tom sollevò le sopracciglia. «Ti stai trasferendo qui?»

Kevin fece un sorriso carino e imbarazzato, e arrossì ancora un po', cosa che Tom trovò adorabile. Quella era una cosa che avrebbero dovuto chiarire presto. Kevin si era già praticamente trasferito da lui, ma aveva ancora una casa tutta sua. Aveva ancora un posto dove andare se avessero litigato o rotto.

Prima che Kevin potesse pensare a una risposta, entrambi sentirono un *honk* provenire dalla direzione delle scale. Si voltarono e videro Shadow quasi a metà scala che li guardava nervosamente. Evidentemente si era sentito solo a sufficienza per avventurarsi un po' in basso, anche se non del tutto.

«Ehi, cucciolo!» lo chiamò Kevin. «Vuoi scendere qui con noi?»

Shadow piagnucolò di nuovo e agitò la coda.

«Dai, ragazzo,» disse Tom con la voce cantilenante che aveva appreso osservando il compagno con il cane. «Puoi farcela! Sei già a metà strada.»

Shadow agitò ancora di più la coda, ma chiaramente non aveva intenzione di fare un passo in più. Entrambi gli uomini si avvicinarono ai piedi delle scale e iniziarono a battere le mani e a chiamarlo.

«Dai, cucciolo!»

«Bravo ragazzo!»

«Puoi farcela!»

«Ci sei quasi!»

«È un piccolo passetto per un cane...»

«...ma un gigantesco passo per la *caninità*!»

Evidentemente Shadow era un fan di Neil Armstrong perché lo fece. In un epico ed eroico momento, che si poteva descrivere meno che aggraziato, il cucciolo di Labrador si lanciò lungo le scale a tutta velocità, come se gli ultimi gradini fossero fatti di tizzoni ardenti e un momento di esitazione potesse essere disastroso.

Honk! Honk! Honk! Honk!

146

Tom e Kevin ricoprirono il cucciolo di carezze e baci e gli permisero di sbattere la sua anatra piena di saliva sulle loro facce in un parossismo d'estasi. Ce l'aveva fatta! Era il miglior cane del mondo! I poeti avrebbero cantato le sue lodi e il presidente probabilmente gli avrebbe dato un premio!

Era così eccitato che fece un po' di pipì sul pavimento, ma la cosa lo distrasse veramente poco dalla sua stupenda vittoria.

Honk! Honk! Honk! Honk!

Sfortunatamente divenne presto chiaro che scendere le scale era completamente diverso dal salirle. Quando Tom e Kevin tornarono al piano superiore, Shadow riprese a piagnucolare e passeggiare in fondo alle scale e non ci fu modo di spronarlo a salire. Alla fine, Tom andò a prendere il guinzaglio e scese in cantina.

Mentre Kevin ripuliva le spruzzate di pipì del cucciolo eccitato, Tom lo fece uscire dalla porta della cantina. Grazie al fatto che la casa era costruita su una piccola collina, uno dei muri della cantina spuntava dal terreno, così la porta non aveva le scale. Tom fece fare a Shadow i suoi bisogni e poi lo condusse sul davanti della casa, su per i gradini del portico e all'interno.

Kevin li oltrepassò in corridoio, andò in bagno e si lavò le mani. Ne uscì proprio quando Tom finiva di rimuovere il collare di Shadow, e i due uomini guardarono con sorpresa il cucciolo che correva verso la porta della cantina e si affrettava di nuovo giù per le scale.

«Ma che cazzo?» disse Tom irritato.

Kevin rise. «È divertente scendere le scale!»

«Ma non salirle.»

«Dammi il guinzaglio. Ci vado io questa volta.»

Dalle profondità della cantina arrivò un *Honk!* come a chiedere "Vieni o no?"

«Va bene,» disse Tom, «ma ora chiudo la porta. Non c'è bisogno che continuiamo con questo gioco tutta la sera.»

Facendosi l'appunto mentale di comprare un cancelletto alla prima occasione, Tom spinse una scatola di libri sulla soglia per bloccare la porta e ne impilò altri sopra per impedire che si

147

muovesse. Quando Kevin riportò dentro il cucciolo dalla porta principale, il cane si diresse di nuovo alle scale e fu deluso di trovare la strada chiusa, ma comunque era ora di cena e una ciotola di crocchette fu sufficiente a distrarlo dal suo nuovo gioco.

Quella sera, Shadow dovette essere riportato al piano di sopra come sempre, ma la mattina seguente scese allegramente di sotto come un bambino su uno scivolo. Tom lo portò fuori a fare i suoi bisogni e, quando rientrò, trovò Kevin che preparava dei pancake. Era una scena idilliaca: un cucciolo adorabile che saltellava attorno alle gambe di un bellissimo uomo nudo che stava cucinando la colazione per lui. Tom si versò una tazza di caffè dalla caraffa che Kevin aveva preparato e si sedette al tavolo della cucina a guardare.

Non sono mai stato più felice di così. Era tutto ciò che aveva sempre voluto.

C'erano ancora alcune cose che lo preoccupavano, però. L'incapacità di Shadow di salire le scale probabilmente alla fine si sarebbe risolta, ma i problemi di Kevin erano radicati ben più in profondità e non potevano essere risolti semplicemente con la forza di volontà, nonostante Kevin sembrasse pensarlo. Tom gli aveva promesso che non avrebbe più provato a "sistemarlo" e intendeva mantenere la promessa, almeno fino a quando Kevin non avesse chiesto il suo aiuto. Ma non sarebbe stato facile.

Le notti seguenti, Kevin si svegliò gridando solo una volta, ma fu comunque sconvolgente. Il povero Shadow era terrorizzato. E di nuovo disse di non ricordare cosa avesse sognato.

D'altro canto, c'erano segnali che indicavano che Kevin stesse scendendo a patti con le cose che aveva ricordato. Quando baciava Tom, sembrava provare lo stesso piacere che provava Shadow correndo al piano di sotto. Era chiaramente ancora ansioso a riguardo, ma anche orgoglioso di se stesso ogni volta che riusciva a farlo senza andare nel panico. Anche Tom era orgoglioso di lui e non aveva mai fatto pressioni per paura di rovinare i suoi progressi. Lasciava semplicemente che le cose accadessero come Kevin voleva.

Poi ci fu la sera in cui lo trovò in bagno che annusava dubbioso il flacone di disinfettante. Kevin lo notò e gli fece un sorriso imbarazzato mentre richiudeva la bottiglia.

«Sei riuscito a capire perché ti ha mandato nel panico l'altra volta?» chiese Tom.

«Uhm... sì,» rispose Kevin. Sembrava riluttante ad aggiungere altro e Tom pensò che sarebbe finita lì, ma Kevin si schiarì la gola e disse: «A mio papà... piaceva usarlo per massaggiarmi.»

Eccolo lì. Tom non aveva mai conosciuto nessuno che usasse il disinfettante per i massaggi, ma presumeva che in passato, forse, potesse essere stato di uso comune. E, a quanto pareva, a Mr. Derocher piaceva usarlo sul figlio, il che significava che Kevin non aveva potuto percepirne l'odore senza che i ricordi di quei massaggi sessualmente inappropriati tornassero in superficie, ricordi che lo terrorizzavano. Eppure, ora erano tornati nuovamente ma il panico si era allentato.

«Stai bene?» Fu tutto ciò che Tom gli chiese.

«Sì. Sto bene.»

Ma era vero? Sembrava improbabile. Le persone non passavano da crolli psichici come quelli che aveva sperimentato Kevin allo stare bene in un paio di settimane. Tom lo sapeva. Ci sarebbero voluti anni di lavoro per integrare i ricordi repressi in modo che non avessero più potere su di lui. E a giudicare dai continui incubi e dal fatto che Kevin non riuscisse mai a ricordare cosa riguardassero, era possibile che non riuscisse a rammentare alcuni degli abusi.

Ce l'avrebbe fatta da solo? Forse. Tom era scettico, ma era ovvio che fosse così. La sua carriera si basava sull'aiutare gente che non riusciva a farcela da sola, quindi era convinto che la maggior parte delle persone avesse bisogno di aiuto. Poteva anche sbagliarsi riguardo a Kevin. Allo stesso tempo, però, Kevin poteva anche incappare in un'altra crisi.

Era preoccupante, per dirla in modo gentile, ma Tom aveva promesso di lasciare che Kevin facesse le cose a modo suo. E Kevin aveva assolutamente ragione su una cosa: non potevano

149

essere coinvolti in una relazione romantica se lui non riusciva trattarlo come un adulto. Solo Kevin poteva decidere se aveva bisogno di aiuto. E fino a quel momento sembrava aver fatto dei progressi.

Poi arrivò la notte della tempesta.

Capitolo 19

Iniziò principalmente sotto forma di vento. Il cielo era insolitamente scuro a quell'ora, nere nubi di tempesta scivolavano minacciose sopra le loro teste come un mare agitato, e le foglie degli alberi mostravano la loro parte pallida mentre il vento le spingeva via velocemente sul terreno. Tom amava i giorni come quello. Amava stare al caldo, all'interno, accoccolato di fronte al fuoco con una tazza di caffè e un buon libro mentre il mondo infuriava tutto attorno lui. Non era altrettanto bello farlo davanti a una stufa a pellet, ma era tentato.

Shadow, come Tom aveva rapidamente imparato, non condivideva con lui l'idea che le tempeste fossero "concilianti". Stava camminando in giro per la casa con le orecchie e la coda basse, ansimando per l'ansia. Non era una sorpresa. Tom sapeva che molti cani avevano paura dei temporali, proprio come i bambini.

La cosa più sorprendente era che Kevin si stava comportando nello stesso modo. Lui non poteva abbassare le orecchie e non aveva una coda, ma era chiaramente ansioso e camminava da una stanza all'altra come se stesse cercando qualcosa.

«Stai bene?» chiese Tom.

«Sto bene.»

«Ho come l'impressione che non ti piacciano i temporali.»

«Sto bene, terapista,» rispose brevemente Kevin. Si voltò e si diresse in cucina. «È rimasta della birra?»

Tom si ricordò che Kevin aveva cercato di placare un attacco di panico con la birra prima del suo tentativo di suicidio anni prima. Era una buona idea che bevesse in quel momento?

151

Non che Tom potesse fermarlo. Kevin era un adulto e aveva diritto di bere una birra per rilassarsi.

Comunque, quando Shadow lo seguì in cucina, gironzolandogli attorno come in cerca di protezione, Tom gli andò dietro.

Kevin trovò un'ultima birra nel frigorifero. «Ti dispiace se te la rubo?»

«No, fai pure.»

Trovò l'apribottiglie e levò il tappo, mentre Tom accendeva la macchina del caffè per prepararsene una caraffa. Kevin però continuò a muoversi in cucina, incapace di restare fermo. Tom non l'aveva mai visto così agitato durante i temporali. Quello però era diverso anche per lui: l'aria era pesante in modo opprimente e l'improvvisa oscurità che aveva portato dava un aspetto irreale a ogni cosa. Tom aveva controllato le previsioni del tempo e non c'era niente di cui preoccuparsi. Non era un uragano né niente del genere, solo un brutto temporale. Ma c'era qualcosa riguardo a esso che disturbava Kevin.

«Hai avuto attacchi di panico durante i temporali prima d'ora?» chiese Tom e immediatamente se ne pentì.

Kevin praticamente gli ringhiò: «Questo non è un attacco di panico! Sto bene. Smettila di analizzarmi, dannazione!»

«Scusami.»

«E smettila di tirarti quella dannata barba! Stai cercando di strappartela via dalla faccia?»

Tom tolse di scatto la mano dal mento, come se Kevin gliel'avesse schiaffeggiata. Fu sul punto di rispondergli male, ma qualcosa negli occhi del compagno lo faceva apparire addolorato, come se fosse consapevole di aver esagerato ma non avesse saputo controllarsi. Così, Tom semplicemente lo guardò fino a quando Kevin distolse lo sguardo.

Shadow mugolò nel vedere i suoi due papà litigare, ma Kevin lo fraintese.

«Quand'è stata l'ultima volta che è uscito?» chiese con un tono di voce in qualche modo più tranquillo.

«Non lo so. Un paio d'ore fa, penso.»

Kevin appoggiò la birra sulla credenza e chiamò il cane. «Dai, cucciolo! Ti porto fuori a fare la pipì.» Poi gli fece strada fino alla porta principale.

Con Shadow già nervoso per il temporale, Tom non era certo che fosse una buona idea portarlo fuori. Probabilmente era sì il caso di fargli fare i suoi bisogni prima che il tempo peggiorasse del tutto, ma Kevin stava iniziando a comportarsi in modo strano. Tom sapeva di potersi fidare di lui riguardo al cane, certo, ma c'era chiaramente qualcosa che non andava. Così decise di seguirli fuori.

La sera precedente, quando era entrato, Kevin aveva buttato i suoi abiti sul bracciolo del divano. Li indossò mentre Shadow camminava avanti e indietro vicino alla porta, percependo che stavano per uscire. Tom non indossava altro se non l'accappatoio, ma trovò le scarpe da ginnastica vicino alla porta e se le mise.

«Cosa stai facendo?» gli chiese Kevin.

«Pensavo di venire con voi a prendere un po' d'aria fresca prima che inizi a piovere.»

Tom catturò la visione del lieve cipiglio che passò sul volto di Kevin prima che questi si girasse per mettere l'imbragatura a Shadow. «Cosa diavolo pensi che succederà? Lo sto solo portando fuori a fare pipì, per l'amor del cielo!»

«Non posso uscire a prendere un po' d'aria?»

«Va bene.» Kevin aprì la porta e Shadow corse fuori.

Ma non era l'entusiasmo che aveva spinto il cane in avanti. Mentre Kevin e Tom lo seguivano, videro chiaramente come fosse agitato il povero cucciolo. Sembrava non sapere da che parte andare e tirava il guinzaglio. Non pareva gli servisse di fare pipì, visto che non mostrava alcun segno di volerla fare. Era semplicemente nel panico.

«Dai, cucciolo!» lo chiamò Kevin da sopra il vento. «Andiamo dietro.»

Shadow ebbe presenza mentale a sufficienza per obbedire, ma continuò comunque a tirare il guinzaglio.

La pioggia iniziò a cadere mentre giravano attorno alla casa e Tom prese in considerazione la possibilità di tornare dentro. Ma quando guardò Kevin, cambiò idea. I suoi occhi erano sgranati e la mascella serrata.

Fissava la foresta dietro la casa come se si aspettasse che qualche bestia feroce gli saltasse addosso e, quando Tom lo chiamò per nome, sembrò non sentirlo.

Ci fu un lampo, seguito da un basso tuono pochi secondi dopo, cosa che terrorizzò Shadow. Il cane stava correndo tendendo il guinzaglio fino al limite, chiaramente non stava pensando proprio per niente a fare i suoi bisogni. Voleva solo tornare dentro per scaldarsi e calmarsi. Dall'espressione che aveva, Kevin era nelle stesse condizioni.

«Penso che dovremmo tornare dentro,» gridò Tom.

Kevin si voltò lentamente verso di lui e Tom si rese conto che era troppo tardi. Non c'era assolutamente comprensione in quegli occhi nocciola. Kevin lo guardava ma non lo vedeva, concentrato su qualcosa di lontano nello spazio e, Tom sospettò, nel tempo.

Prima che potesse reagire, ci fu un altro lampo, quasi immediatamente seguito da un forte tuono. Shadow tirò e si liberò dalla presa di Kevin, sfrecciando poi nella foresta, trascinando dietro di sé la maniglia pesante del guinzaglio.

«Shadow!»

Il cane era troppo terrorizzato per tornare indietro a quel richiamo. Tom si sentì combattuto per due secondi tra il corrergli dietro e restare invece ad aiutare Kevin con qualsiasi diavolo di cosa stesse accadendo nella sua testa, ma Kevin era un adulto, mentre Shadow era un cucciolo terrorizzato. Così corse nel bosco, con l'accappatoio che svolazzava goffamente attorno alle sue gambe nude.

Si era aspettato che la maniglia pesante del guinzaglio retraibile rallentasse la corsa del cane ma, con suo grande orrore, Tom scoprì che il cucciolo l'aveva persa tra gli sterpi. La maniglia era lì ma del cane non c'era traccia. Tom la recuperò e trovò l'imbragatura vuota. Aveva delle fibbie in plastica disegnate appositamente per far sì che il cane si potesse liberare se avesse tirato forte abbastanza, in caso fosse rimasto intrappolato da qualche parte. Evidentemente era stato terrorizzato abbastanza da liberarsene.

«Shadow!»

Non ci fu risposta. Non un'abbaiata, nessun rumore di movimento nel sottobosco. Solo il sibilare del vento e della pioggia attraverso gli alberi.

Tom si avviò, un po' camminando un po' correndo nella foresta, dove le felci oscuravano il terreno facendo sì che l'avanzare divenisse pericoloso. Poi iniziò a piovere forte, il che rese l'accappatoio pesante e fradicio sul suo corpo, mentre le sue scarpe da ginnastica si riempivano di terriccio bagnato e di aghi di pino. «Shadow! Vieni qui, ragazzo!»

Ci fu un grido di risposta: non un'abbaiata, ma quasi un grido umano di angoscia.

Kevin? Tom smise di correre e ascoltò, sforzandosi di sentire sopra al rumore del vento e della pioggia.

Si voltò di nuovo, non più sicuro di quale fosse la direzione da cui era venuto. Roteò su se stesso cercando nella foresta oscura. Non c'erano più orme, né ramoscelli spezzati e le felci coprivano tutto in un mare ondulatorio di fronde verdi. Il terrore iniziò a pervaderlo. Anche se avesse trovato Shadow, come avrebbe potuto ritrovare la via del ritorno?

«Shadow!»

E poi da lontano arrivò un grido: «È nel pozzo!»

Tom corse in quella direzione, anche se non capiva il senso di quelle parole. Il pozzo? L'unico pozzo che conosceva era sigillato sotto un pesante coperchio di cemento. Shadow non poteva esserci caduto dentro. A meno che... Era possibile che fosse collassato? O c'era un altro vecchio pozzo nella sua proprietà?

«Dove sei?» chiamò Tom con voce tremante.

Questa volta la risposta fu un *yipe*, come il guaito di un cane che prova dolore.

«Shadow!»

Tom corse, sperando disperatamente di avere giudicato in modo corretto la direzione da cui proveniva il suono.

Il suo piede sprofondò improvvisamente in un piccolo crepaccio o nella tana di un animale che non era riuscito a vedere. Gli sembrò di sprofondare per alcuni centimetri rispetto a dove sarebbe dovuto essere il livello del terreno, e poi il suo piede colpì il fondo. Cadde in avanti nelle foglie umide, nel fango tra i ramoscelli. Poi si sollevò sulle braccia, percependo il bruciore dei palmi graffiati, e torse il collo per riuscire a vedere oltre la copertura di felci.

Un cane! Sentiva un cane mugolare! Doveva essere Shadow. E c'era qualcos'altro... La voce di Kevin. Ma Kevin non stava chiamando Shadow, né Tom. Stava piagnucolando qualcosa che suonava come *Gesù Cristo! Gesù Cristo!*

«Kevin! Dove sei?»

Tom si rimise in piedi e barcollò in avanti, cercando di seguire i suoni, terrorizzato da cosa avrebbe potuto trovare. Shadow era ferito? Stava morendo? Tom non poteva più immaginare la sua casa senza il cucciolo allegro che aveva imparato ad adorare. *Oh, Dio! Fai che stia bene!*

Un altro guaito del cane gli permise di recuperare la bussola e, ben presto, il tetto della casa apparve attraverso gli alti pini.

Tom li trovò entrambi vicini al pozzo di cemento che lui e Shadow avevano trovato quasi due settimane prima. Il cane camminava avanti e indietro, in stato di panico, mugolando, e ora Tom capiva perché. Non era il cane che si era fatto male, era Kevin.

Tom aveva assistito a dei crolli emotivi e psichici prima di allora e sapeva che era esattamente ciò che aveva davanti agli occhi in quel momento. Kevin stava colpendo con le mani lo spesso cerchio di cemento del pozzo e lo grattava con le unghie. Le sue mani stavano sanguinando, lasciando sopra il cemento strisce di sangue che si scioglievano nell'acqua. La sua fronte era squarciata dove aveva probabilmente sbattuto contro il coperchio del pozzo. Stava singhiozzando istericamente e piagnucolando. «È nel pozzo! Gesù Cristo! È in quel cazzo di pozzo!»

Tom lo chiamò, ma Kevin non riusciva a sentirlo. Quando allungò una mano per toccargli la spalla, preparandosi alla possibilità che Kevin lo attaccasse, questi si comportò come se non lo sentisse per niente.

«Kevin! Chi c'è nel pozzo?»

«Mio Dio!» singhiozzò Kevin. «Mio Dio! Mio Dio!»

«Kevin, ti prometto...»

«Gesù Cristo!»

«Devi smettere di grattare, Kevin. Ascolta il suono della mia...»

«È nel pozzo!»

Non c'era speranza. Niente di ciò che Tom diceva gli arrivava. Anche se era riluttante a lasciarlo in quello stato, il povero Shadow era completamente terrorizzato dalle urla di Kevin. Rimise l'imbragatura al cane e corse con lui verso la casa.

Una volta lì, lo lasciò andare a nascondersi nella sua cuccia e afferrò il cellulare. Compose il 911 e diede loro l'indirizzo. Poi corse fuori, sotto il portico. Da lì poteva vedere Kevin sdraiato sopra il pozzo di cemento e almeno poteva assicurarsi che non scappasse improvvisamente.

La polizia arrivò prima dell'ambulanza, visto che veniva da Groveton mentre l'ambulanza da Berlin. Tom li sentì entrare nel vialetto e corse in un punto della fiancata della casa dove avrebbe potuto farli fermare senza perdere di vista Kevin. Si sentiva ridicolo, lì nel suo accappatoio fradicio, a pregare che non si alzasse il vento che avrebbe mostrato le sue grazie alla polizia. Ma non c'era stato tempo di entrare e vestirsi.

Una parte di lui era preoccupata che Kevin potesse scappare nella foresta nel momento in cui la polizia fosse comparsa. Per fortuna non lo fece. Non diede nemmeno segno di rendersi conto che erano lì.

«Cosa succede?» chiese il Capo Burbank a Tom mentre gli si avvicinava, seguito dall'agente che c'era con lui l'ultima volta che l'aveva visto.

Tom gli fece un breve riassunto della situazione, mentre il capo fissava quasi incredulo Kevin, che continuava a rendere sanguinolente le proprie mani sulla copertura del pozzo.

«Beh, non posso lasciargli fare una cosa simile,» ringhiò l'uomo. «Mr. Derocher! Sono il Capo della Polizia di Burbank. Kevin! Devi calmarti o dovrò bloccarti. Mi capisci?» Non ci fu risposta. Tom era preoccupato al pensiero di come potesse reagire Kevin nel momento in cui fosse stato bloccato. Ma non ebbe tempo per pensarci. Burbank si avvicinò a Kevin e, in un istante, lo aveva spinto sul terreno, faccia a terra nelle foglie bagnate, le braccia bloccate dietro la schiena. Kevin non sembrava consapevole di ciò che stava accadendo. Continuava singhiozzare e a gridare fino a restare senza voce, opponendo resistenza ma senza combattere davvero.

Burbank ordinò a Tom di fare il giro della casa e di condurre da lui i paramedici una volta che fosse arrivata l'ambulanza. Tom fece come gli era stato detto. L'ambulanza arrivò un paio di minuti più tardi e lui accompagnò sul retro della casa gli addetti che portavano una barella. Kevin sembrava ancora inconsapevole di ciò che stava succedendo mentre lo bloccavano sulla lettiga e lo trasportavano fino all'ambulanza. Una volta stabilito che Tom era il ragazzo di Kevin, uno dei paramedici gli disse: «Può stare sul sedile passeggero, se vuole venire con noi in ospedale.»

Tom si sentì grato di quella possibilità, ma non gli piaceva l'idea di dover prendere un taxi per tornare a casa più tardi. Aveva anche bisogno di assicurarsi che Shadow non fosse completamente andato nel panico. «No, grazie. Mi vesto e vengo con la mia auto.»

«Non andiamo all'ospedale,» gli disse il capo Burbank mentre l'ambulanza usciva dal vialetto di Tom e i due poliziotti lo seguivano sotto il portico per proteggersi della pioggia. «È fuori dalla nostra giurisdizione e sono sicuro che si prenderanno cura di lui. Ma sono curioso...» Lanciò un'occhiata nella direzione del pozzo artesiano. «*Chi* c'è nel pozzo?»

Tom si stava chiedendo la stessa cosa ma disse: «Non c'è nessuno in quel pozzo.»

«Chi *pensava* ci fosse allora?»

«Non so ancora cosa gli sia passato per la mente,» rispose Tom. Non gli piaceva dove stavano andando i suoi pensieri e non gli piaceva il fatto che i pensieri del capo Burbank stessero andando nella stessa direzione. «Era fuori di sé. Qualcosa lo ha sconvolto. Penso avesse a che fare con il temporale. Poi il cane è scappato e penso che Kevin sia inciampato sul pozzo mentre lo stava cercando.»

«E pensava ci fosse un corpo all'interno?»

Tom si strinse nelle spalle. «Non lo so.»

Ma era più inquieto di quanto lasciasse intendere. Non riusciva a escludere la possibilità che il temporale e la vista del pozzo avessero innescato un flashback, un altro ricordo represso. E le implicazioni erano agghiaccianti.

Capitolo 20

Quando Tom arrivò all'Androscoggin Valley Hospital, Kevin era già stato portato in una stanza e sedato. Tom era conosciuto dallo staff e, quando entrò, tutti si mostrarono sollevati di vederlo, se non altro perché avrebbe potuto dare qualche spiegazione riguardo alle condizioni di Kevin. Normalmente il paziente avrebbe dovuto rispondere a una serie di domande poste dal medico di turno, che in quel momento era il dottor Mark Belanger, ma Kevin era così isterico che Mark non era riuscito a ricavare niente di coerente. I paramedici avevano informato il personale che Tom era per strada, così il medico aveva atteso per parlare con lui.

«È tuo paziente?» gli chiese Mark.

Tom scosse il capo. «No.» Lanciò un'occhiata alle infermiere che chiacchieravano vicino alla reception. «Ti dispiace se andiamo in un posto più privato?» chiese. Non era uscito del tutto allo scoperto con il personale dell'ospedale.

Mark lo condusse nel suo ufficio e chiuse la porta dietro di loro.

«È il mio ragazzo,» spiegò Tom sedendosi su un piccolo divanetto.

Mark sorrise e si inclinò all'indietro per appoggiarsi al bordo della scrivania. Era più vecchio di Tom, anche se non di molto, ma avrebbe benissimo potuto interpretare il padre in una serie tv degli anni '50, gli mancavano solo un cardigan e una pipa. Utilizzò appieno quel comportamento paterno con Tom. «I paramedici me l'hanno accennato. Ammetto di essere rimasto sorpreso. Non avevo idea che fossi gay.»

Almeno la cosa non sembra farlo uscire di testa, pensò Tom. «No, non molte persone lo sanno. E la voce non è girata.»

«Capisco,» disse il medico, «ma non te l'avevo mandato per una consulenza?» Tom percepì una nota di disapprovazione appena velata in quella domanda, e non poteva colpevolizzare Mark per quello. Tom stesso non avrebbe pensato molto bene di un terapista che usciva con qualcuno che aveva avuto in cura.

«L'ho incontrato una volta sola quando me l'hai mandato tre anni fa,» spiegò. «Ed è stata anche l'ultima volta che l'ho visto professionalmente. È semplicemente capitato che ci incontrassimo di nuovo questa primavera quando avevo bisogno di fare alcuni lavori a casa.»

Mark annuì pensieroso, anche se non sembrava convinto. «Beh, non lo dirò in giro.» Rifletté per un attimo. «Non siete sposati?»

Tom scosse il capo. «No, certo che no. Usciamo solo da poche settimane.»

«E lui non è un tuo paziente. Quindi non hai alcun diritto nei suoi confronti per farlo ricoverare.»

Tom sospirò e sprofondò la testa nelle mani per un momento prima di sollevarla di nuovo a rispondere: «Sono innamorato di quel ragazzo, Mark. Non voglio farlo ricoverare. Voglio solo che ne esca intatto. Ho chiamato l'ambulanza perché era fuori controllo e si stava facendo del male. Se domani mattina sarà più stabile, voglio che sia sua la decisione se restare o no.»

«È in trattamento con qualcun altro?»

«Ha visto Sue Cross per breve tempo, ma ne è passato un po'.»

Mark sollevò le sopracciglia, come se non potesse credere che qualcuno con la storia di Kevin non fosse in terapia. Tom doveva ammettere che avrebbe pensato la stessa cosa se fosse stato nella sua posizione.

«Vedremo come starà domani mattina,» disse il medico, «ma te lo devo dire, sono estremamente riluttante all'idea di lasciarlo andare subito. Ha avuto un crollo psicotico grave.

L'hanno dovuto curare per ferite autoinflitte quando è arrivato; sembra che si sia anche rotto un dito.»

Mark avrebbe potuto tenere Kevin ricoverato per un paio di settimane e Tom lo sapeva. Sperava davvero che non lo facesse. Kevin probabilmente sarebbe stato furioso con Tom anche solo per averlo mandato lì. Se si fosse ritrovato bloccato in ospedale per un paio di settimane, la loro relazione avrebbe potuto non riprendersi più. Tom gli aveva promesso di non forzarlo ad andare in terapia, no?

Ma cosa dovevo fare? si chiese Tom. *Stare lì e guardarlo spappolarsi le mani?*

«So che farai ciò che è meglio per lui,» disse a Mark.

«Perché non vai a casa e dormi un po'? È al sicuro ora. Controlliamo regolarmente i pazienti durante la notte e, con i sedativi che gli abbiamo dato, molto probabilmente dormirà fino a domani mattina. Ti farò chiamare non appena si sveglia.»

Shadow era distrutto quando Tom tornò a casa. Il cucciolo continuava a correre da stanza a stanza in cerca di Kevin, piagnucolando. Tom riuscì finalmente a farlo sdraiare sul letto vicino a lui, nel posto che normalmente occupava Kevin. Poi gli accarezzò il pelo fino a quando il cane non si addormentò. Sfortunatamente il sonno non arrivò così facilmente per Tom, che restò sdraiato per la maggior parte della notte con le luci spente e una mano sulla testa di Shadow per dare conforto sia a se stesso che al cane. Si addormentò finalmente quando il cielo iniziò a schiarirsi, solo per essere svegliato poco dopo dal cellulare che vibrava sul comodino.

Quando rispose, Mark Belanger disse: «Kevin è sveglio e calmo.»

«Grazie a Dio.»

«Ma non è molto collaborativo, Tom. Non mi parla e non posso lasciarlo andare se non posso fare una valutazione.»

Merda.

«Dice che parlerà solo con te,» aggiunse Mark.

«Arrivo subito.»

Dopo essersi fatto la doccia ed essersi preso cura di Shadow, Tom guidò verso l'ospedale. Era terrorizzato all'idea di incontrare Kevin, aspettandosi che fosse arrabbiato – furioso! – con lui per averlo spedito lì. Tom non pensava di aver avuto poi una gran possibilità di scelta, ma Kevin probabilmente non l'avrebbe vista in quel modo. Sarebbe stata l'ultima goccia? Avrebbero rotto per sempre? Lo stomaco di Tom si annodò al solo pensiero.

Ma Kevin non sembrava arrabbiato quando Tom entrò nella sua stanza d'ospedale. Sembrava fragile e infelice, seduto a torso nudo nel letto mentre piluccava con le mani bendate e senza entusiasmo la sua colazione fatta di farina d'avena, pane tostato e succo di frutta. Sollevò lo sguardo non appena Tom entrò e disse a bassa voce: «Non ero sicuro che saresti venuto.»

«Certo che sono venuto.»

Kevin distolse lo sguardo e si schiarì la gola. «Mi dispiace. So che non hai firmato niente per sopportare questa merda.»

Pensava gli dicessi che è finita, si rese conto Tom. Era stato così preoccupato dall'idea che Kevin potesse scaricarlo per averlo messo in ospedale, da non aver pensato alla possibilità che Kevin stesso potesse essere preoccupato che Tom lo lasciasse.

«Ciò per cui ho "firmato",» disse Tom dolcemente, «sei tu. Non sono ancora sicuro di cosa sia successo ieri sera e la cosa mi preoccupa per molte ragioni. Ma se pensi che significhi che ti molli e scappi, beh... no.»

Le spalle di Kevin sembrarono rilassarsi un po' a quelle parole, come se fosse stato teso, in attesa che Tom lo rimproverasse, o peggio.

«Sei arrabbiato con me per aver chiamato l'ambulanza?» Tom non riuscì a trattenersi dal fare la domanda. Se Kevin sentiva il bisogno di essere perdonato, lo stesso valeva anche per lui.

«Hai fatto quello che dovevi.» Kevin sollevò le mani bendate e le guardò con disgusto. «Presumo di doverti un favore visto che non me le sono mutilate per sempre. Cristo...»

«Il dottor Belanger dice che potresti esserti rotto un dito.»

«Sì. Sembra che io abbia tentato di infilare le mani nel frullatore.»

Tom trasalì per l'immagine che quelle parole evocarono. Si avvicinò per mettersi a sedere sulla sedia accanto al letto e notò per la prima volta che il camice ospedaliero di Kevin era appoggiato sullo schienale. Ricordandosi che Kevin non indossava mai la biancheria, chiese: «Non indossi proprio niente lì sotto?»

«Ci sono diecimila gradi qui, cazzo, e non posso nemmeno aprire una dannata finestra.» In parte era vero, anche se non in senso letterale. La temperatura nel reparto era molto alta e anche Tom la trovava sgradevole. «Lo tengo sotto le coperte,» aggiunse Kevin irritato. «Non lo mostro a nessuno.»

Mentre lo diceva, lanciò un'occhiata al secondo letto nella stanza. Era occupato da un giovane uomo sulla ventina, che al momento era addormentato. Oppure fingeva di esserlo.

Tom abbassò la voce. «Il dottor Belanger ha detto che ti rifiuti di parlare con lui.»

Kevin sospirò e scosse il capo. «Se dà un'occhiata a cosa c'è nella mia testa, mi rinchiuderà per sempre.»

«Non ha quel genere di potere,» lo rassicurò Tom. «Ma ha il potere di tenerti qui per alcuni giorni se pensa che tu sia un pericolo per te stesso, proprio come ha fatto tre anni fa.»

Kevin sbuffò e sollevò di nuovo le mani. «Cosa ne dici, terapista? Sono pericoloso per me stesso?»

Tom avrebbe voluto dire "ovvio che no". Voleva che Kevin tornasse a casa con lui e che tutto tornasse alla normalità. Normalità per loro, almeno. Ma non si trattava di ciò che voleva lui. «Tu cosa pensi?»

«Penso di essere fortunato a poter ancora usare le mie dita.»

Tom sospirò e si mordicchiò il labbro inferiore. «Vuoi firmare per il ricovero? È un'opzione. Possono tenerti al sicuro e farti un trattamento…»

«Cazzo, no!» sbottò Kevin. Lanciò un'occhiata al suo compagno di stanza dormiente e abbassò di nuovo la voce. «Voglio andare a casa.»

«Lo voglio anch'io.» Tom si arrischiò ad allungare la mano per toccare il braccio di Kevin con la punta delle dita. Kevin non sussultò né si ritrasse. Guardò la mano appoggiata sul suo avambraccio per un lungo momento prima di chiedere: «Cosa devo fare?»

«Devi collaborare con Mark, il dottor Belanger. Lasciargli fare la sua valutazione.»

«E poi mi lascerà andare?»

«Non posso garantirlo. Ma se non penserà che ti farai di nuovo del male, potrebbe lasciarti andare, magari con la raccomandazione di vedere un analista.»

«L'ultima volta mi ha tenuto qui per una cazzo di settimana.»

«Le circostanze erano differenti allora,» spiegò Tom. Poi aggiunse: «Senti, non posso parlare per lui. È lui il dottore qui, non io. Ma non risolverai niente se ti rifiuti di parlargli. Affronta la cosa e vedremo cosa possiamo fare per riportarti a casa.» Sperava che "casa" avesse lo stesso significato per entrambi.

Kevin sospirò e tornò a piluccare la sua farina d'avena. «Non mi ricordo niente.»

«Qual è l'ultima cosa che ti ricordi?»

«Di essere al limitare del bosco, di sentirmi... non lo so. Incasinato. C'era qualcosa nel modo in cui si era fatto buio e in come il vento soffiava che mi faceva andare fuori di testa.» Kevin si accigliò come se cercasse di concentrarsi. «Poi tu eri lì e mi gridavi qualcosa. E Shadow è scappato...»

Sollevò lo sguardo sul volto di Tom, improvvisamente allarmato, e Tom lo rassicurò. «Shadow sta bene. Ti ha trovato al pozzo ed è rimasto con te finché io non ho raggiunto entrambi.»

Kevin sospirò di sollievo. «Povero cucciolo.»

«Ed è tutto ciò che ricordi?» Tom non riuscì a evitare di spronarlo.

Kevin sembrava a disagio per la domanda, così la sua risposta fu in qualche modo meno convincente quando si strinse nelle spalle e disse: «Presumo di sì.»

«Non ti ricordi di aver urlato in continuazione "è nel pozzo"?»

Kevin scosse il capo, ma era diventato improvvisamente pallido, gli occhi sgranati. Quando Tom attese una risposta più dettagliata, Kevin aggiunse con riluttanza: «Io non... non me lo ricordo. Ma ho fatto una specie di sogno o ho avuto un'allucinazione quando ero sedato la scorsa notte. Continuavo a vedere questo... ragazzino. Era nudo e gridava e...»

La voce di Kevin si ruppe e lui smise di parlare. I suoi occhi erano di nuovo umidi e fu costretto a schiarirsi la gola un paio di volte prima di continuare. «Gesù... Implorava di essere aiutato... Implorava *me* di aiutarlo...»

Sollevò una mano tremante per strofinarsi gli occhi.

«Chi era?»

«Non lo so.»

«Era nel pozzo?»

«Che pozzo?» scattò Kevin. «Cristo! Non ho mai visto un pozzo da nessuna parte. Come potrebbe essere in un pozzo quando non c'è un dannato pozzo?»

«Non ne avevi uno a casa tua?»

«No!» Kevin si fermò e prese un profondo respiro. Tom attese finché il compagno non aggiunse con tono più calmo: «Aveva i capelli neri, un po' lunghi. E occhi marroni ed enormi. Dio, quegli occhi!» Si strofinò di nuovo gli occhi, come se volesse cancellare ciò che stava vedendo nella mente. «Tom... sappiamo entrambi cosa sono i pezzi di ricordi che stanno tornando ora, sono cose che ho bloccato perché erano troppo orribili da ricordare.»

«Sì.»

«Allora puoi dirmi che questa non è una di quelle?»

«No, non posso. Non finché non indaghiamo un po'.»

«E poi cosa? E se poi si scopre che c'è... un ragazzino morto...» Kevin si interruppe, come se fosse troppo sconvolto per continuare.

Tom sospirò e gli accarezzò leggermente i peli dell'avambraccio. «Se scopriremo che è così, andremo alla polizia.»

«A fare cosa? Denunciarmi come omicida?»

Tom sentì il ghiaccio risalirgli dietro la nuca. «In questi sogni, vedi te stesso ucciderlo?»

«No. Ma sembrava che io… restassi semplicemente a guardarlo. Non lo aiutavo. E se ce l'ho spinto dentro io, o qualcosa del genere?»

«Cos'hai sentito nel sogno? Rabbia? Paura?»

«Ero terrorizzato.»

«Se è un ricordo reale, forse è qualcosa a cui hai assistito ma che non potevi impedire. Potrebbe essere stato un incidente. Non sappiamo nemmeno se il ragazzo sia morto o sia stato salvato. Non da quanto mi hai raccontato.»

«Non lo so,» disse Kevin scuotendo il capo. «L'ho solo visto laggiù.»

«Quanti anni pensi potessi avere nel sogno?»

«Non ne sono sicuro. Mi sentivo un ragazzino.»

Tom iniziava ad avere sempre più paura, paura che Mr. Derocher potesse essere stato un mostro ancora peggiore di quanto aveva già provato di essere. Si rifiutava di credere che Kevin avesse fatto del male o ucciso un altro ragazzo. Ma se avesse assistito a qualcosa? Suo padre aveva abusato di altri ragazzi? I soggetti che abusano di solito fanno più vittime. Ma Mr. Derocher si era spinto fino al punto di commettere un omicidio?

Fino a quando Kevin non avesse ricordato di più, presumendo che ci fosse altro da ricordare e non fosse una specie di orribile allucinazione, non c'era modo di rispondere a quelle domande.

«Senti, prima dobbiamo far sì che tu ti rimetta. Se, Dio ce ne scampi, questi sono i ricordi di un crimine reale, questo è avvenuto molto tempo fa. Possiamo attendere ad approfondire la cosa fino a quando non sarai forte a sufficienza per affrontarla, magari nell'ufficio di Sue…»

167

Kevin sollevò di nuovo la mano, picchiando accidentalmente contro il vassoio di plastica sulle sue gambe e sussultò. «Puoi portare fuori di qui questa cazzo di cosa? Non voglio mangiare questa merda.» Tom si alzò e rimosse il vassoio dal letto di Kevin, sistemandolo sul pavimento. Quando si raddrizzò di nuovo, trovò Kevin che lo guardava attentamente.

«Hai vinto, terapista.»

Tom trovò quel commento inquietante. «Cosa intendi dire?» Kevin si lasciò andare all'indietro e chiuse gli occhi come se fosse completamente esausto. «Intendo dire che puoi fare qualsiasi cosa devi fare: usare le canzoni, interrogarmi riguardo alla mia infanzia, farmi tornare in terapia, qualsiasi cosa tu abbia bisogno.» Aprì gli occhi e Tom ci vide il dolore riflesso in profondità. «Ho bisogno di sapere se è solo nella mia mente o se c'è davvero un pozzo da qualche parte...» Lanciò un'occhiata al giovane uomo che dormiva nel letto vicino e si fermò, forse non sicuro che stesse fingendo di dormire e che invece stesse ascoltando la conversazione. Ma Tom sapeva cos'era stato sul punto di dire: *"...con dentro un ragazzino morto."*

Capitolo 21

Quando Mark fece la sua valutazione, Kevin era perfettamente calmo e razionale, così il medico firmò i documenti per dimetterlo. Insistette però che Kevin fissasse un appuntamento con qualcuno al di fuori dell'ospedale e il paziente promise di chiamare Sue.

Poco dopo, Tom stava guidando verso casa con Kevin seduto sul sedile passeggero.

«Intendevi dire davvero ciò che hai detto?» gli chiese Tom dopo che si erano lasciati Berlin alle spalle. «Riguardo al fare tutto ciò che è necessario?»

Kevin guardò fuori dal finestrino il paesaggio. «Sii gentile.»

«Voglio parlare con tua madre.»

Kevin si voltò e lo guardò con uno sguardo inacidito. «Cristo! Non perdi tempo per puntare alla cazzo di giugulare, vero?»

«Mi dispiace. Hai ragione. Ti ho detto che ti avrei lasciato del tempo e poi invece...»

«Perché vuoi parlare con lei?»

Tom prese un profondo respiro. «Sai cosa c'è in ballo,» spiegò. «C'è la possibilità che tu stia ricordando frammenti di qualcosa che è successo realmente. Se quando eri giovane conoscevi quel ragazzo con i capelli neri e gli occhi castani, forse lei saprà dirci chi era.»

Kevin distolse lo sguardo riflettendoci a lungo prima di rispondere: «Va bene. Ma non oggi.»

«No, certo che no.»

«Deciderò io quando.»

«Va bene.»

169

Shadow era così in estasi nel vedere che il "papà divertente" – come Tom pensava che il cane vedesse Kevin – era tornato a casa, che per poco non ribaltò le scatole accatastate in soggiorno mentre correva in giro e sbatteva la sua Coda da Distruttore. Tom si fece un appunto mentale di sbrigarsi e di svuotarle e metterle in cantina entro quel fine settimana.

Per alcuni giorni, nessuno dei due uomini sentì un forte desiderio di parlare del crollo di Kevin. Volevano che le cose fossero normali e piacevoli per un po'. Andarono a lavorare, tornarono a casa l'uno dall'altro e da Shadow, prepararono la cena – anche se Tom stava iniziando a insistere perché mangiassero altro oltre ai cheesburger – e passavano le serate nella vasca idromassaggio o semplicemente facendosi compagnia chiacchierando.

C'erano giorni in cui Kevin non apprezzava di essere toccato, ma sempre più spesso teneva la mano di Tom o allungava la propria per fargli una carezza gentile. Una notte, mentre giacevano nel letto insieme, ovviamente entrambi nudi, Kevin passò diversi minuti a far scorrere la mano delicatamente su e giù lungo il fianco di Tom, in una carezza erotica e leggera che lasciò entrambi con un'erezione e col desiderio di qualcosa di più. Ma Kevin non era pronto e così, quando si fermò e disse di voler dormire, Tom accettò la sua decisione. Dopo alcuni minuti, però, Tom scivolò fuori dal letto e andò in bagno per masturbarsi piano.

Quando tornò al letto, Kevin gli chiese: «Ti stavi facendo una sega?»

«Sì.»

«Mi dispiace che sono così incasinato da non potere...»

Tom trovò la sua mano al buio e se la portò alle labbra per un bacio gentile. «Ti amo, Kevin. E penso che tu sia incredibilmente sexy. Quindi, se mi eccito talmente tanto che a volte devo... alleviare la pressione... non vedo perché uno di noi debba sentirsi sconvolto o scusarsi per quello.»

«Non voglio che tu sia frustrato.»

«Qualsiasi frustrazione sentissi, ora se n'è andata. È stato bello, e ti assicuro che i miei pensieri riguardo a te alcuni minuti fa erano estremamente lusinghieri.»

Kevin rise. «Beh, buono sapersi. Mi immaginavi su un trapezio o con indosso un'imbragatura di cuoio?»

«Non metterei mai un capo di abbigliamento su di te! Sei perfetto così come sei. E no, nessun trapezio. Solo coccole, carezze e pomiciate... E ti confesso che l'idea di essere scopato da te è allettante.»

«Ce l'ho...» Kevin esitò e poi continuò. «Ce l'ho ancora duro dopo averti toccato. Penso che sarebbe bello se mi guardassi. Insomma, penso mi piacerebbe. Vuoi farlo?»

Tom sentì una scossa di eccitazione sessuale andare dritta al suo sesso, facendolo indurire di nuovo, anche se aveva avuto un orgasmo pochi minuti prima. «Sì. Mi piacerebbe guardarti.»

Sapeva che non sarebbe stato in grado di toccare Kevin né se stesso e che sarebbe stato frustrante, ma quel pensiero era completamente surclassato da quanto desiderasse vedere il compagno in preda all'orgasmo.

«Accendi la luce,» disse Kevin mentre spingeva in basso le coperte, al di sotto dei suoi fianchi. Tom obbedì e immediatamente sentii un'ondata di eccitazione quando la luce illuminò il corpo nudo del suo uomo, che stava allungando le mani verso la propria erezione.

Tom si era masturbato con altri uomini prima di quel momento, ma non aveva mai solamente guardato un uomo toccarsi. Non si era aspettato che fosse così... intimo. Era surreale. Avrebbe pensato che il fatto che lui non si stesse masturbando avrebbe potuto farlo sentire escluso, come una persona in sala durante una recita si sentiva escluso dagli attori sul palco. Ma non fu per niente così. Si sentì invece come se fosse stato invitato a qualcosa di incredibilmente intimo. Stava guardando un altro uomo darsi piacere, stava guardando Kevin fare qualcosa di intensamente privato.

Ed era fottutamente eccitante.

Kevin non stava mettendo in scena qualcosa, come Tom aveva pensato. Si stava semplicemente masturbando come se fosse solo, sorprendentemente assorto. E Tom stava prendendo annotazioni mentali. Fece caso a come a Kevin piacesse giocare un po' con i propri capezzoli, accarezzarsi i muscoli delineati dell'addome e l'interno delle cosce. Guardò quanto veloci gli piacevano le carezze e come apprezzasse l'alternare tocchi rapidi e brevi a carezze lunghe e languide.

Un giorno, pensò Tom, *ti farò sentire qualcosa di incredibile!*

Quando Kevin venne, lo fece sopra il proprio stomaco e il petto, e anche un po' sul collo.

«Wow,» disse Tom con una risata leggera, «è stato fantastico!» Il suo cazzo era di nuovo duro come la roccia e stava iniziando a pensare di andare a fare un altro giro in bagno se voleva essere sicuro di poter dormire.

Kevin ansimò e lo guardò attraverso gli occhi dalle palpebre pesanti. «Baciami,» sospirò.

Tom si chinò e lo baciò sulla bocca, permettendo a Kevin di prolungare il bacio quanto voleva. Con sua sorpresa, lui fece scivolare la lingua nella sua bocca e lo baciò più a fondo di quanto non avesse mai fatto prima.

Alla fine, Kevin gli permise di riprendere fiato e Tom disse con un sorriso pieno di lussuria: «Mi hai eccitato di nuovo. Potrei aver bisogno di allontanarmi per qualche minuto.»

«No,» disse Kevin. «Non andare. Voglio guardarti io ora.»

«Sei sicuro?»

«Sì.»

E così Tom si masturbò per lui. Fu un po' imbarazzante per un minuto o due, ma con Kevin che gli passava le dita sul corpo nudo in una carezza leggera e l'odore di seme ancora nell'aria, Tom si eccitò rapidamente e superò la vergogna. Non poteva venire con la stessa intensità del compagno, non dopo averlo fatto meno di venti minuti prima, ma fu immensamente soddisfacente. Non avevano fatto sesso... ma quasi. Ed era stato meraviglioso.

Kevin lo baciò di nuovo dopo che ebbe finito e gli disse: «Ti amo, Tom.»

Per quanto Tom si fosse abituato al nomignolo "terapista", era molto più bello sentire quelle parole con il proprio nome attaccato. «Ti amo anch'io, Kevin.»

Kevin chiamò Sue e fissò un appuntamento con lei, come aveva promesso. Ma una volta che lui e Tom furono nel suo studio, divenne rapidamente chiaro che non fosse propriamente pronto a buttarsi a capofitto come aveva detto a Tom mentre tornavano a casa dall'ospedale.

«Non vuoi ascoltare la canzone?» gli chiese Sue. Teneva le braccia incrociate e il suo anulare destro ticchettava impazientemente contro la parte superiore del braccio.

«Mi dispiace,» rispose Kevin. «So che ho detto che l'avrei fatto. È che... ora non posso. Ogni volta che ci penso, inizio a sudare freddo.»

«Ti rendi conto, ovviamente, che probabilmente la ragione per cui sudi freddo è perché la canzone è collegata a un ricordo potente, uno che hai paura di ricordare.»

«Lo so.»

«E questo ricordo potrebbe avere qualcosa a che fare con il ragazzo che sogni.» Kevin aveva sempre più incubi riguardo a quel ragazzo e si svegliava gridando nel mezzo della notte. Ma fino a quel momento non c'era niente di coerente, solo immagini di quel giovane che gridava chiedendo aiuto.

La gamba di Kevin stava sobbalzando rapidamente quando lui parlò. «Senta, so che non le piaccio e so che pensa io sia la cosa peggiore che potesse capitare a Tom...»

«Conosco Tom da oltre dieci anni, Kevin. Tu non ti avvicini nemmeno lontanamente a essere la persona peggiore che lui abbia frequentato.»

Tom sbuffò a quelle parole, ricordando l'ultimo ragazzo che aveva presentato a Sue. Non era andata bene. Quando Kevin lo vide ridere, parte della tensione in lui sembrò allentarsi e sorrise.

173

«Per quanto riguarda il fatto che tu mi piaccia o meno,» continuò Sue, «presumo che sia un sì. Ma non sono qui per essere tua amica. Sono la tua terapista. Il che significa che alcune volte ho bisogno di spingere, mentre un amico invece potrebbe trattenersi onde evitare di rovinare l'amicizia.»

Kevin sospirò. «Okay, lo capisco. Ciò che intendo dire è che non sto facendo appositamente il difficile. È che c'è qualcosa riguardo a quella canzone... Anche solo il pensare a cosa potrebbe succedere se l'ascoltassi e scoprissi che è quella giusta... Presumo non sia molto virile da parte mia, ma mi terrorizza.»

Per una volta, la voce di Sue fu gentile. «Non m'interessa molto la virilità, Kevin. M'interessa ciò che le persone sentono, ciò che *tu* senti. E cercare di essere virile non ti aiuterà ad affrontare questa cosa. I problemi psicologici hanno bisogno di essere gestiti in modo diverso dai problemi finanziari o dalle riparazioni che si fanno in una casa. Non possono essere risolti mantenendo la calma e il controllo, o essendo forti. Possono essere risolti solo permettendo a noi stessi di sentire, anche se quelle sensazioni sono sgradevoli.»

«Questo è un po' più che sgradevole,» mormorò Kevin.

«Lo so. Quindi per ora lasceremo perdere.» Sue andò a versarsi un'altra tazza di caffè. «Mi puoi dire qualcosa in più di questi incubi?»

Kevin li descrisse di nuovo, ma non riusciva a ricordare più dettagli di quanti non avesse già raccontato.

Sue tornò a sedersi e guardò all'interno della tazza di caffè per un lungo momento prima di chiedere: «Sei mai stato ipnotizzato?»

«No.»

«Di solito non è drammatico come si vede nei film. Una persona ipnotizzata non può essere costretta a fare niente che non voglia davvero fare...»

«Intende dire che ci sono persone che vogliono davvero fare le galline su un palco davanti a un pubblico?» chiese Kevin.

«In effetti, sì. Quelle persone accettano i suggerimenti che vengono loro dati dall'ipnotizzatore solo perché vogliono il permesso di comportarsi da sciocchi o in modo eccentrico, avendo la scusa di non avere il controllo di loro stessi. Molta gente beve per la stessa ragione.»

Kevin guardò Tom e sollevò un sopracciglio, con un sorrisetto irritante sul suo bel volto.

«Non ho bevuto quella sera così da potermi comportare come un idiota senza assumermene la colpa,» disse Tom sulla difensiva. «Mi sono ubriacato perché sono un idiota. È una categoria di stupidità completamente diversa.»

Kevin rise e si protese spontaneamente per dargli un bacio sulla guancia. Tom sentì il viso arrossarsi, probabilmente per la prima volta nella sua vita e, quando lanciò un'occhiata a Sue, notò che era divertita dal piccolo scambio.

Ma la maschera di professionalità tornò istantaneamente al suo posto. «Venire ipnotizzato potrebbe aiutarti a ricordare alcuni dettagli del sogno che hai dimenticato, Kevin. Vorresti provare? Non sarai fuori controllo. Sarai in grado di svegliarti nel momento in cui incontrerai qualcosa che ti mette paura o ti disturba.»

Kevin accettò, anche se con un po' di riluttanza. Tom si spostò su una sedia in modo che lui potesse sdraiarsi sul divano, mentre Sue tirava le tende per attenuare la luce nell'ufficio. Poi la donna portò una sedia vicino al suo paziente e gli disse in tono gentile: «Va bene, Kevin. Chiudi gli occhi e rilassati. Concentrati sulla mia voce e lascia andare tutto il resto. Inizieremo con dei respiri profondi...»

Sue lo condusse attraverso le tecniche base con cui Tom aveva familiarità, anche se raramente usava l'ipnosi nelle sue sessioni di terapia. Ma quando disse a Kevin: «Il tuo braccio destro sta diventando molto leggero, così leggero che comincia a salire verso l'alto, fluttuando verso il soffitto...» non accadde niente. Sue ripeté il suggerimento, ma di nuovo il braccio di Kevin restò immobile.

«Va bene, Kevin. Puoi aprire gli occhi ora.»

Lui aprì gli occhi senza esitare, con aria un po' timida. «Mi dispiace. Presumo di non averlo fatto nel modo giusto.»

«Per niente. Alcune persone semplicemente non sono molto suggestionabili. Proveremo qualcosa di diverso la prossima volta.»

Kevin si sedette e si strofinò il viso con le mani. «Sì, presumo di sì.»

«Deduco che ritornerai?» C'era una nota di avvertimento nella sua voce. Tom sapeva che era improbabile che avrebbe dato a Kevin una terza possibilità se lui l'avesse mollata di nuovo.

«Tom mi ammazzerebbe se non lo facessi.»

«Non si tratta di Tom qui. Ma di te, se vuoi lavorare su questi problemi o no.»

«Sì,» ripeté Kevin irritato e Tom era certo che avesse trattenuto un "signora" alla fine della frase. Ma tutto ciò che disse fu: «Tornerò.»

«Bene. Nel frattempo penso che il suggerimento di Tom che tu parli con tua madre sia una buona idea. Se questo ragazzo era una persona reale del tuo passato che hai problemi a ricordare, forse lo farà lei per te.»

Capitolo 22

Fu solo il sabato seguente che Kevin annunciò: «Okay, penso sia al momento di andare a trovare Mammina Cara.»

Tom stava lavando i piatti della colazione e valutando l'idea di comprare una lavastoviglie, quando l'annuncio sbucò dal nulla. Chiuse l'acqua e si voltò a guardare Kevin. «Oggi?»

«Prima è meglio è.» Kevin non dava l'idea di essere felice della cosa, ma sembrava rassegnato all'idea. «Possiamo partire per Riverview non appena hai finito di lavare i piatti, se vuoi.»

«Forse prima dovremo chiamare.»

«Non è che la troveremo fuori,» disse Kevin con impazienza.

«Però sarebbe gentile.»

«Non voglio parlare con lei al telefono. Se vuoi andare, andiamo.»

Tom decise di non insistere. Finì di lavare i piatti e portarono fuori Shadow prima di partire. La temperatura era ancora troppo calda per lasciare il cane in auto per più di pochi minuti e a Riverview era improbabile che lo lasciassero entrare. Ma con il cancellino che bloccava l'accesso alla cantina e le altre stanze che avevano le porte chiuse, non c'erano grossi guai in cui Shadow si sarebbe potuto infilare, così Tom e Kevin avevano preso l'abitudine di lasciarlo libero di gironzolare, anche se loro erano fuori. Gli "incidenti" in casa si erano fatti meno frequenti e, per quanto ne sapevano loro, Shadow perlopiù passava il tempo a dormire sul divano attendendo il loro rientro.

Kevin insistette nel guidare, anche se Tom sapeva la strada. Forse voleva controllare se c'erano vie di fuga in caso di necessità. Tom non discusse.

177

Riverview era una casa vittoriana, modificata per l'occorrenza, che non ospitava un numero di anziani alto come quello degli ospedali o di altre strutture. Era costoso soggiornarvi. Tom non aveva curiosato, ma sapeva che quella casa non accettava l'assicurazione *Medicare* e gli sembrava improbabile che Mrs. Derocher avesse stipulato un'assicurazione sulla vita dopo l'ovvio suicidio di suo marito. In qualche modo Mr. Derocher doveva essersi assicurato che sua moglie fosse sistemata bene.

La persona alla reception non sembrò felice di vederli quando Kevin disse che sua madre non lo stava aspettando. Ma rispose che avrebbe verificato se Mrs. Derocher fosse disposta ad accettare visitatori e poi sparì dietro una delle porte interne. Tornò un attimo dopo, non più amichevole di prima. «Mrs. Derocher è in giardino, se per favore volete seguirmi.»

Il giardino era una piccola e piacevole area sistemata fuori dalla sala da pranzo. Le porte finestre si aprivano su un patio lastricato con piccoli tavoli in metallo circondati da sedie. I vialetti di ghiaia conducevano dal patio in diverse direzioni attraverso un grande giardino di rose, rododendri e altri fiori coltivati che Tom non conosceva. Essendo tardo autunno, solo pochi erano in fiore, ma era una giornata soleggiata e limpida e quel posto era serenamente bello.

Mrs. Derocher apparve nella parte più lontana del giardino e camminò verso di loro lungo uno dei vialetti di ghiaia, togliendosi i guanti dalle mani. Kevin era nato tardi, quando entrambi i suoi genitori erano circa trentacinquenni, e ciò faceva sì che sua madre avesse circa settant'anni. Era ancora una donna notevole, dritta, non curvata dall'età, anche se i suoi folti capelli raccolti in una treccia erano diventati bianchi e il viso era rugoso.

La sua espressione nel vedere il suo unico figlio fu ben lontana dall'essere gioiosa. «Cosa posso fare per te, Kevin?»

«Sono venuto a trovarti,» rispose lui a disagio in modo poco convincente.

«Beh, siediti, allora.» Lei indicò uno dei tavoli vicini.

«Vuoi che ti porti qualcosa, Ellen?» le chiese l'addetta.

178

«Potremo avere un po' di caffè, Sarah?»

Sarah sparì all'interno della casa, mentre Kevin e Tom prendevano posto al tavolo e Mrs. Derocher si univa a loro.

«Hai intenzione di presentarmi il tuo amico?»

Kevin si mosse sulla sedia e disse: «Questo è il mio amico, Tom.» Poi lanciò una rapida occhiata a Tom, come per vedere se si fosse arrabbiato perché si era riferito a lui come amico. Ma Tom non pensava che una rivelazione drammatica riguardo all'orientamento sessuale di Kevin potesse aiutare la loro causa. Quello avrebbe potuto attendere un'altra volta.

«Piacere di conoscerla, Mrs. Derocher,» disse.

Per lui, che era un estraneo, la donna riuscì a formare un sorriso gentile. «Piacere mio, Tom.»

«Allora, come stai, mamma?» chiese Kevin.

Il sorriso vacillò. «Sto bene. Le persone qui sono amichevoli, il cibo è accettabile. D'estate ho il giardino che mi tiene occupata.» Si fermò quando Sarah tornò con un vassoio contenente tazze di caffè e una caraffa d'argento. Una volta che la donna ebbe servito a tutti una tazza e lasciato il vassoio perché potessero prendere zucchero e panna, Mrs. Derocher continuò: «Ho sentito che hai divorziato.»

«Già.»

«È un vero peccato. Era una brava ragazza.»

O non aveva sentito nulla riguardo al tentativo di suicidio e all'aborto o scelse di non menzionarli.

«Tracy è grandiosa. Non è colpa sua.»

«Si vede con qualcuno ora?» chiese lei aprendo una bustina di dolcificante e svuotandola nel caffè.

Kevin lanciò un'occhiata a Tom, che rispose con un impercettibile cenno del capo. Kevin guardò la propria tazza di caffè. «No.»

«Tua zia Maggie ha chiamato qualche settimana fa. Ti ricordi lo zio Howard?» Kevin la guardò con sguardo vacuo ma lei continuò: «È morto... quand'è stato? Maggio, mi sembra. Cancro al pancreas.»

«Mi dispiace sentirlo.»

179

«Dovresti chiamarla. Significherebbe molto per lei.»

«Mamma,» disse Kevin e la sua impazienza iniziò a mostrarsi, «non vedo la zia Maggie da quando ero un bambino. Me la ricordo a malapena.»

«Beh, lei si ricorda di te. Mi chiede ogni volta che chiama.»

Kevin sospirò. «Okay.»

«Non ti ucciderà farle una chiamata di cortesia.»

«Ho detto okay. La chiamerò.»

«Subito dopo esserti fermato al cimitero per porgere i tuoi omaggi a tuo padre, senza dubbio.»

«Senza dubbio,» rispose Kevin freddamente.

Tutti loro bevvero il caffè in silenzio, con madre e figlio che, a quanto pareva, non avevano desiderio di continuare la messinscena per mantenere una parvenza di conversazione cordiale. Tom fece a Mrs. Derocher un paio di domande innocue riguardo al giardino, alle quali lei rispose, ma la conversazione morì di nuovo.

Dopo che finirono il loro caffè, Mrs. Derocher prese i guanti da dove li aveva messi, su una sedia vuota, e disse: «Beh, è stato bello. Ma dovrei proprio...»

«Ho bisogno di chiederti una cosa, mamma,» la interruppe Kevin.

Lei non sembrò felice, ma rispose: «Beh, allora chiedi.»

Kevin lanciò di nuovo un'occhiata a Tom, che però attese che lui continuasse. «Sto facendo dei sogni strani ultimamente. Continuo a vedere il viso di un ragazzino. Probabilmente ha dieci anni, più o meno. Capelli un po' scompigliati e lunghi. Grandi occhi marroni. Non mi ricordo nemmeno di aver conosciuto un ragazzino con quell'aspetto, ma pensavo che forse tu ti ricordassi se ho avuto un amico che veniva a casa...»

«Intendi dire Billy?»

Il viso di Kevin perse improvvisamente colore e i suoi occhi si sgranarono. La sua gamba, che si era mossa freneticamente come sempre quando era agitato, si bloccò. «Billy...» disse piano.

«Che io ricordi era l'unico tuo amico che veniva a casa. Ed è venuto solo per alcuni mesi quando avevi... undici anni, mi pare. Avevo sperato che tu iniziassi a uscire dal guscio, ma... no.»

Kevin sembrò essersi chiuso a riccio e ripeteva piano il nome *Billy* come se stesse tentando di testarlo sulla lingua. Tom non aveva dubbi che avessero scoperto qualcosa.

«Billy ha smesso di venire a casa vostra? Perché?» chiese alla madre di Kevin.

«Perché?» Lei sembrò sorpresa dalla domanda. «Se mi ricordo bene, è scappato di casa. La polizia ha chiesto a tutti in città, ai ragazzini a scuola hanno chiesto se per caso avesse detto loro ciò che aveva pianificato. Vennero anche a casa nostra, ovviamente, per parlare con Kevin. Ma lui non sapeva nulla. Nessuno lo sapeva.»

Tom guardò Kevin e gli chiese delicatamente: «Te lo ricordi?»

Kevin fissava davanti a sé, come se stesse vedendo qualcosa che non c'era, ma scosse appena il capo.

«Si ricorda il cognome di Billy?» chiese Tom a Mrs. Derocher.

Lei fece una strana espressione, una specie di smorfia, con le sopracciglia alzate. «Oh, Dio. È stato tanto tempo fa. Non lo conoscevamo poi da molto. Penso che iniziasse con la S. Sherman o Shepherd, o...»

All'unisono, madre e figlio dissero il cognome: «Sherrel.»

Capitolo 23

«Proprio quello,» disse Mrs. Derocher con soddisfazione, apparentemente inconsapevole dell'effetto che quel nome stava avendo su suo figlio. «Billy Sherrel. Era molto... quasi *bello*. Sono sicura che crescendo è diventato un bellissimo uomo. Mi chiedo dove sia ora.»

Per Tom era ovvio che Kevin avesse bisogno di andarsene da lì il prima possibile. Non sembrava esattamente sul punto di crollare, ma i suoi occhi avevano uno sguardo fisso, come se non stesse più capendo cosa gli stava accadendo tutto attorno.

«Sfortunatamente, devo essere in un posto fra poco,» mentì Tom. «Mi dispiace dover affrettare le cose...»

«No, si figuri. È stato bello conoscerla, Tom.»

«Piacere mio.» Tom si alzò e fu sollevato di vedere che Kevin fece lo stesso. «Grazie per il caffè, Mrs. Derocher.»

Kevin lo seguì fuori senza nemmeno salutare sua madre. Quello probabilmente non avrebbe aiutato la loro relazione già abbastanza tesa, ma Tom non aveva tempo di preoccuparsene. Voleva solo portare Kevin al furgone prima che avesse un crollo.

Una volta là, comunque, incappò in un ostacolo. «Merda. Non so guidare un'auto standard. Vuoi che chiamiamo un taxi?»

«Guido io,» disse Kevin piano. «Dammi solo un minuto.»

Si sedettero nella cabina del furgone per più di un minuto, mentre Kevin faticava a calmarsi con gli esercizi di respirazione profonda che aveva imparato da Tom e Sue. Tom restò in silenzio, permettendogli di prendersi il tempo di cui aveva bisogno finché, alla fine, Kevin inserì la chiave nel blocco d'accensione e uscirono dal parcheggio.

182

Con grande sorpresa di Tom, non andarono diretti a casa. Kevin si fermò nel parcheggio del *Lee Diner*.

«Vuoi mangiare?» gli chiese Tom.

«Volevo vedere se ti andava di parlare con Tracy per un minuto. La sua macchina è qui.»

«Perché?»

«Lei è venuta a scuola con me, quindi forse si ricorda... questo ragazzino.»

«Pensavo avessi cominciato a ricordarlo,» disse Tom. Kevin scosse il capo. «Mi ricordo il suo viso. E ora il suo nome mi suona familiare. Ma nient'altro. Voglio sapere se Tracy se lo ricorda. Magari sa se la sua famiglia è ancora in città.» Era ovvio che Kevin si sentisse sopraffatto in quel momento. Tom avrebbe preferito affrontare la cosa più tardi, quando Kevin fosse stato in uno stato mentale migliore, ma se era ciò che lui voleva...

«Sicuro che starai bene mentre sono dentro?»

«Non ho cinque anni, cazzo. Ho solo bisogno di stare da solo per un attimo.»

Tom lo lasciò lì ed entrò nel ristorante. Come al solito, il posto era affollato, ma fu in grado di trovare un separé vicino alla finestra anteriore dove poteva tenere d'occhio il parcheggio. Si sentiva come una madre iperprotettiva, ma sapeva che sarebbe stato troppo in ansia al pensiero di ciò che Kevin avrebbe potuto fare se non avesse tenuto d'occhio il furgone.

«Che succede?» La voce di Tracy interruppe i suoi pensieri, spaventandolo. Si voltò e la trovò vicino al tavolo, con una mano sul fianco. Anche lei stava guardando fuori dalla finestra, verso il furgone. «Perché Kevin è seduto là fuori da solo?» chiese.

«Lui, uhm... non si sente molto bene. Ma mi ha mandato qui per parlarti per un momento.»

«Non ordini niente?»

«Uhm...no, penso di no.»

Lei arricciò il naso e portò lo sguardo su Tom facendogli un sorriso beffardo. «Inizio a pensare che la pazzia sia contagiosa e che tu la stia prendendo.»

«Forse.» Tom doveva ammettere che si sentiva un po' sciocco, se non proprio pazzo.

«Beh, di cosa avete bisogno di parlarmi? C'è parecchia gente.»

Tom si strinse nelle spalle. «Kevin voleva che ti chiedessi se ti ricordi di un suo amico d'infanzia, un ragazzo con i capelli neri e gli occhi marroni. Si chiama Billy Sherrell.»

Tracy scivolò nel separé di fronte a lui e corrugò le sopracciglia per la concentrazione. «Billy Sherrell...» Fu distratta dal suono della campanella sulla porta mentre una famiglia entrava nel ristorante. «Non lo so, tesoro. Sai cosa ti dico? Lasciami il tuo numero e ti chiamo se mi ricordo qualcosa.»

Quando arrivarono a casa, Kevin portò fuori Shadow a fare pipì e a Tom ci volle ogni grammo di autocontrollo per non seguirli. Ma non accadde niente di drammatico. Poco dopo, Kevin si lamentò di essere stanco e salì al piano di sopra per dormire un paio d'ore. In quel lasso di tempo, Tom fece una rapida ricerca online del nome "Billy Sherrell", usando "Billy", "Bill", "William" e anche "Will", così come diverse variazioni del cognome, cercando di limitare il tutto al New Hampshire. La ricerca non diede risultati interessanti.

Verso sera, Kevin si svegliò e si fece una tazza di caffè. Sembrava essere tornato normale: giocò con il cane e aiutò Tom a prendere le misure delle stanze al piano di sopra per calcolare quanti scaffali potevano farci stare per fare una libreria.

Tom non era sicuro che fosse una buona idea parlare di Billy, così evitò l'argomento. Fu però Kevin che ne parlò, mentre erano seduti nella vasca idromassaggio, con lo sguardo rivolto al cielo calmo e stellato. «Pensi che sia capace di uccidere qualcuno?»

«Sei l'unico che può rispondere a questa domanda,» disse Tom, e poi si prese a calci mentalmente per essere sempre così cauto nell'usare le parole. Faceva parte della sua formazione da analista. E no, non pensava che Kevin ne fosse capace.

I RESTI DI BILLY – Jamie Fessenden

Prima che potesse aggiungere altro, Kevin ribatté con un'espressione acida: «Non ti ho chiesto se l'ho fatto. Ti ho chiesto se pensi che potrei farlo.»

«No. Non penso che tu sia capace di uccidere qualcuno.» Kevin aveva un'aria meditabonda e guardò le stelle in silenzio prima di dire: «Di sicuro faccio fatica a immaginarlo.»

«Sì,» concordò Tom allungando la mano sotto l'acqua, «è vero. E non sappiamo cos'è successo. Se sei sicuro che il ragazzo che vedi nei tuoi sogni sia Billy Sherrell...»

«Lo sono.»

«Allora quello è un pezzo del puzzle. Ma Billy potrebbe essere ancora vivo da qualche parte. Lo scopriremo.»

«Se è morto,» disse piano Kevin, «potrei essere l'unica persona che sa che cosa gli è successo.»

«Qualsiasi cosa sia rinchiusa nel tuo inconscio,» continuò Tom, «ci arriveremo. Abbiamo solo bisogno di tempo.»

Il suo cellulare suonò, interrompendo la conversazione. Lui uscì dalla vasca per recuperarlo dalla tasca dei pantaloni mentre Kevin lo guardava con curiosità. Il nome sullo schermo era Tracy Kimball.

«Ti ricordi del ragazzo che mi chiesto oggi?» chiese lei quando Tom rispose.

«Certo.»

«Beh, ne ho parlato con Lee e insieme siamo riusciti a mettere insieme qualcosa. Ora, è successo tanto tempo fa, tesoro, quindi non possiamo essere sicuri che i nostri ricordi siano giusti al 100%. Sto ancora cercando di capire perché Kevin vuole sapere ciò che mi ricordo io del suo amico.»

«Perché, a parte il nome di Billy e la sua faccia, non riesce a ricordare altro.»

Ci fu una lunga pausa dall'altro capo della linea, ma alla fine Tracy disse: «Ciò che ricordiamo è che Billy era un ragazzino un po' strano e non molto gentile. Se cercavi di salutarlo, ti mandava a fanculo, scusa il francesismo. Tutti sapevano che suo padre era un alcolista, quindi pensavamo avesse dei problemi a casa. A volte

185

Billy veniva a scuola con dei lividi sul viso, ma a quei tempi...
Beh, troppe persone facevano finta di non notare quelle cose.»

«Sì, lo so.»

«Comunque, in qualche modo lui e Kevin sono diventati
amici. Non ho idea di come abbiano iniziato a uscire insieme, ma
sono stati praticamente inseparabili per un po'. Poi un giorno Billy
non è venuto a scuola. E non si è più visto da allora. Un poliziotto
è venuto nella nostra classe e ci ha chiesto se l'avessimo visto, ma
nessuno ha risposto in modo affermativo. Nemmeno Kevin. E ciò
era molto indicativo.»

«Hai per caso sentito se la polizia ha interrogato suo padre?»

«Presumo di sì. Tutti erano convinti che avesse bevuto e
avesse dato un pugno di troppo a suo figlio. Ma nessuno poteva
provarlo.»

«Non sono riuscito a trovare nessuno di nome Sherrel che
viva qua vicino,» disse Tom.

«Ha lasciato la città dopo un po'. Mi ricordo di aver sentito
che tutti lo evitavano e alcuni negozianti non lo servivano
nemmeno, quindi posso capire perché l'abbia fatto. Non che io
provi simpatia per quel bastardo, se davvero ha ucciso il
ragazzino. Per quanto ne so, nessuno l'ha più rivisto.»

Tom guardò attentamente la reazione di Kevin dopo avergli
spiegato tutto ciò che Tracy gli aveva riferito. Ma Kevin
semplicemente aggrottò la fronte con aria frustrata.

«Qualcosa di ciò che hai detto mi suona familiare,» disse
alla fine. «Ma non lo *sento*. È come se stessi ascoltando cose che
sono successe ad altre persone e io non le avessi vissute.» Poi fece
un lungo sospiro e disse: «Non c'è modo di evitarlo. Dovrò
ascoltare quella dannata canzone.»

Capitolo 24

«Devi tenere a mente, Kevin,» disse Sue, «che ogni ricordo che verrà in superficie quando sentirai la canzone è solo un ricordo. Sono cose successe tanto tempo fa e non possono più farti del male.»

«Certo,» rispose Kevin, anche se non sembrava convinto. I ricordi gli avevano già fatto del male. Aveva preso un calmante prima della sessione, una prescrizione che Sue aveva chiesto a Mark Belanger visto che era lui che si occupava delle cure primarie, ma era ancora chiaramente agitato. Stringeva la mano di Tom così forte che questi iniziava a perdere la sensibilità delle dita.

«Sei al sicuro qui. E ci possiamo fermare quando vuoi, basta che mi dici di spegnere.»

Quello non avrebbe fermato il flusso dei ricordi, Tom lo sapeva ed era certo che lo sapesse anche Kevin, ma almeno gli dava un po' di controllo sulla situazione.

«Posso tenere il telecomando, allora?» chiese Kevin, con un piccolo sorriso che gli arricciava un angolo della bocca.

«Certamente.»

Sue gli passò il telecomando e lui lo guardò per un lungo lasso di tempo prima di sospirare e dire: «Va bene. Vaffanculo.»

Premette Play e la canzone "Kyrie" dei Mr. Mister iniziò a suonare nello stereo di Sue.

Stark, New Hampshire, 1987 – Billy

Billy Sherrell era la cosa migliore che fosse mai successa all'undicenne Kevin Derocher. Era forte, un duro che non accettava stronzate da nessuno. In qualche modo, nonostante Kevin non si sentisse per niente forte e duro, visto che per la maggior parte del tempo si sentiva impaurito e sopraffatto, Billy aveva scelto lui e nessun altro come amico. Forse perché Billy aveva visto Kevin mangiare da solo tutti i giorni nella caffetteria e qualcosa in lui aveva risposto a quel senso di isolamento. Un giorno, durante il pranzo, Billy aveva semplicemente sistemato il vassoio di fronte a Kevin e aveva detto: «Mi siedo qui.»

Tutto lì. Trovarono un interesse comune in *Karate Kid* e pensavano che sarebbe stato fico imparare il karatè e andare in Giappone. Avevano anche gli stessi gusti musicali. Non ci volle molto prima che passassero sempre la pausa pranzo insieme e Billy iniziasse ad aspettare Kevin anche dopo la scuola, per aggiornarsi a vicenda e tornare a casa con lui.

Kevin aveva paura di Mr. Sherrell. Di solito, trovavano quell'uomo ubriaco e svenuto sul divano del soggiorno quando Kevin si fermava a casa di Billy. Lavorava alla cartiera di Berlin e la sua solita routine dopo essere tornato a casa dal lavoro era di bere fino a perdere coscienza. Le rare occasioni in cui era sveglio, di solito ringhiava a suo figlio e lo chiamava "frocio" per nessuna ragione particolare.

«Lo odio, cazzo,» disse Billy a Kevin una volta quando scapparono in camera sua. «Mi piacerebbe che perdesse i sensi e non si svegliasse più.»

Kevin per poco non disse: «Odio anch'io mio padre,» ma non ce la fece a dirlo ad alta voce. Non aveva alcuna ragione di odiare suo padre. Non lo picchiava né niente del genere.

Kevin non era certo di quando le cose iniziarono a farsi *sessuali* tra lui e Billy. Forse era stato lui. In quel periodo, una volta o due a settimana, si svegliava la mattina con macchie bagnate sulle lenzuola. Sapeva di cosa si trattava. Aveva visto suo padre fare un casino del genere più volte di quante non riuscisse a ricordare. Era bello toccarsi e farlo accadere di proposito, quindi finalmente capì perché a suo padre piaceva così tanto. Ma gliel'aveva tenuto nascosto. Non voleva essere costretto a farlo con lui.

Però lo disse a Billy.

«Sì,» disse il suo amico con una risata leggera, tenendo la voce bassa, come se lui stesso avesse paura che suo padre potesse sentirlo, «accade anche a me a volte.» Si stava riferendo allo svegliarsi tra chiazze bagnate. Non sapeva ancora come ci si toccava.

Nonostante fosse un duro, saltò fuori che Billy sapeva molto poco riguardo al sesso. Per la prima volta da quando si erano incontrati, Kevin era quello che sapeva tutto. Non disse all'amico come lo sapeva, ma gli spiegò come poteva farlo accadere di proposito invece che semplicemente mentre stava dormendo. E quando Billy volle provare a farlo insieme, Kevin non fece obiezione.

Per la prima volta nella sua vita, a Kevin piacque fare qualcosa di sessuale. E a quanto pareva anche a Billy, perché continuò a volerlo fare ogni volta che passavano del tempo da soli. Quando Kevin gli insegnò come baciare, a Billy piacque anche quello. E Kevin era più felice di quanto non lo fosse mai stato in vita sua.

Fino alla notte della tempesta.

Stava già iniziando a piovere mentre entravano in casa di Billy quel mercoledì pomeriggio. Il loro sollievo per essersi riparati dal temporale ebbe breve durata, comunque. Mr. Sherrell stava buttando per aria la casa, tirando fuori i cassetti in cucina e gettando come un pazzo il contenuto sul pavimento. Quando vide i ragazzi, corse da Billy e lo prese cinghiate sulla testa.

«Dove cazzo è il mio coltellino a serramanico, piccolo finocchio?»

Kevin non riuscì a trattenersi dallo strillare quando Billy venne colpito, ma il suo amico semplicemente strinse i denti e lanciò un'occhiataccia a suo padre. «Come cazzo faccio a saperlo?»

Mr. Sherrell ringhiò e fece per colpire di nuovo suo figlio, ma Billy era pronto a ricevere il colpo e si chinò per evitarlo. «L'ho pagato caro quel coltello. Dimmi dov'è, o che Dio mi aiuti ti stacco quella cazzo di testa!»

«Probabilmente ti sei ubriacato e ti sei dimenticato dove l'hai messo!»

Mr. Sherrell fece per colpirlo di nuovo, ma Billy lo evitò e lo spinse forte, mandandolo a sbattere a terra. L'uomo era molto più grande di lui ma doveva essere ubriaco, come sempre.

«Ti ammazzo! Tu e quel frocetto della tua ragazza!»

Billy afferrò la maglietta di Kevin e lo trascinò fuori dalla porta. Corsero il più velocemente possibile sotto la pioggia, fino a quando Kevin pensò di essere sul punto di scoppiare, ma Mr. Sherrell non si prese la briga di rincorrerli. Quando finalmente Billy permise a entrambi di rallentare e si guardò alle spalle, non c'era segno di suo padre.

«Gesù!» Billy annaspò, ma poi sorrise a Kevin e sfilò un coltello a serramanico dalla tasca dei pantaloni. Lo fece rimbalzare nella mano mentre Kevin lo fissava con ammirazione scioccata.

«L'avevi preso davvero tu!»

Billy si strinse nelle spalle. «Se ne può comprare un altro. Ma di certo io non torno là stasera.»

Kevin poteva capirlo, ma quando Billy chiese, «Possiamo andare a casa tua?», esitò. Lo aveva invitato a casa alcune volte, ma non gli piaceva che quelle due parti della sua vita si unissero, la vita dentro casa sua e Billy. E non gli piaceva il modo in cui suo padre guardava il suo amico. Mr. Derocher era sempre gentile e amichevole con il ragazzo, ma c'era qualcosa di... affamato nei suoi occhi quando Billy era nei dintorni. Billy pensava che fosse un "papà molto fico" proprio perché era così amichevole.

Ma la pioggia stava diventando più pesante e non c'era un altro posto dove potessero andare, così Kevin disse: «Certo.»

La madre di Kevin era fuori quella notte, in visita a sua sorella nel Maine, ma suo padre sarebbe stato a casa presto. Avrebbero avuto la casa per loro per un po'. Ma quando Billy lo afferrò all'ingresso e lo baciò, facendo scivolare una mano dentro la tasca posteriore dei pantaloni di Kevin, lui si ritrasse.

«Non qui.»

«No,» concordò Billy. «Possiamo andare di sopra in camera tua.»

Kevin scosse il capo. Non l'avevano mai fatto là e lui non voleva farlo in un posto che potesse ricordargli... lui. «Mio padre sarà a casa presto. Conosco un posto migliore.»

Portò Billy nel capanno in giardino. Nonostante la pioggia, non faceva molto freddo e la madre di Kevin aveva piazzato una stufa al cherosene e una radio che usava quando passava del tempo lì. Kevin accese la stufa e Billy passò in rassegna i canali radio fermandosi su una trasmissione che dava le Top 40. Poi Billy afferrò Kevin e lo tirò di nuovo vicino. Questa volta, Kevin non oppose resistenza.

Erano nudi e non stavano prestando attenzione a nient'altro che non fossero loro stessi, quando Kevin sentì qualcosa che gli gelò il sangue nelle vene: la voce di suo padre. «Beh, sembra proprio che voi due vi stiate divertendo.»

Kevin e Billy si staccarono di scatto, entrambi con lo sguardo rivolto verso l'uomo mentre si portavano le mani all'inguine in un disperato tentativo di coprirsi. Mr. Derocher però non sembrava arrabbiato. Era in piedi sulla soglia, con la pioggia che scendeva dietro di lui e le gocce che cadevano dal suo soprabito e dal suo Fedora mentre li guardava con un'espressione divertita.

«Niente panico,» disse piano. «Non siete nei guai.»

Quando entrò e si chiuse la porta alle spalle, comunque, Kevin sapeva che erano in una situazione ben peggiore di quella che sarebbe scaturita da un rimprovero. Avevano lasciato i vestiti vicino alla porta e Mr. Derocher si posizionò in modo che dovessero passargli accanto per vestirsi. Billy fece un tentativo, ma il padre di Kevin lo bloccò.

«Non c'è fretta,» disse. La sua voce sembrava calda e piacevole, ma Kevin vedeva quello... sguardo nei suoi occhi. Quello che aveva sempre quando andava in camera di Kevin la sera tardi.

Billy si fermò, incerto. Lanciò un'occhiata a Kevin, ma lui non riuscì a guardarlo negli occhi.

Sapevo che sarebbe successo, pensò Kevin, sentendosi nauseato. *Lo sapevo! Doveva accadere prima o poi visto che continuavo a portarlo a casa. Perché gli ho permesso di venire qui?*

«Dovrei andare a casa,» mormorò Billy, e fece un altro tentativo per prendere i vestiti dalla pila dietro Mr. Derocher.

Il padre di Kevin lo fermò con un tocco gentile sulla spalla. Billy si ritrasse ma l'uomo si comportò come se non l'avesse notato. «Sei un ragazzo molto bello, Billy. Davvero molto bello.»

«Che cos'è lei? Una specie di...» Billy si fermò prima di completare la frase, forse perché non voleva turbare Kevin chiamando suo padre con nomi poco piacevoli.

Ma Kevin sapeva che parola avrebbe voluto dire: *pervertito*.

Mr. Derocher rise piano. «Ti ho appena beccato a fare sesso con mio figlio. Non pensi che siamo tutti un po'...?» Lasciò la parola non detta, proprio come aveva fatto Billy.

No! pensò Kevin, pregando che Billy riuscisse a opporsi all'uomo davanti a cui Kevin non era mai riuscito ad opporsi. *È diverso! Diglielo!*

Ma Billy restò lì, apparentemente troppo confuso per sapere come reagire. Aveva detto a Kevin che gli piaceva Mr. Derocher, che gli sarebbe piaciuto vivere con la famiglia di Kevin invece che con quel mostro di suo padre. Kevin avrebbe voluto dirglielo allora, metterlo in guardia, ma aveva avuto paura che Billy potesse considerarlo un mostro e non volesse più essere suo amico. Ora era troppo tardi.

«Penso che tutti gli uomini si eccitino con altri uomini,» continuò Mr. Derocher con tono naturale. «Almeno un po'. È parte della nostra natura. Ci sono genitori che sarebbero sconvolti di beccare un ragazzo... *giocare* col loro figlio nel modo in cui lo stavate facendo voi. Potrebbero chiamare tuo papà e farti venire a prendere.»

Nel sentir nominare suo padre, Billy sussultò visibilmente. Kevin aveva sempre pensato che Billy fosse grande e forte – era di un paio di centimetri più alto di lui – ma Mr. Derocher era un uomo alto con le spalle ampie e torreggiava sopra Billy, facendolo sembrare piccolo e indifeso al suo confronto.

«Ma io non sono come la maggior parte dei genitori. So che i ragazzi hanno bisogno di toccarsi l'un l'altro. Non ho alcun problema con questo. Tu e Kevin potete usare questo capanno tutte le volte che volete, basta che sua mamma non lo scopra. Le donne non capiscono mai queste cose.»

Kevin si sentì arrossire per l'imbarazzo, ma Billy sembrò credere alle maniere gentili e disinvolte di suo padre e disse: «Bene.»

Kevin però sapeva che non sarebbe finita lì. Suo padre non si sarebbe voltato per lasciarli soli. Non accadeva mai, non importava cosa promettesse. E quella volta non fece eccezione. Mr. Derocher sorrise a Billy e chiese: «Ora non pensi che mi meriti qualcosa per essere così comprensivo?»

L'espressione di sollievo, che per un attimo si era dipinta sul volto di Billy, tornò rapidamente a essere di nervosismo. «Cosa?»

«Penso sia giusto, no? Dopotutto sto correndo un grosso rischio permettendovi di fare questo. Immagina cosa succederebbe alla mia carriera se la gente scoprisse che permetto a dei ragazzi di fare sesso con mio figlio?»

La voce di Billy era flebile quando chiese: «Cosa vuole?»

«Niente di brutto. Voglio solo toccarti.»

Forse inconsciamente, Billy strinse la presa sul proprio polso sinistro con la mano destra, portandole a difesa del suo inguine nudo.

Kevin non sopportò oltre. Doveva fare qualcosa, qualsiasi cosa! «Papà, no. Puoi...»

«Non devi aver paura,» disse l'uomo cercando di blandire Billy, ignorando suo figlio. «Non ti farà male. Siamo tutti amici, no? Sai che ti dico, potrei anche darti un po' di soldi. Che ne dici di venti dollari? Ti farebbero comodo, no?»

Kevin vide un po' della durezza che ammirava così tanto in Billy tornare nell'espressione del ragazzo, ma si stava muovendo nella direzione sbagliata. Sembrava avesse smesso di resistere e stesse pensando a come volgere la situazione a proprio vantaggio.

«Okay, va bene. Se prima mi dà i soldi.»

No... tu non sai com'è...

La sensazione di nausea nello stomaco di Kevin crebbe più forte mentre guardava suo padre sfilare una banconota da venti dollari dal portafoglio e passarla Billy. Questa volta, a Billy fu concesso di passare oltre Mr. Derocher così da poter mettere il denaro nella tasca dei pantaloni.

Kevin non ce la fece a guardare ciò che successe dopo. Finì seduto sulla pila di vestiti, senza azzardarsi né ad andarsene né a rivestirsi, ma incapace di guardare direttamente la scena che si svolgeva davanti ai suoi occhi. Aveva finto così tante volte in passato che ciò che suo padre gli faceva accadesse in realtà a un altro ragazzo, ma non aveva mai voluto che quel ragazzo fosse Billy. Billy era *suo*. Era l'unica parte della vita di Kevin a non essere sporca.

Dio, perché non gli ho detto che non poteva venire? Perché non l'ho messo in guardia?

Le mani tremanti di Kevin erano premute contro le sue orecchie e cercavano di bloccare i suoni, ma comunque lui riusciva a sentire troppo.

Non era certo di quando suo padre avesse iniziato a spingere Billy un po' troppo oltre. Divenne consapevole di una specie di movimento agitato tra loro e, quando riuscì a guardare, Mr. Derocher era sopra il ragazzino e cercava di baciarlo. I pantaloni dell'uomo erano attorno alle ginocchia.

«Okay,» stava dicendo Billy, con la voce che iniziava a sembrare spaventata, «basta così.»

«Ti ho pagato, Billy.»

«Per favore, togliti.»

194

Il padre di Kevin aveva bloccato entrambe le braccia di Billy contro il pavimento del capanno. «Ti pagherò ancora un po'.»

«No...»

«Dieci dollari.»

«Non voglio più...»

«Venti!»

«No!»

Kevin guardò con orrore mentre Billy iniziava scalciare e una caviglia scese con forza sulla schiena di Mr. Derocher. L'uomo sussultò ma non lo lasciò andare. «Dannazione!» ringhiò, più arrabbiato di quanto Kevin l'avesse mai visto. «Mi hai fatto male, cazzo!»

«Kevin!»

Nel sentire Billy chiamarlo, Kevin scattò in piedi, ma suo padre gridò: «Tu restane fuori!»

Kevin si bloccò. I suoi occhi incontrarono quelli di Billy e vi lesse la paura crescente in essi mentre si rendeva conto che le cose non erano più sotto il suo controllo.

«Kevin, aiuto!»

E lui restò lì, terrorizzato, mentre la pioggia batteva contro il tetto sottile del capanno e una scarica statica quasi eliminò la canzone dalla radio. Poi Billy urlò di dolore mentre Mr. Derocher si spingeva in avanti. Kevin si afferrò le orecchie, come se potesse fermare cosa stava accadendo semplicemente bloccandone fuori il rumore.

«No,» singhiozzò. «No, no, no...»

«Zitti, tutti e due! Tu non mi illudi così, cazzo, Billy, e poi...»

«Kevin!»

Mr. Derocher strattonò un braccio di Billy sopra il suo viso e appoggiò il proprio avambraccio muscoloso direttamente sulla gola del ragazzo. «Chiudi quella cazzo di bocca!»

Billy stava soffocando, incapace di chiamare aiuto. Quel poco che Kevin poteva vedere del suo viso stava diventando rosso mentre Billy scalciava selvaggiamente le gambe e la schiena di Mr. Derocher.

«Papà!» Le lacrime scendevano sul viso di Kevin. «Smettila! Non può respirare!»

«Siediti!»

Kevin si ricordò del coltello nei pantaloni di Billy. *No...* Si sforzò di non pensare troppo mentre tornava a sedersi sugli abiti e cercava il coltello senza che suo padre lo notasse. *Non posso...* Una canzone che a Billy piaceva – "Kyrie" dei Mr. Mister – iniziò alla radio mentre le mani di Kevin si chiudevano su coltello. *Non posso...*

Le gambe di Billy avevano smesso di agitarsi e ora si stavano muovendo solo leggermente, ma Mr. Derocher sembrava non notarlo.

«Papà, lo stai soffocando!»

«Kevin... se non... stai zitto...»

Kyrie Eleison down the road that I must travel...

Come in un sogno, Kevin aprì il coltello a serramanico, sempre tenendolo nascosto. Comunque suo padre non lo stava guardando. L'uomo non notò nemmeno quando Kevin si alzò e lentamente si mosse verso di lui. Era come se il corpo di Kevin fosse disconnesso dalla sua mente. Mentre i suoi pensieri continuavano a gridargli di fermarsi, di fermare suo padre, di fermare il mondo... lui continuava a muoversi in avanti, il metallo e la plastica del manico che scivolavano nella sua mano sudata.

Non sta accadendo. Era una cosa che si ripeteva ogni volta che suo padre entrava nella sua stanza. Non funzionava mai. Accadeva sempre.

Kevin non si azzardò più a chiamare suo padre. L'uomo comunque non ascoltava le sue richieste e sarebbe stato allertato dal fatto che suo figlio gli fosse così vicino e con il coltello in mano. *Non posso farlo...*

In quel momento, suo padre grugnì e smise di muoversi. Il suono delle chitarre elettriche e dei sintetizzatori si fermò e la testa di Billy ruotò di lato, gli occhi vacui fissavano senza vita quelli di Kevin, mentre la radio cantava:

Kyrie Eleison down the road where I must travel!
Kyrie Eleison through the darkness of the night!

Kevin gridò e singhiozzò quando si rese conto che era troppo tardi.

«Ma che cazzo?» ansimò Mr. Derocher intontito, come se si stesse svegliando da un sonno profondo. Si voltò e vide suo figlio vicino a lui e un secondo dopo il suo sguardo cadde sulla mano che teneva il coltello. «Gesù!» L'istinto di autoconservazione prese sopravvento e l'uomo scalciò forte con la gamba. Era ancora incastrato nei pantaloni ma fu in grado di connettersi abbastanza forte con il fianco di Kevin da far volare il figlio dall'altra parte della stanza. Kevin si schiantò contro il muro di legno e il coltello gli scappò di mano. Ma non gli interessava più del coltello. «L'hai ucciso,» disse con tono soffocato con le lacrime che riprendevano a cadere.

Mr. Derocher fissò a bocca aperta suo figlio e il coltello sul pavimento, spostando lo sguardo avanti e indietro, come se non riuscisse a capire ciò che stava vedendo. Poi si voltò a guardare Billy e mormorò: «Billy...»

Controllò le pulsazioni del ragazzo, ma evidentemente non le trovò perché lasciò cadere il suo polso e iniziò a operare la manovra di rianimazione. Per diversi minuti, Kevin guardò suo padre armeggiare frenetico mentre cercava di riportare in vita Billy, ma Kevin sapeva che non c'era speranza. Aveva visto gli occhi di Billy, gli stessi occhi che aveva sempre pensato fossero belli, anche se non gliel'aveva mai detto. Non erano belli ora. Erano freddi e vuoti.

Alla fine, Mr. Derocher si arrese e si mise a sedere, fissando con orrore il corpo nudo e senza vita di Billy. Solo gradualmente sembrò diventare consapevole dei singhiozzi soffocati che provenivano da suo figlio e lo guardò con occhi imploranti. «È stato un incidente.»

Kevin stava singhiozzando troppo per riuscire a rispondergli.

«Non puoi dirlo a nessuno,» disse suo padre mentre si alzava lentamente in piedi e si tirava sui pantaloni. «Ci arresterebbero e ci rinchiuderebbero!»

«Ci?»

«Io andrei in prigione e tu in qualche riformatorio. Poi chi si prenderebbe cura di tua mamma?»

Kevin lo fissò in un silenzio stupito. Non era vero... no? La polizia avrebbe pensato che era colpa sua? *È colpa mia!* Se non avesse portato Billy lì, niente di tutto quello sarebbe successo.

Suo padre raccolse il coltello dal pavimento e lo tenne in mano con fare incerto. Quando lanciò un'occhiata a Kevin, il ragazzo pensò di aver visto qualcosa nei suoi occhi, qualcosa che sembrava paura. Ma l'uomo si voltò rapidamente, richiuse il coltello e lo mise nella tasca del soprabito. «Dobbiamo tenere la cosa segreta. Lo capisci, vero? Dobbiamo stare uniti.»

Kevin non sapeva cosa dire, così annuì in silenzio.

«Stai qui per un attimo. Torno subito. Dovresti rivestirti.»

Mr. Derocher lo lasciò da solo con il corpo di Billy mentre lui usciva nella tempesta. Kevin si vestì lentamente, intontito, incapace di pensare ad altro che non fosse separare i suoi abiti da quelli di Billy e infilare i piedi nelle calze, prima la destra, poi la sinistra... Per tutto il tempo, la radio ronzò e la pioggia batté sul tetto sottile del capanno. Kevin avrebbe voluto spegnere la radio, ma aveva paura di restare da solo con Billy e nessun altro suono se non la pioggia.

Continuò a guardare il corpo del suo amico con la coda dell'occhio, come se avesse paura che potesse alzarsi e attaccarlo. Non gli sembrava più Billy. Era qualcosa di freddo e alieno, qualcosa che lo terrorizzava e che gli faceva contorcere lo stomaco per la nausea. Quando finì di vestirsi, si rannicchiò in un angolo, fissò il corpo e mormorò: «Mi dispiace... Mi dispiace...»

Gli occhi di Billy lo fissavano, vuoti e freddi.

Kevin sentì una macchina arrivare al capanno e per un attimo andò nel panico. E se sua madre fosse tornata a casa presto? Ma sapeva che non c'era ragione per cui lei dovesse passare con l'auto sopra il suo giardino immacolato. Arrivò il rumore di una portiera che si apriva e si chiudeva, poi la porta del capanno si aprì e Mr. Derocher scivolò all'interno, con l'acqua che gli grondava dal soprabito e dal cappello.

Esitò per un momento, mentre il suo sguardo ancora una volta cadeva su Billy, e poi disse: «Tieni d'occhio la situazione qua fuori. Quando ti chiedo se c'è libero, ti assicuri che non ci sia niente. Capito? Nessuna auto che si avvicina, nessuno che passa, *niente*!»

Kevin fece come gli fu detto e restò sotto la pioggia cadente a guardare la strada impaurito finché le luci si spensero all'interno del capanno e suo padre aprì la porta. «Via libera?»

«Sì,» rispose Kevin, faticando a parlare, tenendo un tono più alto di un mormorio. Ma fu abbastanza perché suo padre lo sentisse.

Era passato il tramonto e il temporale oscurava la luna. Le uniche luci provenivano dalla porta principale della casa e da quella sopra il garage, ma nessuna delle due illuminava il cortile. Mr. Derocher portò il corpo di Billy, completamente vestito, e lo gettò nel bagagliaio. Il suono del baule che veniva chiuso con un tonfo fece sussultare Kevin. Mr. Derocher gli indicò di prendere posto sul sedile del passeggero mentre lui si sistemava alla guida.

Kevin era zuppo e tremava mentre suo padre guidava verso il vialetto davanti a casa.

L'uomo stringeva il volante abbastanza forte da farsi diventare bianche le nocche e il suo sguardo guizzava tutto attorno come se stesse controllando che nessuno, nemmeno la polizia, lo stesse inseguendo. Quando parlò, la sua voce era agitata e tesa. «Devi capire, Kevin. Abbiamo commesso un omicidio. È stato un incidente, ovviamente. Se Billy non avesse... Beh, non si sarebbe fatto male. Tu ti diverti sempre, giusto?»

Kevin non riuscì a rispondere a quella domanda. Fortunatamente suo padre non attese una risposta.

«Non è stata colpa nostra, ma nessuno ci crederà. È che... sembra brutto. Dobbiamo nasconderlo da qualche parte, dove nessuno lo troverà mai.»

Guidarono per un po' – quanto, Kevin non lo sapeva né gli interessava – fino a quando si trovarono a sobbalzare su una sterrata che portava nella foresta. Era vagamente consapevole che la strada avesse costeggiato un lago e che avessero oltrepassato diversi casotti, ma il suo cervello si era chiuso. Aveva pianto fino a rimanere senza lacrime e ora si sentiva intontito. Aveva a malapena notato quando suo padre aveva parcheggiato e si era fermato vicino a un piccolo capanno, ormai chiuso per l'inverno.

«Dai,» ordinò suo padre uscendo dall'auto.

Kevin lo seguì fuori nella pioggia e girò attorno all'auto, arrivando sul retro, dove suo padre stava aprendo il baule. La vista del corpo di Billy sdraiato sopra la ruota di scorta lo fece rabbrividire di nuovo. Suo padre allungò le braccia e sollevò il cadavere, afferrandolo sotto le ascelle e mormorando: «Prendilo per i piedi.»

Ma Kevin non riuscì a toccare il corpo. Arretrò in preda all'orrore, con i denti che battevano per la paura e per il freddo mentre si stringeva tra le braccia.

«Ho detto di prendergli i piedi!»

Kevin guardò suo padre con aria assente finché l'uomo si arrese con disgusto. «Gesù Cristo!» Sollevò Billy, cullandolo contro il suo petto, con un braccio sotto le ginocchia del ragazzo.

«Chiudi il bagagliaio, dannata fighetta!»

Kevin trasalì nel sentire l'insulto. Suo padre raramente alzava la voce o diceva parolacce.

Chiuse il baule e il suono fu particolarmente forte contro il sibilo della pioggia. Non riuscì a evitare di guardare il capanno, ma ovviamente non c'era nessuno. Con riluttanza, seguì poi suo padre nella foresta.

Non andarono molto lontano, anche se senza una torcia Kevin era terrorizzato che si perdessero. Suo padre sembrava sapere dove stava andando e si fermò solo un paio di volte a controllare.

Quando arrivarono a una macchia di rovi e nocciole, Mr. Derocher sistemò Billy a terra e scostò gli arbusti, imprecando quando i rovi gli tirarono la giacca e gli graffiarono le mani. In mezzo agli sterpi c'era un'enorme tubo di cemento la cui estremità spuntava fuori dal terreno. Era coperto con un pesante cerchio di legno con maniglie di ferro.

«Questo pozzo si è asciugato tanto tempo fa,» disse mentre sollevava il coperchio. «Ne hanno dovuto fare uno nuovo.» Nella notte scura, Kevin non riusciva a vedere molto all'interno del buco nero che suo padre aveva aperto. Mr. Derocher sollevò Billy e lo tenne per un momento, quasi cullandolo teneramente. Kevin non riusciva a credere a quanto piccolo e indifeso sembrasse quel corpo. Non aveva niente del ragazzo forte che lui aveva ammirato così tanto.

Mr. Derocher sospirò. «Mi dispiace, ragazzo.» Poi gettò il piccolo corpo nel buco buio. Doveva aver rimbalzato contro la parete di cemento nel cadere, a giudicare dai tonfi che Kevin sentì. Poi di nuovo non ci fu altro se non il suono della pioggia e del vento.

Kevin voleva andarsene il più lontano possibile da quel posto, ma quando fece un passo indietro dal pozzo, vide suo padre controllarsi freneticamente le tasche del soprabito.

«Merda! Dov'è quel cazzo di coltello?» Improvvisamente, afferrò Kevin e lo tirò vicino. «Dammelo!»

«Cosa?»

Suo padre infilò con rabbia le mani in tutte le tasche di Kevin, perquisendolo. «Che cosa ne hai fatto, piccolo stronzo?»

Kevin aveva pensato di aver avuto paura prima di quel momento, ma gridò di rinnovato terrore quando suo padre lo fece girare e lo spinse violentemente contro il pozzo di cemento e poi gli tenne la testa giù, oltre il buco nero. «Dimmi dov'è il coltello o giuro che ti butto giù insieme a lui!»

«No, papà!» singhiozzò Kevin. «Non ce l'ho!»

«Non ti credo! Pensi che non abbia notato che ti stavi avvicinando per accoltellarmi, tu, troia traditrice? Pensavo fossi innocente! Pensavo mi amassi! E invece ho scoperto che facevi la puttana in giro con altri ragazzi e pianificavi di uccidermi!»

«No! Papà, per favore!»

Mr. Derocher fece un ruggito disgustato e Kevin gridò mentre si sentiva lanciato in avanti. Ma suo padre non lo gettò nel pozzo, bensì fra le foglie infangate del terreno nella foresta. Kevin si sedette e pianse, mentre l'uomo rimetteva a posto il coperchio del pozzo.

Quando suo padre tornò all'auto, senza nemmeno controllare che suo figlio lo stesse seguendo, Kevin pensò di scappare nella foresta. Forse avrebbe potuto trovare la casa di qualcuno, qualcuno che l'avrebbe tenuto con sé. Ma poi gli avrebbero chiesto chi fossero i suoi genitori. Anche se non gliel'avesse detto, loro avrebbero chiamato la polizia e l'avrebbero riconosciuto. Suo padre era ben noto nella zona. Gli avrebbero creduto se avesse detto loro che era un assassino? Lo dubitava. E poi la volta seguente che suo padre l'avesse trovato da solo...

Tremando per la paura, ma sapendo di non avere nessun altro posto dove andare, Kevin si alzò e lentamente seguì suo padre sotto la pioggia e verso la sua auto.

Capitolo 25

Berlin, New Hampshire – presente

Kevin era rannicchiato sul pavimento in un angolo della stanza, incastrato tra il divano il muro. Non era riuscito a essere coerente a sufficienza per dire a Tom e a Sue ciò che stava vivendo, ma i frammenti di dialogo che aveva mormorato o gridato avevano dato loro una buona idea.

Tom era seduto a gambe incrociate sul pavimento di fronte a lui e lo guardava con ansia. Si sentiva così male per ciò che aveva sentito da aver quasi voglia di vomitare. Come poteva un uomo fare quelle cose a un ragazzino? Tom aveva pensato che molestare Kevin fosse stato crudele abbastanza, ma questo…

«Sono stanco,» mormorò Kevin un attimo prima che Tom si rendesse conto che stava parlando con lui. O almeno stava parlando sia con lui che con Sue. Era tornato a essere presente.

Tom sentì Sue muoversi dietro di lui, prendere la sua tazza vuota di caffè dal tavolo e alzarsi. Aveva spento la canzone nel momento in cui Kevin sembrava stesse perdendo il controllo e ora la stanza era silenziosa. Tom riusciva a sentire ogni piccolo fruscio degli abiti.

«Puoi andare a dormire se vuoi,» disse dolcemente.

Kevin non lo stava guardando e Tom non era nemmeno certo che l'avesse sentito. Fissava lo spazio vuoto, l'espressione vacua come quella di un manichino. Quando parlò di nuovo, sembrò completamente senza emozione, quasi come un robot. «Avrei dovuto ucciderlo. Sono stato troppo debole.»

«No,» disse Tom con la voce che gli si spezzava.

Sollevò una mano come se volesse toccare Kevin, ma Sue disse piano: «Non toccarlo.»

Tom si voltò verso di lei e vide che stava versando del caffè in una tazza; le mani le tremavano, smentendo il suo distacco professionale. «In questo stato, potrebbe interpretare qualsiasi tocco come se provenisse da suo padre,» aggiunse.

Tom lo sapeva, almeno a livello conscio. Aveva fatto ricerche riguardo ai flashback fin da quel giorno a casa di Kevin, ma era difficile guardare il compagno sopportare tutto quello senza dargli conforto.

Si voltò verso di lui e disse: «Avevi undici anni. E non sei capace di uccidere nessuno. Questa è una cosa buona.»

Ancora una volta non fu sicuro che Kevin l'avesse sentito. Ci fu un lungo silenzio mentre Sue si avvicinava e si inginocchiava sul tappeto vicino a Tom. Quando Kevin disse: «Come ho potuto dimenticare tutto questo?», fu Sue che rispose con il tono più gentile che Tom le avesse mai sentito usare.

«Oh, tesoro, come avresti potuto ricordarlo?»

Fu una sfida far entrare Kevin in auto e portarlo a casa, perché si muoveva in modo incredibilmente lento e non rispondeva bene alle indicazioni, ma alla fine Tom riuscì a metterlo a letto. Dormì per tutto il resto del giorno, con Shadow rannicchiato protettivamente accanto a lui sul letto.

Tom sapeva che avrebbe dovuto avvisare la polizia, ma il crimine era avvenuto venticinque anni prima e un giorno in più non avrebbe fatto alcuna differenza. Così concesse a Kevin il tempo di recuperare. Quando arrivò la sera, Tom si infilò nel letto, costringendo Shadow a mettersi sul suo cuscino vicino al muro.

L'orologio segnava le due quando si svegliò sentendo il rumore di qualcuno che tirava su con il naso. Era sdraiato sul fianco e guardava Kevin, e il suo compagno si era rannicchiato contro di lui così che i suoi capelli gli facevano solletico al mento, mentre la sua faccia era appoggiata contro la sua clavicola. Il suo respiro era affannoso e Tom riusciva a sentire una sensazione di umido sulla pelle dove gli occhi di Kevin lo toccavano.

«Sei sveglio?» sussurrò.

«Sì.» La voce di Kevin tremò come quella di un bambino spaventato.

Tom rotolò leggermente per allontanarsi da lui e raggiungere la lampada sul comodino, ma Kevin lo afferrò e se lo tirò di nuovo contro. «Non accendere la luce.»

«Va tutto bene?» Domanda stupida. Ovvio che non andasse tutto bene.

Ci fu un lungo silenzio prima che Kevin chiedesse con una voce flebile: «Mi puoi stringere un po'?»

Tom lo avvolse fra le braccia e lo cullò, accarezzandogli il retro del collo e strofinandogli i capelli soffici. «Sai che ti amo, vero? Niente potrà mai cambiarlo.»

L'unica risposta fu data dalle braccia di Kevin che si strinsero attorno alla sua vita. Divenne consapevole dell'erezione di Kevin che premeva contro la sua coscia e il suo corpo reagì, ma sapeva anche che Kevin non voleva fare sesso. Tom lo tenne semplicemente così fino a quando le lacrime scemarono e lui finalmente si addormentò.

Capitolo 26

Il Dipartimento di polizia di Groveton serviva sia Stark che Groveton, ma era comunque piccolo, molto più piccolo di quello di Berlin. L'edificio sembrava più un negozio che non una centrale di polizia e c'era solo una giovane donna in uniforme alla reception quando Tom e Kevin vi entrarono, un paio di giorni dopo.

Lei chiese cosa potesse fare per loro e Kevin rispose: «Ho delle informazioni riguardo a una persona scomparsa.»

«Chi sarebbe?»

«Il suo nome era Billy Sherrell.»

Lei aveva un'espressione perplessa ma andò al computer dietro la scrivania per digitare il nome. Evidentemente il suo primo tentativo non trovò nulla perché chiese: «Mi può fare lo spelling?»

«S-H-E-R-R-E-L-L.»

La donna provò di nuovo. «Non trovo nulla con questo nome.»

«È stato davvero molto tempo fa.»

L'agente lo guardò con curiosità. «Ha detto che sa qualcosa riguardo a questa persona?»

«So com'è morto.»

La giovane donna li fece attendere mentre chiamava il Capo Burbank. Era fuori di pattuglia, ma a quanto pareva lei considerava un omicidio di venticinque anni prima un problema che avrebbe dovuto gestire lui. E l'uomo doveva aver acconsentito, perché l'agente disse a Kevin e Tom di sedersi sulle sedie di plastica vicino alla porta d'entrata.

Kevin era agitato mentre attendevano, faceva sobbalzare la gamba come se stesse utilizzando una di quelle vecchie macchine per cucire. A parte quello, sembrava stesse bene. Aveva preso alcune delle medicine che Mark gli aveva prescritto e che sembravano aiutarlo un po'. Tom non riusciva a fare a meno di controllarlo con la coda dell'occhio per vedere se ci fossero attacchi di panico o altri flashback in vista, ma non voleva mettere in imbarazzo Kevin standogli addosso. Era già irritato di aver dovuto prendere un giorno di riposo per andare alla stazione di polizia.

Dopo un po', la porta anteriore si aprì e il Capo Burbank entrò. I suoi occhi trovarono subito Kevin e sul suo bel viso rubicondo si dipinse un'espressione interrogativa. Tom e Kevin si alzarono e il capo si avvicinò per stringere loro la mano.

«Signori.»

«Ehi,» disse Tom. Kevin stava guardando Burbank come se si aspettasse che l'uomo gli mettesse le manette da un momento all'altro.

«Ho ripensato a quel nome,» disse Burbank, voltando gli occhi grigi verso Kevin, «da quando Sandy mi ha chiamato. Mi suonava familiare. Billy Sherrell.» Fece una pausa. «Parliamo di qualcuno che è scomparso più di venticinque anni fa, vero?»

Kevin annui, chiaramente a disagio. «Sì.»

Burbank non aveva dato loro molti dettagli fino a quel momento, ma lo stava guardando come se si aspettasse che potesse confessare di avere ucciso Billy lui stesso, un'ipotesi ragionevole viste le circostanze.

«Non c'era niente nel database riguardo a Billy Sherrell,» aggiunse l'agente alla scrivania.

«Non può esserci,» rispose Burbank. «Il caso deve essere stato chiuso prima che io mi diplomassi al liceo. Dubito che il dipartimento avesse un computer a quei tempi.»

Si avvicinò alla macchina del caffè e se ne versò una tazza. «Gradite del caffè?»

A giudicare dall'odore, Tom pensò che fosse stato sul bruciatore per alcune ore. Il pensiero di berlo gli fece rivoltare lo stomaco. «No, grazie.» Kevin semplicemente scosse il capo.

«Perché non andiamo in ufficio così mi puoi raccontare cosa sai?» chiese Burbank. Poi si rivolse verso l'agente e le chiese: «Sandy, puoi dare un'occhiata alle cartelle negli schedari di sotto per cercare di trovare quel caso? Voglio vedere che informazioni avevamo ai tempi.»

«Oh, sarà divertente,» borbottò lei. Ma fece ciò che le era stato chiesto.

Burbank indicò una porta dietro la scrivania. «Signori?»

Tom era preoccupato che raccontare nuovamente la storia avrebbe innescato un altro flashback, ma Kevin sembrava aver distanziato se stesso da tutto, come se stesse raccontando qualcosa che gli era successo in un sogno. Descrisse tutto nei dettagli, ma non sembrò turbato da nessuno di essi. Ed era probabilmente il motivo per cui Burbank sembrava così scettico.

«Una storia non da poco,» commentò quando Kevin ebbe finito.

«Non è una *storia*,» disse Kevin mostrando il primo accenno di emozione da quando aveva iniziato. Era irritato. «È accaduto davvero.»

«E dopo venticinque anni tu te la sei ricordata all'improvviso?»

«No, non è successo all'improvviso,» scattò Kevin. «Tom e questa strizzacervelli di Berlin hanno cercato di tirare fuori questa merda dalla mia testa negli ultimi mesi. Era tutto...» fece un gesto con entrambe le mani attorno al proprio capo, come se si stesse facendo lo shampoo, «...bloccato. Non mi ricordavo niente di Billy fino a quando la dottoressa Cross non ha fatto partire una canzone l'altro ieri.»

Il Capo Burbank sembrò confuso per un momento, ma poi la consapevolezza gli illuminò lo sguardo e si voltò verso Tom. «Ricordi soppressi?» Sembrava ancora più scettico di prima.

Tom annuì. «Sì. Ci ha lavorato con l'aiuto della mia collega, la dottoressa Susan Cross.»

«Gesù.» Burbank gemette. «Ne ho sentito parlare. Non c'è stata un'ondata di persone negli anni novanta che si rammentava ricordi repressi riguardanti abusi sessuali satanici durante la loro infanzia? E poi si è scoperto che quello che ricordavano era solo quello che il terapista voleva che ricordassero? Che niente di tutto quello era davvero successo. Alcune persone finirono in prigione!»

«Oh, vaffanculo! Non ho bisogno che lei mi dica che non è reale!» Kevin fece per alzarsi ma Tom gli mise una mano sul braccio per calmarlo.

Tom era arrabbiato per l'atteggiamento del capo, ma quando parlò tenne la voce calma e ragionevole.

«Ho familiarità con questi casi, Capo Burbank. E sì, la contaminazione di ricordi riportati alla memoria è davvero pericolosa, ma non penso che sia questo il caso. Sue sa cosa fare e come farlo. Ma il test finale sarà quel pozzo. Se lo troviamo e se c'è un corpo in fondo a esso... Beh, allora lo sapremo.»

Burbank aggrottò le sopracciglia, ma furono interrotti da un colpo alla porta. «Sì?»

«Ho trovato la cartella,» disse Sandy attraverso la porta.

«Vediamola.»

Lei entrò e sistemò un vecchio dossier sulla scrivania del suo capo. Poi uscì mentre lui iniziava a sfogliarlo.

Recuperò una fotografia Polaroid sbiadita, di quelle che erano state così popolari quando erano dei ragazzini, dove l'immagine si sviluppava dopo che era stata tirata fuori dalla parte anteriore della macchina fotografica. La sistemò sulla scrivania davanti a Kevin. «Sei assolutamente sicuro che sia questo il ragazzino?»

Kevin dovette solo lanciare un'occhiata alla foto prima di annuire e distogliere lo sguardo. «Sì, è lui.» La sua voce era tesa.

Il ragazzino della fotografia aveva circa dieci o undici anni. Tom riuscì a capire ciò che intendeva dire Mrs. Derocher quando l'aveva definito quasi *bello*. Era stato un ragazzo veramente carino, con i capelli neri e grandi occhi marroni e un sorriso affascinante.

«Qui dice che è stata scattata circa un anno prima che scomparisse,» commentò il Capo Burbank, scorrendo i fogli nella cartella.

«L'avevo vista. Billy la teneva sul cassettone. Penso che sua madre gliel'avesse fatta prima di scappare. Mi disse che gli dispiaceva che lei non l'avesse presa per ricordarsi di lui.»

Kevin sembrò ricordare qualcosa, osservò Tom. O almeno ricordava degli spezzoni del passato.

«Il ragazzino ha avuto una vita difficile,» disse Burbank comprensivo. «E se ciò che dici è vero, una molto breve.»

Kevin annuì.

Burbank sospirò. «Va bene. Ti ricordi di tuo padre che butta il corpo di Billy nel pozzo.» Aprì le mani con fare interrogativo. «Dov'è il pozzo?»

«Non lo so,» rispose Kevin. Ma quando il capo alzò gli occhi al cielo, aggiunse: «Non c'ero mai stato prima. Ma mio padre ovviamente conosceva il posto. Quindi pensavo che magari possa appartenere a qualcuno che lui conosceva.»

«Tua madre è ancora viva, vero?»

«Sì. È al Riverview.»

«Glielo hai chiesto? Insomma, capisco che probabilmente non sapeva molto di questo...»

Kevin sbuffò. «Cazzo, no.»

«Ma saprebbe se qualcuno degli amici di tuo padre aveva un posto simile nel bosco, giusto?»

Kevin sembrò a disagio. «Presumo di sì.»

«Ma...» Il capo mosse una mano incoraggiandolo completare la frase.

«Io e mia madre non parliamo molto.»

«Sei preoccupato che scopra ciò che è successo?» gli chiese Tom.

Kevin lo guardò duramente, corrugando le sopracciglia. «Lei vive nel suo piccolo mondo, dove Jack Derocher non ha mai fatto niente se non stravedere per sua moglie e suo figlio, e occasionalmente scoreggiare qualche canzone angelica. Non ho idea di come diavolo chiederle qualcosa del genere senza finire per litigare.»

Burbank picchiettò le dita sulla scrivania, guardando Kevin con aria astuta. Dopo un istante, sollevò un sopracciglio e chiese: «Vuoi che parli con tua madre al posto tuo?»

Tom si aspettò che Kevin si irritasse di nuovo, ma con sua grande sorpresa lui ridacchiò e sorrise al poliziotto. «Prego, si accomodi.»

Il Capo Burbank li lasciò da soli in ufficio per alcuni minuti mentre usciva per parlare con l'agente alla scrivania, e Kevin mormorò: «Non sei qui come mio dottore.»

«Non ho mai detto di essere il tuo dottore,» disse Tom. Kevin si era rifiutato di portare Sue con loro.

«Ti comporti così. Ricordati che sei il mio ragazzo, non il mio psicologo.» La lieve contrazione della sua bocca tolse un po' di acidità dal rimprovero, ma fece comunque mettere Tom sulla difensiva.

Tom si protese in avanti e abbassò la voce, non sapendo bene cosa si riuscisse a sentire fuori dalla porta. «Se vuoi sapere la verità, sono un po' preoccupato per la tua salute mentale. Insomma, dai, Kevin! Hai avuto un crollo totale due giorni fa quando i ricordi sono tornati. Non pensi che sia un po' troppo presto per approfondirli? Sei davvero sicuro di voler andare a cercare un corpo in un pozzo asciutto? Sto solo dicendo che tutto questo avrebbe potuto aspettare alcuni giorni.»

Kevin gli prese la mano e la baciò delicatamente. «Ti mentirei se ti dicessi che il mio stomaco non è completamente annodato. Ma non posso andarmene in giro come se niente fosse sapendo che Billy sta marcendo in fondo un pozzo da qualche parte.»

«Kevin... dopo tutto questo tempo...»

«Sì, lo so,» disse Kevin cupamente. «Probabilmente non resta più niente di lui. Se era umido laggiù, anche le ossa devono essersi disintegrate. Ma qualsiasi cosa ci sia, dobbiamo trovarlo.

Si merita di essere seppellito in modo decente. E se suo padre è ancora vivo, deve sapere che cos'è successo a suo figlio, anche se quell'uomo era un bastardo figlio di puttana.»

Tom sospirò e chiese: «Hai già preso il Valium?» Kevin gli aveva promesso che avrebbe portato la ricetta con sé e avrebbe preso una dose prima di buttarsi in quella cosa con la polizia. Tom non gliel'aveva visto fare.

«Non mi piace quella roba,» si lamentò Kevin. «Mi intontisce.»

«Lo so. Non piace nemmeno a me. Me l'hanno dato alcuni anni fa quando ho fatto una risonanza magnetica. Penso che però tu debba prenderlo.»

Kevin roteò gli occhi, ma sfilò la bottiglietta dalla tasca e prese una delle pasticche. Poi la tenne sollevata drammaticamente di fronte al viso di Tom prima di lanciarsela in bocca.

Tom ignorò la presa in giro. «Non dovresti prenderlo con l'acqua?»

«Speravo che tu potessi sollevarti la maglietta così da poterti succhiare la tetta per alcuni minuti.»

Tom gli lanciò un'occhiataccia, anche se sapeva che Kevin aveva ragione: si stava comportando in modo iperprotettivo. A dire la verità, si chiedeva se fosse lui quello d'aver bisogno del Valium. Era nervosissimo. Ma era lui che guidava quindi non poteva.

La conversazione venne interrotta dal Capo Burbank, che rientrò nella stanza. «Okay, ragazzi, andiamo a fare un giro. Presumo vogliate prendere la vostra macchina, in modo che in città non vi vedano sul sedile posteriore della mia auto di pattuglia.»

Quando arrivarono alla reception del Riverview, trovarono la stessa addetta, Sarah, che sembrò ancora meno entusiasta dell'arrivo di Kevin e Tom di quanto non lo fosse stata l'ultima volta. Ma la presenza del Capo Burbank la costrinse a fingere di essere almeno cordiale.

«C'è qualcosa che posso fare per lei, agente?»

«È qui per arrestare mia mamma,» dichiarò Kevin con tono piatto.

Lei sembrò allarmata, ma Burbank alzò gli occhi al cielo. «No, non devo arrestala. Mi piacerebbe parlarle.»

In qualche modo sollevata, ma ancora sospettosa, Sarah li scortò in una piccola sala. Mandò via una coppia di uomini anziani che stavano giocando a carte e spiegò: «Questa sala è privata. Accomodatevi mentre vado a chiamare Ellen.»

Mrs. Derocher non sembrò felice di vederli quando entrò nella stanza poco dopo. «Di cosa si tratta?» chiese al Capo Burbank, lanciando una breve occhiata al proprio figlio.

«La prego, si sieda, Mrs. Derocher. Ho solo un paio di domande per lei.»

«Riguardo a cosa?»

Sarah entrò con un vassoio di tè e caffè, e Mrs. Derocher tenne a bada il suo fastidio abbastanza per sedersi sul bordo di una delle sedie in stile Vittoriano, mentre Sarah metteva le cose sul tavolino da caffè. Dopo che la receptionist se ne fu andata, Burbank si sedette sul divano e disse: «Kevin si è ricordato di alcune cose successe quando noi eravamo alle scuole medie, alcune cose che ci hanno dato degli indizi riguardo alla scomparsa di un ragazzo che viveva vicino a casa vostra.»

«Si riferisce a Billy Sherrell?»

«Sì,» rispose l'uomo. «Se lo ricorda?»

Mrs. Derocher si versò del caffè e vi mise un po' di dolcificante con un cucchiaino. «Mi chiedevo perché Kevin e il suo amico... Tom, vero?» Tom sorrise e annuì. «Mi chiedevo perché fossero così interessati a quel ragazzino. È passato molto tempo.»

Burbank prese la Polaroid di Billy e la passò alla donna. «È lui?»

«Sì, certo.» Lei lanciò un'occhiata sospettosa a Kevin, ma continuò a parlare con il poliziotto. «E cosa mai potrebbe aver ricordato Kevin dopo tutto questo tempo che potrebbe fare differenza ora?»

Tom era già a conoscenza della relazione disfunzionale che c'era tra madre e figlio, ma la cosa sembrò iniziare a mettere a disagio Burbank. Guardò Kevin in cerca di aiuto, ma questi semplicemente gli fece cenno di continuare. «Mrs. Derocher... lei e suo marito conoscevate qualcuno che possedeva un capanno nel bosco?»

«Un capanno?»

Kevin sospirò e finalmente parlò. «Era piccolo. Rosso, penso, con finiture verdi. In fondo a una lunga strada sterrata. Ed era coperto per l'inverno o qualcosa del genere.»

Sua madre aveva sollevato la tazza per sorseggiare il caffè, ma esitò con il bordo vicino alle labbra. «Non puoi ricordarti quel capanno.»

«Ovviamente invece è così,» sbottò Kevin.

Mrs. Derocher prese lentamente un sorso di caffè e poi sistemò con cura la tazza prima di guardare un'altra volta il Capo Burbank. «L'ultima volta che Kevin è stato a quel capanno, prima che fosse venduto, aveva solo cinque anni.»

«Che capanno era?» chiese Burbank.

«Il nostro,» rispose lei. «Mio marito lo comprò quando nacque Kevin. Sembrava una bella idea ai tempi, ma a nessuno di noi piaceva passare le vacanze così lontano nei boschi, specialmente con un bambino piccolo. Sarebbe stato diverso se si fosse trovato sul lago, ma così era troppo isolato. Lo usammo ogni tanto, ma alla fine smettemmo di andarci e restò là per anni prima che finalmente lo vendessimo.»

«Quand'è stato?»

«Poco prima che il padre di Kevin morisse. Nell'autunno del 1988, mi pare. Jack mise il denaro in un fondo per me.» Si fermò e prese un altro sorso di caffè. «Penso che sapesse già... cosa avrebbe fatto... e volesse assicurarsi che si prendessero cura di me.»

«Dov'è il capanno?» chiese Burbank.

«Da nessuna parte,» rispose lei e Tom pensò di individuare una strana nota di trionfo nella sua voce. «È stato demolito dai nuovi proprietari.»

Ma il Capo Burbank cominciava a essere impaziente. «Dov'*era*, allora?»

«Era vicino al lago Christine. Ma, come ho detto, non molto vicino.»

Burbank prese un blocco e una penna dalla tasca della giacca e vi scrisse qualcosa. Quando appoggiò il blocco sul tavolino, Tom vide che aveva fatto uno schizzo della mappa del lago con la Percy Road e la Stark Highway che correvano parallele a sud-est e una strada che costeggiava la parte settentrionale, chiamata "Summer Club". Tom aveva un po' di familiarità con il lago, visto che ci andava a pescare quando era un ragazzino. Si trovava a meno di mezz'ora dalla casa dei Derocher.

«Mi può dire dov'era il capanno?» chiese Burbank a Mrs. Derocher.

«Non ricordo.»

«In linea di massima.»

«È passato davvero molto tempo.»

«Mamma,» ringhiò praticamente Kevin, «smetti di fare la difficile.»

Per la prima volta dal loro arrivo, Mrs. Derocher si voltò a guardarlo con occhi rabbiosi. «Difficile? Solo perché mi rifiuto di collaborare in una calunnia? Non sono stupida. Stai cercando di collegare la scomparsa di questo ragazzo a tuo padre. E se non fosse che è assurdo... Non è abbastanza che tu ti sia rifiutato di portargli il rispetto che meritava quando era vivo. Ora sei determinato a trascinare il suo nome nel fango...»

«Il rispetto che meritava?» chiese Kevin incredulo. «Il rispetto che *meritava?*»

«Non alzare la voce con me, giovanotto. Tuo padre ci ha dato una bella casa e...»

Ma Kevin era ormai troppo oltre. Saltò in piedi e le gridò: «Quello che *meritava* era la dannata sedia elettrica!»

«Fuori di qui!»

«Quel figlio di puttana ha iniziato a palpeggiarmi quando avevo cinque anni, mamma. *Cinque* anni!»

«Ho detto vattene!» Mrs. Derocher chiamò: «Sarah!»

215

«Kevin,» lo interruppe Tom, «forse dovremmo...»

«Poi ha stuprato e ha ucciso un ragazzino di undici anni!»

«Zitto! *Zitto!* Tu, ignobile... Non starò ad ascoltare nessuna delle tue bugie!»

«Basta così!» La voce profonda del Capo Burbank vibrò nella minuscola stanza e zittì madre e figlio. Era saltato in piedi dalla sedia e improvvisamente era più alto di quanto Tom ricordasse. «Voi due,» comandò indicando Tom e Kevin, «fuori. Ora!»

Sarah entrò di corsa, in preda al panico. «Cosa succede?»

«È tutto sotto controllo,» le disse il capo. «Kevin e Tom se ne stanno andando. E Mrs. Derocher... o mi dice dov'è il capanno o la denuncerò per ostacolo alla giustizia in un'indagine di polizia. Sono stato chiaro?»

«Non riesco a crederci, cazzo!»

Kevin stava camminando avanti e indietro di fronte all'auto della polizia, ignaro degli sguardi che stava attirando su di sé. Tom non poteva fargliene una colpa. L'ostinata cecità di sua madre su quanto era successo a lui da ragazzino era nauseante.

«Si sono a malapena parlati negli ultimi anni,» continuò Kevin. «Lei passava tutto il tempo nel casotto, a invasare fiori perché tanto lui non si interessava a nessuno di noi due. E per tutto quel tempo, lei lavorava proprio dove...» Si interruppe, incapace di completare la frase. «Ma ora che è morto, è un cazzo di santo!»

«Forse se lo ricorda nel modo in cui avrebbe voluto che fosse,» offrì Tom.

«Non difenderla!»

«Non lo sto facendo,» disse Tom. «Davvero. Avrei voluto urlarle addosso anch'io quando eravamo là dentro.»

Quelle parole strapparono un debole sorriso a Kevin. «Quello sarebbe stato bello. Il mio ragazzo contro mia mamma: la battaglia che pone fine a tutte le battaglie.»

«Ti irriti sempre quando mi comporto in modo protettivo.»

«Sì,» concordò Kevin, «ma alcune cose valgono la pena.»

216

Tom fece per dire qualcosa, ma notò il capo Burbank che si avviava verso di loro, così alzò la voce e chiese: «Ha avuto fortuna?»

Burbank sollevò la mappa che aveva disegnato. C'era un piccolo cerchio nella parte nordest del lago. «Kevin, tua madre è...»

«Una stronza?»

«Stavo cercando un termine più gentile.» Aprì la portiera e disse: «Conosco l'area che ha descritto. Non ci sono molte strade che entrano in quei boschi. Vediamo se riusciamo a trovarlo.»

Capitolo 27

Era pomeriggio inoltrato quando si diressero verso Summer Club Road. Erano tre macchine in tutto, visto che un'altra pattuglia si era unita alle spalle dell'auto di Tom mentre entravano in Percy Road. Tom presunse facesse parte del loro gruppo perché non aveva le luci lampeggianti, né gli indicò di accostare, ma continuò a seguirlo anche quando il Capo Burbank li condusse in una stretta strada sterrata e nella foresta.

A un certo punto, Burbank accostò al margine destro della strada e fermò l'auto così che un camion potesse sorpassarlo sulla sinistra, diretto verso il lago. Dopo che il mezzo fu passato oltre, il capo uscì e camminò verso l'auto di Tom, per poi infilare la testa nel finestrino.

«Kevin, c'è qualcosa che ti risulta familiare?»

Kevin guardò fuori, verso il tratto di strada sterrato con la foresta su entrambi i lati, e si strinse nelle spalle. «Familiare come può esserlo qualsiasi strada sterrata del New Hampshire.»

Burbank ridacchiò e lanciò un'occhiata nella stessa direzione. «Già. Come pensavo. Tua mamma ha detto, sotto costrizione, che si trova da qualche parte lungo questa strada, a circa tre miglia dall'inizio. Aguzza lo sguardo per trovare un vialetto sulla destra. Probabilmente sarà pieno di erbacce e a malapena visibile.»

Guidarono per circa un miglio prima che Kevin dicesse: «Eccolo!»

Tom dovette trattenersi dall'inchiodare. Quando si fermò, l'auto dietro di lui praticamente gli picchiò contro il tubo di scarico, ma non riusciva a vedere alcun segno del viale d'accesso.

Il Capo Burbank accostò una trentina di metri più avanti. Tom e Kevin uscirono dal veicolo mentre l'uomo faceva lentamente retromarcia. Tom riconobbe l'agente che uscì dall'altra auto di pattuglia. Era quello che c'era con Burbank la sera che avevano fatto accostare Kevin sulla Recycle Road.

«Cosa c'è?» chiese l'agente.

Tom si strinse nelle spalle, ma Kevin iniziò a camminare nella direzione da cui erano arrivati, guardando nella foresta. Un minuto dopo gridò: «Eccolo qui!»

Burbank si unì a loro e tutti e tre camminarono diretti verso il punto dove Kevin stava indicando qualcosa nella boscaglia.

Era un'insegna di legno. Dopo tutti quegli anni, la pittura verde e rossa era quasi svanita e il legno esposto era malconcio, ma il nome si distingueva ancora.

Derocher.

«Beh,» disse Tom, «non è inquietante?»

La strada era a malapena distinguibile dalla foresta che correva su entrambi i lati. Betulle e pioppi avevano occupato tutto lo spazio probabilmente decenni prima, e il terreno era invaso da amamelide e da boschetti di mirtilli rossi. Tom dubitava che l'avrebbe mai vista se Kevin non l'avesse individuata.

Senza ulteriori preamboli, Burbank si fece largo tra gli sterpi e l'agente lo seguì.

«Stai bene?» chiese Tom a Kevin, preoccupato dal suo pallore.

Dopo un borbottato: «Sto bene,» Kevin sembrò farsi risoluto prima di seguire i due poliziotti nel bosco. Tom non ebbe altra scelta se non fare lo stesso, a meno che non volesse restare da solo sulla strada.

Come spesso accadeva nelle foreste del New Hampshire, il sottobosco era più fitto vicino alla strada e si apriva un po' man mano ci si addentrava, forse perché era più asciutto lì che non vicino ai fossi bagnati che correvano lungo le carreggiate. Tom non ne aveva idea. Ma il terreno della foresta era asciutto e ricoperto di foglie morte che lasciavano spazio in abbondanza per camminare tra gli alberi e cespugli.

Il sentiero originale non era difficile da individuare, dato che era stato segnato da gole profonde ai lati. Nel punto in cui doveva esserci stato il casotto c'erano buchi quadrati parzialmente coperti di detriti accumulatisi in anni. Burbank vi passò accanto dicendo a Kevin: «Tua madre ha detto di aver sentito che i nuovi proprietari avevano lasciato il casotto chiuso per così tanto tempo che il tetto è crollato. Probabilmente l'hanno abbattuto per evitare che i bambini si arrampicassero sui detriti e che magari rimanessero uccisi, ma qui sembra che non ci venga nessuno da anni.»

Kevin gli stava a malapena prestando attenzione. Il suo volto era pallido e Tom vedeva i muscoli della sua mascella contratta guizzare, mentre con lo sguardo cercava nella foresta per individuare il pozzo. Rimasero tutti in silenzio a guardarlo ruotare lentamente su se stesso per orientarsi. «Non sono sicuro...» mormorò tra sé e sé, come se fosse inconsapevole di avere un pubblico.

Poi sembrò prendere una decisione e iniziò a camminare per allontanarsi dal casotto e addentrarsi nel bosco. Dopo poco, esitò e si guardò attorno, e infine cambiò leggermente direzione. Tom lo seguì insieme a due poliziotti.

Andò avanti così a lungo, tanto che Tom iniziò a preoccuparsi che potessero perdersi nella foresta. Ma poi riuscì a intravedere i resti del casotto attraverso gli alberi alla sua sinistra e la cosa lo rassicurò. Kevin non li stava guidando troppo lontano. In effetti, si stavano muovendo in un arco ampio.

Il sole stava calando e la corteccia bianca delle betulle stava diventando color arancione, quando Kevin borbottò: «Dannazione! Non mi ricordo!»

«Non avranno messo il pozzo troppo lontano dal casotto,» commentò Burbank.

Il viso di Kevin si accartocciò per la frustrazione. «Sembra tutto uguale!»

Ed era così. Solo betulle e pioppi a perdita d'occhio, inframmezzati da pini bianchi. Più vicino al terreno, ciuffi di cicuta, amamelide e altri arbusti oscuravano qualsiasi possibile copertura di un pozzo. Kevin aveva detto che il pozzo era sepolto sotto di essi, quindi guardarono ovunque, ma era impossibile distinguere un punto dall'altro senza una mappa.

Fecero avanti e indietro per un po', cercando di individuare qualcosa che potessero aver trascurato, ma l'arancione del tramonto lasciò il posto alla grigia luce del crepuscolo, rendendoli frustrati.

Poi Tom picchiò contro qualcosa fra le foglie. Era parzialmente incastrato nel terreno e si era allentato quando il suo piede vi era passato sopra, sollevando un po' di terriccio e di foglie. Si chinò per prenderlo e un brivido passò attraverso il suo corpo.

Era un coltello a serramanico.

Era ovvio che fosse stato lì per molto tempo, visto che quasi tutto il metallo era arrugginito. Ma i pezzi di plastica sui lati, con una forma simile a quella di un osso, erano ancora intatti, anche se malconci e resi fragili da anni di esposizione alle intemperie.

«Ho trovato qualcosa!» gridò Tom.

Gli altri arrivarono correndo e lui sollevò il coltello perché potessero esaminarlo. «Era incastrato nel terreno proprio qui,» indicò.

Kevin tese una mano tremante e Tom vi lasciò cadere il coltello. Con un'esalazione udibile, Kevin passò le dita sopra la superficie dell'osso finto che era il manico del coltello, ripulendolo dal terriccio. «Sì... penso possa essere quello. L'ho visto solo quella notte, ma...»

Improvvisamente lo passò al Capo Burbank. «Ecco. Lo usi come prova o qualcosa del genere. Non voglio toccarlo mai più.»

Burbank prese il coltello e lo esaminò. «Questo significa che siamo vicino al pozzo?»

«Forse. Non so quando è caduto dalla tasca di mio padre.»

Erano a meno di tre metri da un'amamelide. Mentre Kevin e Burbank discutevano del coltello, Tom si mosse più vicino agli arbusti con una sensazione di nausea che gli cresceva alla bocca dello stomaco. Scostò le grandi foglie e sentì la pelle accapponarsi sulla nuca. «Oh, Gesù...»

L'anello di cemento del pozzo spuntava dal terreno per meno di trenta centimetri e il coperchio di legno era per metà nascosto sotto uno strato di foglie morte e sterpi. Le assi erano quasi marcite e il tutto stava sprofondando nel mezzo, sotto il peso dei detriti.

Quando Tom cercò di chiamare gli altri, scoprì che la sua gola si era chiusa, ma i due agenti furono ai suoi lati quasi immediatamente e tutti guardarono il pozzo.

«Kevin...?» Burbank iniziò a chiedergli qualcosa ma, quando i tre si voltarono, fu immediatamente ovvio che Kevin non sarebbe stato di molto aiuto. Era accucciato con le mani sopra la testa, come si stesse proteggendo da qualcosa. «Stai bene?»

«Ho bisogno di un minuto.» Kevin ansimava. Esalò lentamente e poi prese un lungo respiro attraverso il naso. Burbank sembrava sconcertato dal suo atteggiamento, ma Tom sapeva che stava facendo gli esercizi di respirazione che aveva imparato a eseguire per calmarsi.

«Lo lasci stare,» disse piano Tom quando ritrovò la voce. Non sarebbe stato utile a Kevin se si fosse comportato come una mamma chioccia, per quanto volesse farlo.

«La luce sta per andarsene. Joe, aiutami a togliere questo.»

Il rumore che fece il legno marcio quando gli agenti lo spostarono fu nauseante, ricordò a Tom il suono di ossa che si spezzavano e di carne strappata che si disintegrava tra le loro mani. I detriti sulla copertura caddero nel buco nero sottostante. Lui si chinò in avanti, riluttante all'idea di guardare cosa ci fosse all'interno ma incapace di fermarsi. Non importava. Il crepuscolo non riusciva a penetrare l'oscurità che c'era in fondo.

Il Capo Burbank prese una torcia dalla cintura e l'accese. Tom si protese di nuovo mentre l'uomo illuminava il pozzo. Il fondo era asciutto e di soli dieci metri di profondità, ma con tutte quelle foglie e terreno caduto all'interno non c'era molto che si riuscisse a distinguere.

Burbank trovò un sasso grande come la sua mano e lo gettò all'interno. Risuonò sordo sul fondo. «Sembra solido,» borbottò Burbank. «Vorrei avere una corda.»

«Io ne ho una nel bagagliaio,» disse Joe.

«Puoi trovare la strada per tornare indietro?» L'agente indicò il punto dove si vedevano le rovine del capanno. «Scendo io se mi aiutate.»

Burbank guardò nel pozzo con un'espressione scettica sul viso. «Sicuro?»

«C'è un albero proprio là. Possiamo legarci il capo della corda. Sarà sicuro.»

Burbank aggrottò le sopracciglia ma disse: «Va bene. Ma sbrigati. La luce non durerà ancora a lungo.»

Mentre Joe si avviava verso l'auto a passo abbastanza svelto considerata l'irregolarità del terreno, Tom non poté resistere e tornò a controllare Kevin. Era seduto a gambe incrociate, gli occhi chiusi come se stesse meditando.

«Come va?» Tom si sedette vicino a lui.

Kevin riaprì gli occhi e gli fece un debole sorriso. «Sto bene, terapista.» Con grande sorpresa di Tom, però, allungò la mano e gli prese la sua, noncurante del poliziotto poco distante. Restarono seduti così per un po', senza parlare, mentre attendevano che Joe tornasse. Burbank lanciò loro un'occhiata ma sembrò rendersi conto che avessero bisogno di tempo da soli.

Non dovettero attendere a lungo prima che Tom sentisse il fruscio di foglie schiacciate dietro di lui e si voltasse per vedere Joe tornare, un po' senza fiato, con un rotolo di corda di nylon arancione avvolto attorno alla spalla destra. I due poliziotti legarono un'estremità della corda attorno a un albero e Joe usò l'altra per fare una sorta di imbragatura, avvolgendosela attorno a entrambe le gambe e alla vita.

«Tom, ho bisogno che ci aiuti,» disse il capo Burbank, e lui si alzò per unirsi a loro.

Fecero camminare Joe attorno a un secondo albero per far avvolgere la corda al tronco. Questo avrebbe fatto da freno mentre Burbank e Tom abbassavano lentamente Joe nel pozzo, facendo scorrere la corda. Tom sospettava che non fosse così che avrebbe fatto un professionista, ma Joe e il capo sembravano pensare che fosse una procedura sufficientemente sicura. Tom restò dietro

Burbank e diede corda mentre Joe si calava nel pozzo. Nel frattempo, Kevin rimase seduto a terra a fissare il pozzo come se si aspettasse... Beh, Tom non aveva proprio idea di cosa gli stesse passando per la mente. Sembrava semplicemente che stesse cercando di resistere.

Dopo aver dato corda per parecchio tempo, la stessa si allentò e Joe gridò: «Sono giù! Il terreno è solido.»

Tom e Burbank lasciarono cadere la loro estremità a terra e andarono al bordo del pozzo per guardare verso il basso. Joe si era portato una torcia, ovviamente, ed era accucciato su una pila di detriti e li stava illuminando.

Visto che non disse nulla, Burbank gli gridò con impazienza: «Beh, cosa vedi?»

«C'è qualcosa... Sembra una scarpa da ginnastica.»

Tom sussultò a quelle parole, e anche Burbank divenne pallido. Tom guardò Kevin che stava ancora fissando il pozzo con espressione indecifrabile.

Improvvisamente, Joe gridò: «Gesù Cristo! Tiratemi su! Tiratemi su!»

Burbank afferrò la corda e iniziò a tirare, dimostrando di avere una forza sorprendente. «Vai dietro l'albero e prendi il resto in caso scivoli!» ordinò a Tom.

Tom obbedì e fu sorpreso di vedere Kevin correre e arrivare alle spalle del capo iniziando a tirare anche lui la corda. Grazie all'aiuto di entrambi gli uomini, ci volle solo un minuto perché la testa di Joe apparisse oltre il bordo di cemento. Faticò a trovare un appiglio mentre Burbank e Kevin gli afferravano gli abiti e lo tiravano fuori.

Quando colpì il terreno, Joe si affrettò ad allontanarsi dal pozzo e restò con le mani sulle ginocchia, cercando di recuperare il respiro. «Gesù...»

«Cos'è successo?» chiese Burbank.

Joe prese ancora un paio di respiri per calmarsi e poi rispose: «La scarpa da ginnastica era incastrata nel terreno così ho iniziato a muoverla per liberarla. E poi...» La sua voce si ruppe e dovette deglutire a fatica. «Cristo, Randy! C'era un piede dentro!»

«Un piede?» chiese Burbank cupo.

«Beh, c'erano ossa di gambe che spuntavano.» Joe trasalì al ricordo. «Insomma, so che è quello che cercavamo. Pensavo di riuscire a sopportarlo. Ma la scarpa da ginnastica... era così piccola. Come la scarpa di un bambino...»

Burbank gli si avvicinò e gli picchiò affettuosamente sulla spalla. «Va tutto bene. Dobbiamo chiamare la squadra forense per tirarlo fuori. Faranno un casino perché ti ho lasciato scendere e calpestare lì attorno.»

«Avresti potuto fermarmi.»

Burbank sbuffò. «Se non ti fossi offerto volontario, sarei tornato domani e l'avrei fatto da solo. Non avrei mai chiamato i ragazzi senza verificare se ci fosse davvero un corpo laggiù.»

Kevin era ancora vicino al pozzo e guardava verso il basso. Tom gli si avvicinò preoccupato. Il fondo era completamente buio, ora che la torcia di Joe non lo illuminava, e Tom non riuscì a non rabbrividire mentre guardava nell'oscurità. Il pensiero di un giovane Billy che giaceva laggiù, dimenticato per venticinque anni, lo agghiacciava e lo intristiva allo stesso tempo.

Lo stesso pensiero dovette passare per la mente di Kevin, perché parlò piano verso le profondità oscure. «Mi dispiace. Mi dispiace di averti portato al capanno quella sera. Mi dispiace di non essere riuscito a convincere quel figlio di puttana a prendere me invece che te. Mi dispiace di non essere riuscito a ucciderlo. E...» La sua voce si spense mentre si prendeva un attimo per recuperare il respiro. «Mi dispiace di averti dimenticato. In qualche modo, questa è la cosa peggiore di tutte.»

Sollevò lo sguardo e per la prima volta sembrò notare Tom in piedi vicino a lui.

«Si sta facendo buio,» disse Tom, incapace di pensare a qualsiasi altra cosa.

Kevin annuì. «Andiamo a casa.»

Capitolo 28

Le indagini andarono avanti per mesi. Parte del problema era identificare il corpo. Billy non aveva vissuto abbastanza a lungo a Stark per essere andato da un dentista della zona, il che significava che non c'era traccia d'impronte dentarie da confrontare con lo scheletro recuperato dal pozzo. C'erano frammenti marci di indumenti, ma niente che potesse fornire indizi sulla sua identità. L'unità scientifica aveva concluso che lo scheletro, molto probabilmente, era quello di un giovane maschio e non era irragionevole presumere che fosse rimasto in fondo al pozzo per oltre due decenni. Il pozzo sembrava essere stato asciugato molto tempo prima e non c'erano animali più grossi di topi laggiù quindi le cose si erano conservate abbastanza bene. Le etichette dei vestiti e i materiali erano coerenti con quella stima, anche se era impossibile restringere il campo più di così.

Il Capo Burbank sembrava credere che fosse Billy Sherrell, ma avrebbe preferito qualcosa di più concreto che non la testimonianza oculare di Kevin vecchia di venticinque anni e in qualche modo traballante. I resti parzialmente disintegrati di una banconota da venti dollari nella tasca dei pantaloni sembrava corroborare la sua storia.

Ci volle del tempo prima che la polizia di Groveton riuscisse a rintracciare dove si era trasferito il padre di Billy, ma alla fine lo localizzarono vicino al confine con il Vermont, nei pressi di St. Johnsbury. Lo convocarono per porgli alcune domande e vedere se poteva identificare i resti degli abiti e ciò che restava del coltellino a serramanico.

«Non vuole parlare con te,» disse Burbank a Kevin quando lui e Tom si fermarono al dipartimento un pomeriggio. Kevin si era messo in testa che aveva bisogno di parlare con Mr. Sherrell per espiare in qualche modo la sua colpa per ciò che era successo. «Non credo ti colpevolizzi, non te nello specifico, ma... Per dirla senza mezzi termini, pensa che Billy sarebbe stato meglio se non ti avesse mai incontrato.»

Kevin prese la notizia stoicamente, anche se Tom era così abituato a leggere la sua espressione che poté vedere il brutto colpo che fu per lui. «Ha ragione,» fu tutto ciò che disse.

Anche Sue Cross venne interrogata dalla polizia. Kevin le aveva dato il permesso di discutere qualsiasi cosa avesse appreso durante le loro sessioni che fosse collegata alla morte di Billy, così come di dare informazioni riguardo alla validità dei ricordi recuperati. Il fatto che un corpo fosse stato scoperto poteva essere considerata una prova sufficiente per alcuni ma, come aveva puntualizzato Burbank, c'era ancora la possibilità che Kevin avesse sempre saputo dove fosse il cadavere e avesse fatto semplicemente finta di non ricordare.

Secondo Sue, l'uomo era a malapena sopravvissuto a quella conversazione mantenendo i testicoli intatti. «Come se io non fossi in grado di capire la differenza, dopo tutto il lavoro fatto con i sopravvissuti, tra qualcuno che sta dicendo la verità e qualcuno che sta mentendo!»

Ma la parte più difficile fu convocare Mrs. Derocher. Tom e Kevin non erano presenti durante il colloquio, ovviamente, e non venne detto loro niente riguardo a ciò che era stato discusso. Ma il capo disse loro, più tardi, che fu "molto sgradevole ". E, alcuni giorni dopo, Kevin ricevette una lettera da sua madre, recapitata al suo caravan.

Kevin,

sono stata tollerante. Ho tollerato i tuoi malumori e la tua ostilità verso di me e tuo padre. Ho tollerato i tuoi piccoli atti vandalici e l'incendio doloso, che non era poi così piccolo. Ho tollerato le enormi spese sostenute per il tuo trattamento. Ma la mia tolleranza è arrivata al termine.

Tuo padre stravedeva per te. Ti amava più di quanto penso amasse me. Quand'eri piccolo, potevo capirlo. Eri un bambino bello e affettuoso. Ma perché abbia continuato ad adorarti nonostante il modo in cui ti comportavi una volta cresciuto, va oltre la mia comprensione. Non ho dubbi che la tua ostilità verso di lui, nei tuoi anni da adolescente, abbia avuto un peso nel suo suicidio.

E ora onori la sua memoria con queste calunnie, queste accuse di depravazione sessuale e omicidio! Il motivo per cui la polizia dovrebbe scegliere di credere a queste bugie disgustose su un uomo che ha servito la sua comunità generosamente per tutta la sua vita e ha dato tutto alla sua famiglia è incomprensibile. Ho sentito voci tramite lo staff qui riguardo a te e al tuo "amico". Posso solo immaginare che tu abbia proiettato la tua depravazione su tuo padre, ora che non è più qui a difendersi. E riguardo all'omicidio, forse la polizia dovrebbe fare più domande sul perché tu sei l'unica persona che sapeva dove fosse nascosto il corpo.

Non sei più mio figlio. Ho già incontrato il mio avvocato per farti rimuovere dal mio testamento e ho informato lo staff che non ti è più permesso farmi visita.

Ti prego di rispettare il mio desiderio.

Ellen

Kevin aveva portato la lettera insieme a tutto il resto della posta a casa di Tom prima di leggerla, e dopo l'aveva spinta nelle mani del compagno prima di uscire a grandi passi sotto il portico. Tom presunse che ciò significava che poteva leggerla. Desiderò di non averlo fatto.

Diede a Kevin alcuni minuti da solo per calmarsi, ma non riuscì a trattenersi a lungo. Il suo uomo era nella vasca idromassaggio quando uscì sotto il portico con Shadow al seguito. Era pieno inverno e il cortile era ricoperto di neve, ma Tom aveva scoperto che le vasche idromassaggio potevano essere usate tutto l'anno se si sopravviveva abbastanza restando nudi il tempo per entrare e uscire dall'acqua. Il portico era stato ripulito, quindi era asciutto.

Tom si tolse l'accappatoio, rabbrividì un po' e scivolò nell'acqua.

«Penso sperassi,» disse Kevin piano, «che quando tutto finalmente fosse stato chiarito, lei sarebbe passata dalla mia parte. Che avrebbe finalmente visto che non ero solo un ingrato viziato, che c'era una ragione per le cose che facevo, anche se ai tempi non sapevo il perché lo facevo. Ma... penso che non ci sia nulla che potrebbe farle scegliere me invece di lui.»

Tom allungò una mano e gli accarezzò la spalla. «Alcune persone investono molto tempo ed energie a fabbricare un mondo sicuro e confortevole per se stessi e rifiutano chiunque minacci quell'illusione.»

Kevin fece un suono disgustato. «Lei sceglie uno stupratore di bambini e un assassino invece che il suo stesso figlio. Perché devi continuare a difenderla?»

«Mi dispiace. È la mia parte da psicologo che parla, che cerca sempre di trovare le ragioni del perché le persone fanno determinate cose.»

«Sì? Beh, magari mi piacerebbe sentire che cosa ha da dire il mio *ragazzo* per una volta.»

Tom non si fece scoraggiare dall'irritazione di Kevin. Gli si avvicinò e disse: «Il tuo ragazzo odia quella stronza dal sangue freddo per quello che ti ha fatto. Per aver ignorato i segnali quando eri un ragazzino, per aver preso le distanze da te quando avevi bisogno di lei, e specialmente ora, per aver sparato quelle stronzate quando avrebbe dovuto abbracciarti e fare ammenda.»

Kevin sorrise tristemente. «Beh, di certo non la inviteremo al matrimonio.»

Quelle parole colsero Tom di sorpresa, ma cercò di non darlo a vedere. Non avevano mai discusso del matrimonio. Dopotutto si conoscevano da meno di un anno. Tom non sapeva ancora se Kevin fosse serio riguardo alla loro relazione o no. Ma era una fantasia piacevole e per il momento decise che fosse buona cosa far sì che non venisse spazzata via. Così, non cercò di far prendere alcun impegno a Kevin, nonostante quel commento. Semplicemente, si sistemò nella vasca e lasciò che i getti d'acqua massaggiassero il suo corpo mentre lui guardava le nuvole passare sopra la testa e intrecciava le dita con quelle di Kevin.

Fu sorpreso quando il suo compagno si mosse e gli si mise cavalcioni, sedendosi in grembo a lui con entrambe le mani appoggiate al bordo della vasca ai lati della sua testa. Kevin si chinò in avanti e lo baciò sulla bocca, a lungo e appassionatamente. Mentre i loro corpi si strusciavano l'uno contro l'altro nell'acqua, Tom sentì l'erezione crescente del compagno strofinare contro il suo stomaco e gli divenne duro a sua volta.

Kevin non era mai stato così audace in passato e Tom non era sicuro di come reagire. Ma l'altro non sembrò voler cambiare idea ed era semplicemente meraviglioso, così Tom si rilassò, ricambiando il bacio e accarezzando quel corpo solido e ben definito.

Alla fine, Kevin interruppe il bacio a sufficienza per ridacchiare nel suo orecchio. «È meglio se andiamo di sopra, a meno che tu non voglia passare tutto il giorno domani a svuotare la vasca e a ripulire i filtri.»

«No, grazie. Andiamo di sopra.»

Uscirono e si asciugarono, anche se Kevin si assicurò che Tom rimanesse *interessato* afferrandogli l'erezione in modo giocoso e strofinando occasionalmente il naso contro il suo collo. Non si fidavano ancora a lasciare Shadow da solo all'aperto, così lo portarono in casa ma lo abbandonarono ai piedi delle scale.

Nonostante l'entusiasmo, Kevin non era pronto per fare qualcosa di radicale come il sesso anale. Tom non sapeva se lo sarebbe mai stato. Di certo, lui era disposto a fare il passivo se a Kevin non piaceva l'idea di sentirsi penetrato, ma Tom sapeva che c'era più di quello. Grazie a suo padre, per Kevin il sesso anale era troppo collegato allo stupro. Tom non aveva ancora capito se Mr. Derocher l'avesse fatto con suo figlio, ma Kevin aveva assistito allo stupro di Billy da parte di quell'uomo ed era possibile che non sarebbe mai stato in grado di trovarlo piacevole.

Trovarono però altri modi per darsi piacere, con le mani e con le bocche. Kevin era schizzinoso riguardo al fatto che Tom gli eiaculasse in bocca, così Tom fece in modo di accontentarlo. Ma prese con gioia ciò che il suo compagno voleva dargli e, quando Kevin ansimò: «Sto per venire!» e cercò di spingerlo via, Tom lo tenne fermo mentre lo sentiva pulsare denso seme nella sua bocca, facendolo esultare nel percepire il suo sapore.

Dopo, restarono sdraiati vicini, a baciarsi delicatamente, e Kevin commentò: «Riesco a sentire il mio sapore nella tua bocca.»

Tom rise. «Scusami. È che mi piace il tuo sapore.»

«A me no.»

«Posso lavarmi i denti se vuoi.»

Kevin gemette e rotolò sulla schiena. «La cosa che mi dà davvero fastidio è che non riesco a liberarmi di *lui*. Ogni volta che tu e io facciamo qualcosa, non riesco a smettere di ricordarmi di come *lui* facesse la stessa cosa. È nauseante!»

Inquietante, di certo.

«Non possiamo imporci di non ricordare le cose,» gli spiegò Tom. «Ma ricordarle le svuota del loro potere emotivo. Lo sai. Pensa a quanto peggio ti sentivi quando non riuscivi a ricordare perché ti sentivi così.»

«Presumo di sì.»

«Mi dispiace rovinare il momento, ma... Come siamo passati da discutere della lettera di tua madre a "portiamo la nostra vita sessuale al livello successivo"?»

Kevin sorrise e scosse il capo. «Non è successo. Siamo passati da parlare di *matrimonio* a "scopiamo".»

Improvvisamente, Tom sentì un'ondata di nervosismo colpirlo. Sollevò la testa e la sostenne con una mano, così da poter guardare direttamente Kevin negli occhi. Quegli occhi nocciola sonnolenti ricambiarono lo sguardo con affetto evidente. «Pensavo stessi scherzando.»

«Beh, ammetto che mi è venuto in mente così. Non è che ci abbia pensato molto. Ma è qualcosa che ti piacerebbe prendere in considerazione?»

«Ah-ha,» rispose Tom con un sorrisetto. «Non voglio che tu me lo chieda per capriccio. Specialmente subito dopo aver fatto sesso. Se ci pensi per un po' e ti sembrerà ancora una buona idea, allora me lo potrai chiedere.»

«Dirai di sì?»

«Non imbrogliare.»

Ora che si stavano rilassando, Tom divenne consapevole dei mugolii e del raschiare alla porta. Afferrò alcuni fazzolettini dal comodino e si ripulì lo stomaco. Poi li buttò nel cestino e andò ad aprire la porta.

Shadow entrò di corsa e saltò sul letto e per metà sopra Kevin, che improvvisamente si ritrovò il viso pieno di leccate. «Agh! Gesù! Non voglio che mi baci alla francese proprio dopo che ho fatto sesso!»

Ridendo, Tom trattenne Shadow abbastanza perché Kevin potesse strisciare da sotto di lui. Poi si unì ai due sul letto e il cane si sdraiò contento tra i suoi due papà mentre entrambi gli grattavano il petto.

«Cane scemo,» disse Kevin sorridendo con affetto al cucciolo.

«Aspetta un attimo,» disse Tom. «Non l'avevamo lasciato in fondo alle scale?»

Kevin rise e si chinò a strofinare il naso contro il petto del cane mentre Shadow sospirava in estasi. «Sembra che tu sia diventato un cucciolo arrampicatore ora. Attenzione, mondo!»

Tom grattò l'orecchio del cane e rifletté: «Deve aver deciso che qualsiasi cosa ci fosse qui che gli faceva paura, non fosse brutta come il restare da soli.»

«Già,» disse Kevin. «Conosco la sensazione.»

Capitolo 29

L'indagine sulla morte di Billy fu finalmente risolta con grande soddisfazione della polizia e dell'ufficio del procuratore distrettuale del New Hampshire, e Billy venne sepolto in un vero e proprio cimitero. Visto che lui e suo padre avevano vissuto a Stark solo per breve tempo, la famiglia non aveva dei veri e propri legami lì. Il funerale si tenne a Littleton, così che Billy potesse essere interrato vicino ai suoi nonni, e Kevin fu informato di non essere il benvenuto tramite il Capo Burbank.

Kevin rispettò il volere di Mr. Sherrell, ma una settimana dopo il funerale lui e Tom guidarono verso il cimitero di St. Rose per andare a far visita alla tomba. Littleton non era una grande città, solo cinquemila abitanti, ma St. Rose era un cimitero spazioso con lapidi recenti, così trovare quella di Billy fu frustrante. Ma alla fine la individuarono.

Kevin fissò in silenzio la tomba per così tanto tempo che Tom alla fine si sentì costretto a chiedere: «Vuoi che ti lasci da solo un momento?»

Kevin sollevò lo sguardo verso il prato ben curato e verso le pietre tombali. Era primavera, quindi l'erba era verde sullo sfondo di alberi di pino che costeggiavano il cimitero. «No. Non ho niente da dire. So che non è veramente colpa mia, ma mi sento ancora come se avessi dovuto... non lo so. Lottare con più forza per salvarlo.» Sollevò la mano per zittire Tom quando gli sembrò che fosse sul punto di dire qualcosa. «Sì, lo so. Ero solo un ragazzino, ma il padre di Billy aveva ragione. Se Billy non mi avesse mai incontrato, probabilmente oggi sarebbe ancora vivo.» Guardò di nuovo la solitaria lapide di marmo grigio. «Forse ci sarei stato io qua.»

233

Tom non poté restare in silenzio un attimo di più. «Mi fa piacere che non sia così! Non che mi faccia piacere che ci sia Billy, ma... non dovevi esserci tu!»

Kevin gli sorrise e allungò una mano per toccargli il braccio. «Va tutto bene, terapista. Sono ancora vivo e intendo rimanerci.» Detto questo, si voltò e tornò verso il furgone.

Il tragitto di ritorno verso Stark fu fatto in silenzio. Kevin era perso in pensieri oscuri, dove Tom sapeva non doversi intromettere. Fu solo quando Kevin svoltò in una strada che Tom non riconobbe, che gli chiese: «Dove stiamo andando?»

«Voglio fermarmi in un posto.»

Un paio di minuti più tardi accostò sulla strada vicino al cimitero di Emerson Road e uscì dal furgone. Camminò a lunghi passi con Tom alle calcagna finché non si fermò di colpo vicino a una tomba.

La lapide diceva:

Jack Kevin Derocher
Marito e padre amato
1942–1989

«Quella donna conosciuta come *mamma* ha sempre insistito perché venissi qua a porgerti i miei rispetti,» disse Kevin alla lapide. «Così eccomi qui, fresco della visita alla tomba dell'unica persona che hai davvero ucciso. Volevo sapessi che finalmente ho capito. Finalmente ho capito perché ti sei ucciso. Non è stata la tua coscienza. Non ne avevi una. Eri così bravo a dare sempre la colpa agli altri. Era sempre colpa mia per esser troppo bello, o colpa della mamma per esser troppo stronza, o colpa di Billy per averti illuso...

«No, la ragione per cui non mi hai più toccato dopo quella notte era perché eri terrorizzato da me. Pensavi davvero che avrei trovato il modo di ucciderti se mi fossi venuto di nuovo vicino. E quando me ne sono andato a Hampstead, pensavi che fosse finita. Pensavi che tutto sarebbe uscito durante le sessioni di terapia e così hai fatto l'unica cosa che pensavi potesse salvarti dal farti cadere addosso tutto: ti sei ucciso. Povero papà. Non sapevi nemmeno che avevo dimenticato tutto. Non avrei potuto denunciarti perché non riuscivo a ricordare una dannata cosa di quella notte, stupido cazzone!»

Si fermò per prendere fiato, ma Tom sapeva che non era il caso di parlare. Gli occhi di Kevin guardavano lontano come se non vedesse nulla.

«Porgere i miei *rispetti*,» borbottò Kevin e sputò sul terreno. «Se non fosse che mancherei di rispetto a tutte le persone decenti seppellite qui, me lo tirerei fuori e piscerei sulla tua tomba. Ecco quanto rispetto ho per te. Eri un bastardo crudele e hai distrutto le vite di tutti attorno a te. Non solo quella di Billy, per la quale spero tu verrai torturato all'inferno, e non solo la mia. Mr. Sherrell era un bastardo, ma paragonato a te era un dilettante. Ti sei liberato di lui senza nemmeno sollevare un dito: gli hai strappato il figlio e hai spedito lui fuori città in un colpo solo. E la mamma? È sempre stata un'arpia dal sangue di ghiaccio o sono stati decenni di vita con un uomo che preferiva il suo stesso figlio a sua moglie a farle questo?

«Ma sono qui per parlarti di me. La cosa vomitevole è che penso tu credessi di amarmi. Pensavi che ciò che mi facevi fosse un segno d'affetto e pensavi che ricambiassi il tuo amore. Penso che tu avessi bisogno che io ti amassi. Ma tu mi hai rubato la vita. Non nel modo in cui l'hai rubata Billy, visto che mi hai lasciato il respiro. Ma non c'è un ricordo di un momento della mia infanzia che non ti appartenga. Giocare, andare a scuola, cercare di farmi degli amici... Anche se non eri lì, tu c'eri, nei recessi della mia mente, lo sporco segreto che temevo le persone potessero scoprire. Non mi ero nemmeno azzardato a dirlo a Billy. Ero terrorizzato che mi avrebbe scaricato se avesse scoperto cosa ti avevo lasciato fare. E poi...»

Kevin fece una pausa e deglutì a fatica. «Venticinque anni. E anche se non mi ricordavo niente, tu eri lì, ogni volta che cercavo di fare sesso, ogni volta che cercavo di avvicinarmi a qualcuno. Tom dice che non sarò mai completamente libero dal tuo ricordo e probabilmente ha ragione. Ma ora te lo dico: non ti voglio bene. Hai cercato di costringermi, ma quella è stata l'unica cosa che non sei riuscito a forzarmi a fare. Ho smesso di volerti bene quando avevo cinque anni, e niente al mondo mi farà mai dire che ti ho voluto bene da quel momento in poi. Amo Tom e Shadow, e penso di aver amato Billy. Sono piuttosto sicuro di voler bene a Tracy e forse posso anche riuscire a voler bene un po' alla mamma. Ma non a te. Mai.»

Restò per un lungo momento in silenzio fino a quando Tom, alla fine, si sentì in dovere di prendergli la mano. Le dita di Kevin si chiusero attorno alle sue e lentamente lui si voltò a guardarlo. I suoi occhi erano gonfi di lacrime, ma lui li sbatté e disse: «Andiamo.»

Sempre tenendosi la mano, diedero le spalle alla lapide e si allontanarono.

Epilogo

La sera seguente, seduti nella vasca idromassaggio con Shadow rannicchiato vicino, mentre guardavano il cielo chiaro e pieno di stelle, Kevin chiese a Tom: «Esattamente quanti giorni devono passare prima di avere il permesso di chiederti di sposarmi?»

Tom rise. «Presumo sia passato abbastanza.»

«Vuoi che ti prenda un anello prima?»

«No.»

Kevin si alzò, ondeggiando un po' nell'acqua che vorticava. Non per la prima volta, Tom restò abbagliato dal modo in cui l'acqua scivolava in rivoletti lungo il suo addome e sulla schiena muscolosa. Kevin Derocher era l'uomo più bello che avesse mai incontrato. Ed era dannatamente sexy. Al momento, però, era più che altro divertente mentre si accucciava nell'acqua cercando di non cadere a causa dei getti.

Tom rise di nuovo. «Non vorrai metterti su un ginocchio!»

«Vaffanculo. È così che si fa.» Kevin stese la mano destra. «Dammi la mano.»

Tom sospettava che ne avesse bisogno sia per mantenersi in equilibrio che per la tradizione, ma mise la mano in quella di Kevin. Fu in quel momento che notò quanto stesse tremando. «Stai bene? Stai tremando.»

Kevin roteò gli occhi. «Non sto avendo un attacco di panico, terapista. Sono nervoso perché sto per chiedere al mio ragazzo di sposarmi.»

«Oh. È perfettamente capibile.»

«Grazie per l'analisi gratuita,» disse Kevin ironicamente. «Ti dispiace se procedo?»

237

«Per niente.»

«Vuoi sposarmi, Tom?» chiese Kevin.

Tom guardò in quelli dolci occhi nocciola e sorrise. «Sì, Kevin. Certo.»

Kevin si spostò in avanti e fece scivolare il suo corpo caldo e bagnato contro Tom, facendolo gemere di piacere. «Allora... chi invitiamo?»

Tom gli baciò il collo prima di rispondere. «Non lo so. La mia famiglia, penso. Anche se non so se ce la faranno. Sue. Tutto qui da parte mia. Non ho amici. E tu?»

«Tracy e Lee. Probabilmente le persone del ristorante. E mia mamma.»

Tom ritrasse la testa per la sorpresa in modo da guardare il viso di Kevin. «Cos'è successo al "di certo non la inviteremo al nostro matrimonio"?»

Kevin sospirò e si strinse nelle spalle. «Non lo so. Mi sono reso conto ieri che lei è l'unica famiglia che mi è rimasta. E ha settant'anni. Forse dovrei almeno fare un ultimo tentativo per mettere a posto le cose con lei. Insomma, non ha firmato un ordine di restrittivo nei miei confronti. Non ancora.»

Tom non era sicuro che sarebbe stato così disposto a perdonare e dimenticare se fosse stato al posto di Kevin. Dopotutto, sua madre l'aveva chiamato depravato e aveva alluso al fatto che potesse essere un assassino, tutto per difendere l'uomo che aveva commesso orrori inenarrabili contro di lui. Ma se era ciò che Kevin voleva, Tom l'avrebbe supportato.

«Beh, va bene,» disse, «ma forse prima dovresti mandarle una lettera gentile, spiegando che vorresti sistemare le cose e che sei innamorato di quel brav'uomo che hai portato da lei, prima di invitarla al tuo Grosso Grasso Matrimonio Gay.»

Kevin ridacchiò. «Forse.»

«E ora mi piacerebbe tornare a quello che stavamo facendo prima che iniziassimo a parlare di tua madre,» disse Tom infilando il viso sotto il mento di Kevin e iniziando a mordicchiargli il collo.

Kevin premette l'inguine contro quello di Tom ed emise un basso ringhio. «Qualsiasi cosa tu voglia, terapista.»

JAMIE FESSENDEN ha iniziato il suo viaggio da scrittore durante il liceo. Ha pubblicato un paio di storie brevi per la rivista letteraria del liceo e un'altra storia che si è piazzata tra le prime cento in un concorso nazionale, ma è stato solo quando ha incontrato il suo compagno, Erich, quasi vent'anni dopo, che ha iniziato a scrivere di nuovo. Con Erich che, alternativamente, lo ispirava e lo incitava, Jamie ha scritto diverse sceneggiature e ne ha dirette alcune producendo film indipendenti a bassissimo budget. Il suo ultimo lavoro è stato premiato all'Indie Fest a Los Angeles nel 2009 ed è stato anche trasmesso all'Austin Gay Lesbian International Film Festival due settimane dopo.

Dopo nove anni insieme, Jamie ed Erich si sono sposati e hanno comprato una casa insieme nel selvaggio New Hampshire, a Raymond, dove non ci sono lampioni, dove i tacchini e i cervi vagano nel loro cortile e dove i coyote fanno loro una serenata ogni notte. Jamie, al momento, lavora come tecnico per una società di computer a Portsmouth, nel New Hampshire, ma sogna un giorno di smettere per diventare uno scrittore a tempo pieno.

Visita il suo sito: http://jamiefessenden.wordpress.com/

Made in the USA
Lexington, KY
27 July 2015